선 욱 현 다 섯 번 째 희 곡 집

아버지 이가 하얗다

아버지 이가 하얗다

선욱현 지음

도서출판 모시는사람들

아버지 이가 하얗다

등록 1994.7.1 제1-1071
1쇄 발행 2023년 12월 10일

지은이　선욱현
펴낸이　박길수
편집인　소경희
편　집　조영준
관　리　위현정
펴낸곳　도서출판 모시는사람들
　　　　03147 서울시 종로구 삼일대로 457 (경운동 수운회관) 1207호
전　화　02-735-7173 / 팩스 02-730-7173
홈페이지　http://www.mosinsaram.com/

인　쇄　피오디북(031-955-8100)
배　본　문화유통북스(031-937-6100)

값은 뒤표지에 있습니다.
ISBN　　979-11-6629-181-4　　03810

이 책은 강원특별자치도, 강원문화재단 후원으로 발간되었습니다.

조용히 떠돌다, 배회하고 서성이고

2014년 1월, 매섭게 추웠던, 영하 14도가 평균 기온이었던(춘천이 이렇게 추운 곳이었나?!!) 그 해, 춘천에 왔습니다. 난생처음 직장생활을 하기 위해. 재단법인 강원도립극단이 창단되고 초대 예술감독이란 (운명에 없는 줄 알았던) 직함을 받아 출근하였습니다. 5년 재직 후, 전 춘천을 떠나지 않겠다고 마음 먹었습니다. 이 도시가 정말 좋았던 것입니다. 그러자, 연락이 와서 (역시 생각지도 못했던) 춘천인형극제라는, 당시 30년을 넘긴 최고의 민간 축제 예술감독 직을 맡게 되었습니다. 그렇게 벌써 10년째 이곳 춘천에서 살고 있습니다. (가족은 서울에 있구요, 독거중년으로…) 돌아보면 만약 춘천에 오지 않았으면 절대 만나지 못했을 사람들, 그리고 절대 만나지 못했을 일들을 겪었습니다. (이 또한 운명이겠죠?) 작가에게 모든 경험들은 창작의 자양분이라 여기며 감사히 받아들입니다. 제게 춘천은 '조용한 도시'입니다. 그 조용함이 좋아서 앞으로도 머물 예정이고 이곳에서 잘 삭아지고, 잘 익어가기를 간절히 기도하고 있습니다.

이번 희곡집 출간은 (이곳 생활을 한 이후 처음으로) 강원문화재단에 희곡집 발간 지원을 신청했고 용케 선정되어 영광스런 다섯 번째 희곡집을 내게 되었습니다. (복이 참 많습니다.) 그리고 여기에 실린 여섯 편의 희곡은 모두 춘천에서 집필한 작품들이기에 더 의미 있고 맘에 듭니다. 주 5일 근무라는 직장생활을 하면서 그 틈바구니에서 희곡쓰기를 멈추지 않았다는 증명이기도 하니깐요.

〈아버지 이가 하얗다〉는 강원도립극단의 미션이 강원도 지역 인물의 삶과 역사에 관련한 콘텐츠 개발이었던 까닭에 자연스럽게 탄광 지역에 눈이 가게 되었고, 그렇게 시작한 작품입니다. 과거 70~80년대 최고의 영광을 누렸던 태백, 정선, 영월, 삼척 - 4개 탄광지역을 다니며 취재했고 (장성탄광 지하 천 미터 갱도 막장에도 체험이라며 들어가 보며) 집필한 작품이어서 많이 기억에 남습니다. 〈허난설헌〉은 강원도립극단의 창단공연이었고 강릉 경포대가 고향이던 조선 중기 우리나라 최초의 여류시인으로 알려진, 당시 중국에서까지 인기가 있었던 최초의 한류시인 '허난설헌'의 삶을 무대에 소개하는 작품입니다. 당시 도립극단 근무 시작하자마자 두 달 만에 급히 집필해야 했고, 오죽하면 배우를 모집하기 위한 오디션을 할 때 탈고가 되지 않은 상태였습니다. 제 표현으론 정말 기적(!)같이 탄생한 작품입니다. 무사히 창단공연과 순회공연을 마쳤습니다. 〈바나나〉는 우연히 '집단과 사회의 특성에 대한 침팬지 실험'을 책에서 읽고, 아, 이건 극화해 보고 싶단 충동으로 쓰게 된 작품입니다. 코로나19 재난으로 인해 관객 없이 낭독공연으로 그쳤지만 언제고 다시 공연으로 만나고픈 작품입니다. 당시 후배 한 사람은 제 초고를 읽고 '직장생활 그렇게 힘드셨어요?' 라고 촌철살인 후기를 말하기도 했습니다. 〈엄브렐러〉는 어린 시절 실제 경험을 바탕으로 추억해 본 작품입니다. 초등학교 시절 남동생의 일화를 근거로 했는데, 참 단순한 이야기임에도 연출과 배우들이 잘 표현해주어서 객석에서 참 행복했습니다. 그 행복감에 힘 얻어서, 주인공이던 초등학교 5학년 아이들이 청년이 된 시절, 20년 후를 상상하며 써 본 이야기가 〈엄브렐러 그 후〉 입니다. 이 이야기는 그래서, 단막 엄브렐러를 1막으로, 그리고 쉬는 시간 후 주인공들이 20년 후로 변신하여, 2막으로 공연하고자 기획되었습니다. 그런데 엄브렐러 장막 공연은 초연을 앞두고 사정이 생겨 취소되고 말았습니다. 그래서 유일하게 미발표작으로 수록되었습니다. 물론 지금도 장막 엄브렐러의 공연날을 꿈꾸고 있습니다. 〈화평시장 CCTV〉는 2020년 광주시립극단 〈연극적 환상〉을 연출하러 광주에 내려가 있던 무렵, 아시아문화의 전당으로부터 의뢰를 받아 집필하게 된 작품입니다. 시민공모를 통해 광주 관련 스토리를 모집했고 그중 선정된 스토리(A4 1장 정도 줄거리) 한 편을 제게 장막희곡으로 써달라는 의뢰였습니다. 그래서 배경이던 전통시장 취재를 시작했고 양동시장, 대인시장, 말바우시장, 남광주 시장 등 고향인 까닭에 일정 정도는 아는 그 시장거리를 다녔습니다. 그리고 시장통에서 대를 이어서 오래 일한 동창을 만나 몇 번의 인터뷰도 하고 해서 나온 작품입니다. 특이한 점은 이 작품은 시작부터 끝까지 단 한 번도 불을 끄지 않는다는 점, 그래서 화평시장이라는 가상의 시장 한 구석을 관객이 구경하는 느낌으로 보게 하자는 의도로, 그래서 제목도 '화평시장 CCTV'라고 짓게 되었습니다. 탈고를 하고 보니 애초에 받아든 스토리와는 많이 다른 거의 새 작품이어서 공모 당선자의 양해와 동의를 얻어 제 창작극본으로 초연을 하게 되었습니다.

나이를 먹을수록 제 희곡에서 허점도 많이 보이고 창피함도 늘어납니다. 쓸 때도 용감했고 보여주는 것도 용감했던 청춘이 이젠 아니네요. 그래서 남은 소원은 건강밖에 없는 거 같습니다. 건강해야 조금 더 만회할 수 있고 조금 덜 창피한 작품들을 쓸 수 있을 거 같으니까요. (가능할까요?) 네, 여튼 아직도 꿈꿉니다. 자궁 속에 있는 아이처럼 여전히 세상이 궁금하고 제가 어느 지점까지 쓸 수 있을까도 궁금합니다. 지금은 여전히 재직 중이라 열심히 맡은 바 일을 해야 합니다. 최선으로 바쁘게 살아가고 있습니다. 하지만 맞습니다. 늘 놀고 싶어 합니다. 게으르고 싶고 빈둥대고 싶습니다. 또 떠나고 배회하고 서성이고 그러다 실실 이야기를 짓고 싶습니다.

제 희곡집을 다섯 권째 내주시는 도서출판 모시는사람들 박길수 대표님께 감사를 전하며, 가족 모두의 행복을 두 손 모아 기원합니다. 그리고 여기 여섯 편의 공연에 참여하고, 관여해 주신 많은 분들에게도 다시 한번 감사의 마음을 전합니다.

특별히 여기 실린 여섯 편의 희곡, 그 초연을 만들어 주신 연출가 네 분이 있습니다. 워낙에 각별한 분들이어서 글을 부탁했고 책 말미에 싣습니다. 그리고 김건표 평론가 선생님의 인터뷰 기사도 허락을 득하여 재수록합니다. 창피할 수도 있지만 저의 글과 삶에 대한 이야기들 이어서 옮겨 봅니다. 감사합니다.

2023년 10월, 춘천 사농동에서

선욱현

차례

아버지 이가 하얗다

아버지 이가 하얗다

* 강원도 탄광지역 문화콘텐츠 홍보사업 지원작

일시   2017년 9월 21일

장소   정선아리랑센터 아리랑홀

출연   최종원, 최지순, 방용원, 서영삼, 김희정, 양흥주, 김지희, 홍부향, 강윤경, 김동민, 조장연, 이재근, 계현욱, 황인욱, 전시연, 김도란, 김예인, 김태운, 이의진

스태프   연출 강영걸 조연출 주애리 무대디자인 김인준 음악/효과 엄태환 조명 LIGHT-IN(대표:이상근) 의상 드레스 이루다(대표:박현주) 분장 JiHO Make-Up(대표:정지호) 영상 아이디어 레시피(대표:신성환) 음향 탑 사운드(대표:박준식) 음향오퍼 이단비 공연진행 이운호 무대크루 김효민, 서우람 무대제작 수 제작(대표:어윤호) 녹음 가마사운드 기획총괄 유현주 기획진행 이성희 홍보 김이조 사진/영상 영상문화프로덕션 이리(대표:박동일) 인쇄디자인 네이처앤드피플(대표:김찬중) 홍보진행 문화상회 이음 예술부장 황헌중 무대감독 장태준

주최/주관   (재)강원도립극단

등장인물

권씨	30세. 선산부 광부. 삼척이 고향. 독일에 광부로 다녀온.
종만	25세. 서울서 이제 막 탄광촌에 옴. 영만의 동생.
박씨	35세. 후산부 광부. 고향은 전남 장성.
윤씨	29세. 후산부 광부. 고향은 경기도.
경미	25세. 권씨의 처. 고향은 삼척. 권씨처럼 삼척 말투.
수환 엄마	38세. 광부 영만의 처. 고향은 경북.
양정자	28세. 윤씨의 처. 고향은 경기도.
경자	40대 중반. 선술집 '경자집' 주인. 고향은 경주.
미진	29세. 서울서 이제 막 온. 이혼녀. 경자의 조카.
영주	6세. 권씨의 딸.(1969년생)
수환	10세. 광부 영만의 아들.
감독	30대 후반. 광업소 작업 감독.
아비	60대 중반. 광부 영만의 아버지. 일제강점기 광부.

중국집 사장(탄광촌 황금성 사장)

광부 4, 5, 6

빨래 다녀오는 여인 1, 2, 3

병방 근무한 광부(충청도가 고향)

할머니소리 (권씨어머니, 소리만 나옴)

제천여인숙 남, 녀(소리만 나옴)

선탄부 여인 1, 2, 3

선탄부 남자직원

여자(출근하는 권씨 앞을 앞질러가는)

구호대원 1, 2, 3

광업소 관계자(매몰사고 현장에 나온)

영만 (소리만 나옴)

효과(녹음 속 인물, 2017년 현재 인물)

권양기	73세. 1945년생. 퇴직 후 집에서 쉬고 있는.
윤경미	68세. 권양기의 처, 권영주의 모친. 1950년생.
권영주	49세. 권양기의 딸. 미대 교수. 1969년생.
권동명	43세. 권양기의 아들. 공무원. 1975년생.

때

73년 12월, 1차 석유파동이 세계를 휩쓴 뒤, 석탄 증산에 열을 올리기 시작했던 1974년, 그 뜨겁던 8월 한 달. 그리고 현재(2017년) 시점이 오간다.

장소

강원도 남부 탄광지역, 광업소가 있던, 영월, 태백, 정선, 삼척을 아우르는, 탄광촌 마을. 그 어느 곳의 마을일 수도 있다.

무대

1. 갱구(지하로 향하는 갱의 출입구)
2. 사택촌(광업소에서 지은 직원들을 위한, 소박한 연립주택들이 줄지어 붙어 있는)
3. 경자집(광업소 인근, 광부들이 즐겨찾는 선술집)
4. 막장(채탄 작업을 하는 지하 1000미터 지점, 더는 갈 수 없는 작업현장의 끝)
5. 선탄부 작업장(광부들이 캐낸 석탄에서 폐석과 잡목을 골라내는 작업장)
6. 제천 여인숙(권씨의 처가 집을 나가 하룻밤 머물렀던)
7. 수환네 집

프롤로그

객석 어둡다.

어둠 속에 소리만 들린다.

통화 연결음(권영주의 시점, 그녀는 현재 49세)

통화 연결된다. 아버지(권씨, 73세)의 목소리가 휴대전화 안에서 들려

온다.

권영주   여보세요, 아빠! 저, 영주예요.

권씨(E)   응… 왜….

권영주   아빠! 저랑 어디 좀 같이 가요. 괜찮죠?

권씨(E)   어딜?

권영주   좋은 일이에요. 제가 차 가지고 갈게요. 엄마도 같이 가요.

권씨(E)   엄마 몸 안 좋아.

권영주   어디가? 왜?

권씨(E)   어디긴 어디야? 늙으니 그렇지, 걷기 싫어해 요새.

권영주   제가 차로 코 앞까지 모시겠습니다.

권씨(E)   어딜 가는데?

권영주   음, 어디냐면…. (웃는다)

음악 흐른다. 본 연극 안으로 이끈다.

1장

인서트_광부 진영만, 사고가 나던 날.

자막: 1974년 7월 초순, 강원 남부, 민영 광업소가 있던 마을.

지하 800미터 갱도. 광부 6명이 갱도에서 물러나오고 있다.

윤씨	왜, 왜. 왜 안 하던 짓이야? 무슨 일이길래?
광부4	진씨가 그렇게 화 내는 거 처음 봤어.
광부5	그냥 나가 있으래. 권씨네 노보리까지 다 일단 물러나 있으라는 거야.
권씨	내가 들어가 볼게.
광부4	에이, 금방 터뜨릴겨. 조금만 기다려 봐유.
권씨	그럼 진씨 혼자 발파한다고 남아 있는 거야?
박씨	그런 거 같은디.
권씨	(조금 노보리 쪽으로 들어가 본다) 어… 어? 이슬이 내리는데.
윤씨	뭐? 정말? (손을 내밀어 허공에서 떨어지는 탄가루를 느껴 본다)
광부6	이슬이 내린다구?
권씨	진씨 데리고 나와야 해. (부른다) 진씨! 진영만이! 나와!
광부5	(권씨를 붙잡으며) 이슬이 내리다니? 그게 무슨 소리야?
광부6	탄가루가 이렇게 이슬비처럼 날리면 위험해!
윤씨	갱도 무너져!
다같이	(외친다) 진씨!
권씨	진영만이! 이리 나와!

다같이   나와! 나와요! (애드립 이어질 때)

이때 동시에 울리는 발파 소리! 쾅!!
그러면서 동시에 무너져 내리는 갱도!

권씨   물러나! 물러나아!!!!

사람들의 비명과 아우성, 그리고 무너져 내리는 소리!!!!
사고를 알리는 사이렌 소리!
어두워진다.

그리고 소음도 점점 사라져 가고, 무거운 침묵에 잠기는 무대.

자막: 1974년 8월 초순. 갱 입구

밝아지고 이제 본 무대가 보인다.

지하로 들어가는 갱 입구(갱구) 위 커다란 간판에 - 엄마, 손 흔드는 아
이들의 모습과 함께 [아빠, 오늘도 무사히!]란 문구가 적혀 있다.
갱 안으로부터 나오고 들어가는 광차 지나는 철로가 두 줄, 밖으로
나와 있다. 광차(석탄을 실어나르는 1톤차)도 몇 대 보인다.
멀리 뒤로 높은 산들이 보이고 공중삭도가 보인다. (영상으로 - 실제 공
중삭도를 통해 탄을 옮기는 모습이 투사되고 있다) 공중삭도는 광업소에서
캐낸 석탄을 버켓(철제 적재함)에 담아 인근 기차역까지 보내는 장치

이다. (화물 운송용 케이블카 같은. 여기서는 흔히 바가지*라고 부른다)

갱구에서 조금 떨어진 곳, 여섯 살 여자 아이(권영주)가 아버지(권씨)를 기다리고 있다. 힐긋거리며 갱구를 가끔 본다. 나뭇가지로 땅바닥에 뭔가 그림을 그리고 있다.

잠시 후, 중국집 사장(40대)이 나온다. 화교, 중국인이다. 옛 자전거를 타고 나온다. 멈춰서 자전거를 세우고, 손목시계를 본다.

중국집 사장은 중국인 특유의 권설음(r, l 발음이 많이 들어간, 허를 굴리는)이 많이 보인다.

중국집   우리집 황금성! 짜장면 맛있다. (영주를 본다, 어리숙한 한국말) 아, 덥다 덥다 해. 여기서 뭐해ㄹ?

영주   (끄덕) 아빠 기다려요.

중국집   아빠? 너 이름이 뭐얄?

영주   영주요··

중국집   아니, 성이 뭐야ㄹ?

영주   권·· 영주요.

중국집   아·· 권씨··(끄덕끄덕) 이거 나올 때가 됐는데···. (굴을 들여다보며) 아~ 기분 나쁘다 해. 얼마 전에 사고나서 사람 죽은 굴··· 기분 안좋다!

---

*   바가지가 지나가며 흘린 탄(낙탄)을 주민들이 주워 불을 때곤 하였다.

중국집 사장은 갱구 쪽으로 가서 안을 들여다본다. 나오나 안 나오나 살피듯. 그러다 금방 뛰어 나온다.

영주는 다시 그림을 그리기 시작한다.

중국집   (그림을 문득 보고) 그림 잘 그려. 짜장면 좋아해?

영주   예.

중국집   아빠 보고 사달라 해. 우리집 황금성. 아빠랑 엄마랑 왈라.(와라)

영주   아빠랑 엄마랑 돈 없다 해.

갱구에서 광부 세 명 나온다. 탄을 캐는 선산부(1인)는 톱과 도끼를 들었고, 선산부를 돕는 후산부(2인)들은 삽과 주나*를 들었다. 누구는 곡괭이를 들었다.** 모두 장화를 신었다.*** 목에 감은 수건도 이미 까맣다. 다들 도시락 보자기를 들었다.

중국집   잠깐 잠깐…. 이거 뭐얔.

중국집 사장, 아, 난감하다. 막 갱에서 나온 그들은 온통 까맣다. 눈동자와 말할 때 이만 하얗다. 누가 누군지 도무지 알 수 없다.

(광업소 내에 공동목욕탕이 생기는 70년대 후반, 80년대 초반까지는 광부들은

---

*   주나: 굴 안에 세우는 동발(통나무 기둥)을 메고 오르기 위한 줄 같은 장치. 광부들은 키보다 큰 동발을 하나 혹은
     두 개도 몸에 두르고 좁은 굴을 올라 갱도를 개척했다.

**   당시 광부들은 자기 공구를 들고 출, 퇴근하였다.

*** 탄광촌의 길은 온통 탄가루가 가득했고 탄가루와 물이 섞이면 질척거리는 뻘처럼 되었다. 그래서 탄광촌에선
     '마누라 없이는 살아도 장화 없이는 못 산다'는 말이 있었다.

일 하던 모습 그대로 퇴근해서 집에 가서 씻어야 했다)

중국집   오씨?

박씨   나?

중국집   오씨 맞아?

박씨   아닌데?

중국집   (다시 찾다가 2를 보며) 오씨?

윤씨   윤씨.

중국집   아이 씨.

윤씨   뭐?

박씨   왜 그려?

중국집   짜장 먹고 내일 돈 준다 해, 돈 안 가져와. 한 달 아니 두 달이
　　　　　야. 오씰(씨)라고 했는데. 이번 주* 갑방이래

광부1   짜장면 값 100원 땜에 그려?

중국집   한 그릇 아니야. 여러 그릇. 소주도 먹었다.

　　　　　뒤에서 광부 세 명이 더 나온다. 역시 삽, 톱, 곡괭이를 들었다. 더 꺼멓
　　　　　다.

중국집   오씨?

광부4   뭐여?

* 　광업소는 3교대로 일한다. 갑방 08시~16시, 을방 16시~24시, 병방 24시~08시. 89년 석탄산업합리화 이후 현
　재까지는 심야 병방은 없애고 갑방, 을방만 운영중이다.

중국집	(광부 5를 보고) 오씨?
광부5	뭐 씨?
중국집	이 씨! 아이 씨! 누가 누구야? 아이 씨! 이 씨!
광부5	뭐야 이 새끼. 지옥 코앞에 갔다가 나온 사람들 길을 막고….
광부6	퇴갱하는데 길을 막어? (들고 있던 톱을 들어) 모가지를 콱 썰어브러!
중국집	아, 골치 아프다. 알 수 없다. 오씨 몰른다. 아이 씨. 우리 살람 짜장면 날렸다. 이 씨….

중국집 사장 툴툴대며 자전거를 끌고 돌아간다. 가고 나자,

광부4	지랄두 픽두 햐… 어련히 가져다줄까….

광부들, 4를 본다. 너야?

광부들	(중국집사장 흉내) 오씨ㄹ?
광부4	나 오씨. 오길원 씨.

다들 아이들처럼 킥킥댄다. 4도 막 웃는다. 그러다 광부1이 영주를 본다.

박씨	영주가 나왔네!
영주	네.
박씨	아빠 마중 나온 거시여? 왜?

영주	엄마가 아빠 바로 집으로 오시라고….
박씨	왜, 집에 무슨 일 있대?
영주	술 먹지 말라고요.
박씨	큭큭큭. 큰일 나븟네. 아빠 오늘 사고 나서 꼭 술 한 잔 해야 하는 날인디.
영주	아빠 다치셨어요?
박씨	아빠가 아니고 내가. 이따만 한 돌댕이가 대그빡으로 떨어져 가꼬 팍! 꾀꼬닥! 아빠가 술 사주신디야. 영주야, 착한 아빠 여기 서 계시는디, 보이제?

영주도 아빠를 찾으려 하는데 못 찾겠다.

박씨	영주야 그럼 이렇게 하면 어띠어? 영주가 아빠를 찾아내면 바로 집으로 가고, 아빠를 못 찾으면 아빠는 술 한 잔 하러 가시고. 아빠 찾을 수 있겠지?
영주	(고개만 끄덕 끄덕) ….
박씨	다들 나란히 서 봐.

광부들이 도열한다.
영주 살피다가 누군가를 손가락으로 가리킨다. 틀렸다.
광부3이 나선다. 그가 선산부 권씨다.

권씨	영주야. 아빠, 여깃잖아!
영주	으앙~~. (운다)

권씨	뚝. 뭘 울어! 아빠도 못 찾으면서….
광부4	알 수가 없쥬. 애들이 깼을 때 우리는 자자녀~
광부5	애들이 잘 때는 우리가 탄 캐고….
광부6	일찍 퇴갱하면 술 마시러 가고….
광부5	애들 얼굴 볼 시간이 어디 있나. (나간다)
광부4	먼저 가요!
광부6	가네!

광부 4, 5, 6은 가던 길을 간다.

영주는 울며 아빠한테 다가가려는데, 권씨가 살짝 물러난다. (탄가루 묻을까봐) 그게 영주는 더 섭섭하여 더 운다.

영주	(더 크게 운다) 으아아앙~~.
박씨	왜 아그를 더 울려 부러-?
윤씨	이러고 가면 마누라도 못 알아 봐.

광부1은 박씨다. 권씨랑 일하는 후산부. 나이는 5살 정도가 많은 35세 이지만 말은 대충 하는 사이다.* 박씨는 전남 말투를 쓴다. (고향이 장성)

밝게 웃는 광부2는 윤씨다. 29세. 건강하고 역동적인 청년이다.

---

* 광산에선 지역 연고와는 상관없이 각지에서 모인데다, 언제 죽을지 모르는 작업환경 탓에, 형님 동생보다는 누구씨- 하는 식으로 몇 살 정도 차이까지는 막역하게 지냈다. 굴 안에선 살벌하지만 그래도 나오면 전우들처럼 형제 이상 친한 우애를 보여주었다.

권씨는 우는 영주에게 다가가서 머리 한 번 툭툭 만져 주고는,

권씨　　아빠 금방 갈게. 집에 가 있어. (일행들에게) 가. (술집으로 향한다)

영주는 더 운다.

윤씨　　에이, 권씨!

권씨는 나가고 박씨와 윤씨가 영주를 달랜다.[*]

박씨　　그만 울어. 내가 집까지 델다 주께. 가자.
영주　　(울면서도 고개는 끄덕끄덕) ….
박씨　　엄마한테 가서 그래. 오늘은 박씨 아저씨가 아빠 일찍 집에 보
　　　　낸다고. 술값도 아저씨가 낸다고잉. 알았지?
영주　　예.
박씨　　그래, 가자. 아빠 진짜 나쁘다잉.
윤씨　　본래가 나쁜 놈이야.
영주　　(윤씨를 톡 때린다) !
윤씨　　아이쿠, 얘가 아빠 욕한다고 나 때리네? 아야, 아야. (엄살)

그들은 밝게 영주를 데리고 나간다.

[*]　광부들은 3~4인 1조를 이루어 채탄 작업을 하는데, 선산부 1인에 후산부 2~3인으로 이루어진다. 권씨를 선산
　　부로 해서 후산부 박씨, 윤씨가 한 조인 셈이다. 그 조는 별 일이 없는 한 지속된다.

어두워지며 2장의 인서트 장면이 자연스럽게 바로 연결된다.

2장

\# 인서트, 비슷한 시각, 이곳 탄광촌 마을에 방금 도착한 종만의 장면을 잠시 보여준다. 그는 옷가방 하나를 들고 있다.

(객석 뒤에서 들어와도 된다 - 그 사이 무대는 경자집이 준비된다)

그는 경북 말투를 쓴다. 표준어와 사투리의 어중간한 지점.

종만   야·· 이런 산골짝을 봤나! (둘러보다가) 봐라, 봐라! 산도 검고 나무도 검고, 모두 검다. 환장한다! (다른 쪽을 보고) 야, 이런 데 사람이 사나? 우리 형님도 그렇지, 고향 버리고 이런 데서 살고 싶었나? 아이구야! (객석, 관객을 보며) 근데 사람이 이렇게나 많이 살고 있었어? 안녕하세요? 광업소가 어디에요? 아아, 저기요?

(이후 애드립)

종만은 가방을 들고 광업소를 찾아 사라진다.

\# 자막: 몇 시간 후, 경자집. 광업소 근처 선술집.

주인인 40대 중반 경자와 일을 돕는 미진이(29세) 보인다.

권씨, 박씨, 윤씨 - 세 사람은 이제 다들 취해 있다. 술들을 마셔 꺼멓던 얼굴에서 입 주변만 하얗게 벗겨졌다.

라디오에서 흘러나오는 남진 「님과 함께」(1972), 노래가 흐르고 있다.

윤씨는 춤을 추며 미진의 손을 잡아 끌기도 하며 추근대는데, 미진은 불편해한다. 피한다.

저 푸른 초원 위에 그림 같은 집을 짓고
사랑하는 우리 님과 한백년 살고 싶어

봄이면 씨앗 뿌려 여름이면 꽃이 피네
가을이면 풍년 되어 겨울이면 행복하네

멋쟁이 높은 빌딩 으스대지만
유행 따라 사는 것도 제멋이지만
반딧불 초가집도 님과 함께면
나는 좋아 나는 좋아 님과 함께면
님과 함께 같이 산다면

저 푸른 초원 위에 그림 같은 집을 짓고
사랑하는 우리 님과 한백년 살고 싶어

한판 춤이 절정에 오르는데 라디오 소리가 뚝 끊긴다.

윤씨	한참 신나는데, 왜 꺼?
경자	인자 고마하고 앉아서 술이나 처무라.

경자는 경주 출신이다. 뜯어보면 한때는 예뻤을 것 같은 외모에, 친절

하지 않은 말투이지만 속내는 착하고 따뜻하다. 거친 광부들 속을 안
아낸다.

윤씨	미진씨라고 했지요? 같이 한 잔 해요!
경자	아, 쫌, 내비 둬라. 걔는 내 조카다. 며칠 있다 집에 갈 낀데….
윤씨	누가 뭐래요. 술 한 잔 하자는 건데요‥
경자	아가 싫다 안 하나! 술 떨어졌지? 주전자 이리 도.(줘)

미진이 그래도 손빠르게 주전자를 확인한다. 경자에게 건넨다.
경자가 주전자를 받아 부엌 쪽 항아리에서 막걸리를 퍼 담는다. 가져
다준다.
조금 자리가 정돈되는 분위기.
박씨가 막장에서 다친 머리 부위를 매만진다.

권씨	병원 가야 되는 거 아냐?
박씨	… 괜찮어.
권씨	좀 봐‥. (다친 부위를 잠시 들여다보다가) 어떻게 이래…
박씨	왜 많이 깨졌냐?
권씨	상처가 없어. 하이바 없었으면 큰일 날 뻔했지. 바위가 머리로 떨어졌는데 자국 하나 없네.
박씨	(크크 웃으며) 그래 나 박진돌! 돌대가리여.
윤씨	미진씨! 미진씨는 서울서 왔다니깐 이 노래 잘 알지? 남진! 이 노래가 재작년 1972년 MBC 10대가수 가요제에서 대상 받았잖아. 님과 함께.

미진	예, 저도 봤어요.
윤씨	봤다고? 라디오 들은 게 아니고? 테레비로?
미진	예. 우리 동네 전파사에 큰 테레비가 있어요!
윤씨	우와~ 난 아직 남진 얼굴 못 봤는데.
미진	티비씨에서 하는 쑈쑈쑈! 볼 때는 동네 사람들이 전부 모여요. 후라이보이도 나오고! 남진도 나오고!
윤씨	남진… 잘 생겼어?
미진	이거. (넘버원을 해 보인다)
윤씨	나처럼 생겼단 얘기야?
미진	(놀라는 표정) …!
윤씨	왜? 좀 많이 달라?
박씨	(웃는다) 아가씨 경끼하겠다. 그만 혀.
미진	(배시시 웃는다) ….
윤씨	아이구, 이 아가씨 웃는 거 봐, 광부 몇 잡겠네. 경자누나, 조카 장사 시킬라고 데려온 거 아니야.
경자	내가 안 불렀다고. 야가 서울서 개건달 같은 놈 만나가꼬 사기 결혼 당한기라.
미진	이모!
경자	마, 곰방(금방) 이혼하고 그러니까네 쪼매 맘이 힘들다고 내려 온 기라.
미진	(창피해서) 이모!
경자	뭐가 챙피하나. 흉 아니다. 여기 이 사람들 얼굴 봐라.
윤씨	우리 얼굴이 뭐? (이를 허옇게 드러내 웃어 보인다)
경자	이빨에도 검정칠 좀 해라. 통일이 돼야지.

윤씨	(미진에게) 빌어먹을 광업소에 씻는 데가 없어. 이러고 개울 가서 씻어야 한다니깐.
미진	개울물도 시커멓던데요‥
박씨	여기 애들은 거그서 헤엄치고 노는데?
미진	‥ 예?
윤씨	진짜 내가 이거 벗겨 놓으면 남진 저리 가라인데! (노래 부른다) 저 푸른 초원 위에~ 그림 같은 집을 짓고~.
박씨	아이고 까불기는! 야야! 니는 걱정도 안 되냐? 영만이 죽은 지 인쟈 한 달 됐다야. 오늘은 내 대가리 쪼깨질 뻔 했고.
윤씨	에이, 우리 사는 게 뭐 늘 그렇지.
박씨	그려? 그럼 너두 한 번 대가리 쪼개져 봐야제.
윤씨	에이 재수 없게!
경자	침 세 번 뱉고 땅 세 번 두드리라.
윤씨	퉤 퉤 퉤! (입으로 바닥에 침 뱉는 시늉하고 발로 세 번 두들긴다)
경자,윤씨	하늘땅 별땅 휘이!
경자	됐다.
윤씨	근데 (밝게) 우리 아들 창덕이가 성적표에 우를 받아왔어. 내가 이맛에 산다니까! 성적표 보여주는데, 딱 보니까, 다른 건 다 양가, 양가, 미양가 하는데, 우가 보란 듯이 딱 하나 있는 거야.
박씨	체육?
윤씨	산수!
박씨	창덕이가 산수를 잘 해야?
윤씨	산수만 계속 우를 받아 오네. 산수 잘 하면 나중에 의대 이런데도 가고 그잖아.

박씨	(버럭) 창덕이가 의대를 간다고? 오메 진짜!
윤씨	왜 화를 내?
박씨	장사나 시켜 부러. 셈 잘 하면.
윤씨	무시하는 거야? 그러는 박씨 애들은 공부 잘 해?
박씨	아문. 나 박진돌의 아그들은 강원도 교육도시 춘천서도 지일로 좋은 학교에 다니는디 성적은 가을 낙엽이여.
윤씨	가을 낙엽?
박씨	첫째 아들 정수는 우수수 우수수, 둘째 딸 정미는 우수수수 우수수수, 셋째 아들 정호는 수수수수 수수수수 (목에 탄가루가 올라오는지 카악 퉤 하고 바닥에 침 뱉는다) 아이구 이 탄가루!
경자	(버럭) 나가 뱉어라! 더럽게 어디 안에다 뱉나. 그렇게 술만 먹지 말고 안주도 하나 시키고! 목 까칠하믄 돼지 두루치기 하나 해 주까? 장정 서이서 김치 하나 두부 하나 갖고 몇 주전자를 마시노?
권씨	그래 두루치기 하나 줘 보드래요.
박씨	오늘 건 나가 내는 거여.
권씨	내가 낸다고 했잖아. 판자집 지붕이나 고쳐. 비가 센담서….
박씨	다시 살아낫응게 나가 내야제.
윤씨	우리 사끼야마는 인심이 좋아가지고… 그래. 판자집 박씨가 낼 바엔 사택 사는 내가 내야지.
미진	이모, 사끼야마가 뭐야?
경자	우리 말 써라. 일본놈들 탄광 두고 다 일본 갔붓다. 사끼야마 아니고 선산부….
윤씨	아도무끼는 후산부, 갭뿌는 대가리 안전등.

박씨	야, 후산부. 오늘은, 사택 사는 니가 술값 내라잉.
윤씨	에이 씨! (인감증 꺼내며) 여기 인감증, 내거로 걸고 계산해. 줘.
박씨	됐다고, 오늘은 나가 낼것잉께! 여기! 돼지 두루치기 하나 줘 부러!
경자	(벌떡 일어나 부엌으로 간다) 두루치기 하나 시키기가 이래 힘들다. 하이고! 추접어라!

어느새 경자집에 들어와 사람들 뒤에서 듣고 있던, 윤경미와 영주.

윤경미	(돈을 내밀며) 술값 여깄어요.

다들 놀라 바라본다.

윤경미	받으세요.
경자	와 이라노….
박씨	영주 엄마, 오늘은 내가 낼 거에요. 그리고 사끼야마 형님 금방 일어나려던 참이었는디….
경자	그래 그래 인자 마니 묵었다. 영주 아빠는 일어나라.
권씨	뭐야, 지금 뭐하는 거야!
윤경미	술 안 먹고 일찍 들어온다고 했잖아요?
권씨	집에 가 있어.
윤경미	할 말 있다고 했잖아요.
영주	아빠, 집에 가요.
권씨	아빠 금방 들어갈게. 엄마랑 집에 가 있어.

윤경미	일어나, 일어나요 어서.
권씨	(벌떡 일어난다) 야! 그래 일어났다 어쩔래! 콱!
윤경미	(자기도 모르게 물러나며 피한다. 눈물이 난다. 경자집을 나간다) 영주 야 집에 가자!
영주	엄마…. (따라나간다)
윤씨	아이구, 권씨 어여 따라 들어가.
박씨	그래, 언능.
권씨	됐어, 어딜 여편네가 술집에를 찾아오구….
박씨	아따‥ 사람하고는‥ 글믄 안되야….
권씨	괜찮아 괜찮아. 아, 앉어!!
경자	성질머리 하고는… 쯧쯧….

모두들 술자리에 다시 앉는데,

진종만(25세)이 들어온다. 가방을 들었다. 한눈에 봐도 외지에서 이제
막 도착하는 분위기. 광부들은 처음 보는 종만을 좀 살핀다.
종만은 경북 말투가 섞인다. 종만, 자리를 잡고 앉는다.

종만	뭐 안 줍니까?
경자	뭐 드릴까예?
종만	갱상도시네?
경자	경주니더.
종만	내는 의성이요. 제천 밑에. 아요?
경자	모릅니더.

종만	소주 있습니까.
경자	소주요? 안주는예?
종만	술부터 주소!

경자가 술과 안주를 챙기러 일어선다. 종만이 광부들을 본다. 웃는다.

종만	(시커먼 모양들이 어이가 없어서) 여기는 낮밤이 없나? 어떻게, 그쪽에만 밤이 왔습니다?
윤씨	뭐래냐?
종만	(속없이 웃어댄다) 아프리카 꺼먼 애들보다 더한데요?
윤씨	좋게 술이나 드시지 왠 시비시까?
종만	헬로 스피크 잉글리쉬?
윤씨	(일어나며) 이 새끼가 진짜···.
종만	왜 이러슈 살벌하게, 농담 두 번 했다가는 사람 잡겠네.
박씨	어디서 온당가요?
종만	서울서 옵니다.
박씨	아, 서울서?
윤씨	서울서 뭐 빨라고 여기를 와?
박씨	(웃는다) ···.
종만	··· 아씨! 원투를 빠박! 강냉이를 빠박!··· (조심히 일어났다가, 그대로 다시 앉는다) 쫄기는···. 참는다!
윤씨	(도끼를 종만의 탁자 위로 툭 던진다) 참지 마라! 왜 참냐!
종만	(도끼를 집어들고 덤빌 듯이) 아유 진짜!

반사적으로 권씨도 일어서고, 박씨도 삽자루를 드는데
윤씨는 종만 앞으로 다가가고, 일촉즉발의 상태.

미진   이모!

경자, 태연하게 소주*랑 반찬이랑 종만 앞에 가져다 놓는다.

경자   나무 하러 가나? 어이? (종만에게) 여 와서 성질 자랑 해 봐야 본
           전도 못 찾십니더. (모두에게) 술 묵자.

           잠시 정적.
           종만이 도끼를 바닥에 조용히 내려놓는다. 그리고 제자리로 돌아간다.
           윤씨가 그 도끼를 집어 들고 자리로 가고, 권씨도 박씨도 앉는다.
           다들 조용히 술을 따르고 마신다.

경자   울 아버지가요, 일제 때부터 이 동네서 유명한 광부요, 힘도 장
           사고 주먹도 세고… 그럼 뭐합니꺼? 술 대차게 마시고 굴에 들
           어가더니 아직까지 안 나옵니더. 이 동네 뜰 때까지 착하게 사
           소. 빨리 돈 벌어 이 동네 뜨소. 난 울 아버지 기다려야 해서 못
           갑니더. 아이고, 할배요… 언제 나오노… 에이고 이 영감탱이
           야….

---

*   당시 탄광촌에선 '삼호소주'를 많이 먹었다고 한다.

종만이 시선이 불안하다. 맘이 심난하다. 연거푸 두어 잔을 마신다.

종만	진영만이 압니까.
광부들	…?
종만	경북 의성이 고향이고….
윤씨	그 사람 왜 찾는데?
종만	압니까…?
박씨	지난 달에 사고 났는디….
종만	·· 뒤진 거 알고 왔습니다.
윤씨	이 새끼 말하는 싸가지가….
권씨	어떻게 되는데요?
종만	우리 형님요.

잠시 침묵.

윤씨가 자기 탁주잔을 가지고 종만에게 와 내민다.

윤씨	한 잔 하쇼. 우리 형님하고 같이 일했던 동료들이요. 기분 나빴다면 미안하고….
종만	전 소주 마시는데요.
윤씨	그럼 이 소주는 내가 사리다. 드쇼. (하고 자기 자리로 간다)
종만	(한 잔을 마시고) 울 아부지도 옛날에 이 동네서 광부 했는데….
박씨	잘 알지. 죽은 형님이 그러더라고. 아버지 말씀 듣고 돈 벌러 여기 왔다고.
종만	울 형님 진짜 좋은 사람인데….

윤씨	한 달 전만 해도 형님하고 바로 이 자리서 같이 한잔 했는데….
종만	3년만 돈 모아서 고향 간다드만 10년 채우고 죽어 뻿네요.
박씨	참 좋은 사람인디… 그놈의 사고 땜시….
권씨	장사 지낼 때 못 본 거 같은데‥
종만	내가요. 유치장 안에 있었어요. 사람을 팼는데 합의를 안 해주네… 치료비가 너무 많이 나와가꼬….

다시 한 잔 또 한 잔을 마신다. 그걸 보는 걱정 어린 광부들.

종만	여기가 그렇게 돈이 잘 돕니까? 한 3년만 일하면 목돈 잡아요?
경자	월급이 공무원 세 뱁니다. 일하면 사택도 주고 애들 대학교까지 보내줍니다.
종만	고등학교도 아니고 대학교까지 보내준다고요?
경자	서로 일하겠다고 팔도에서 다 옵니더. 둘러 보소. 화전민이 아직도 드글드글 헌데 여기는 매달 꼬박꼬박 쌀 받아 삽니다.
종만	내가요, 어릴 때 고향에서 소문이 좀 났던 사람입니다. 굉장히 똑똑하다고. 중학교 입학식 날 교장선생님이 일장연설 하시는데 딱 돌아서서 서울 갔잖아요. 그리고 내가 영등포에서 딱 자리를 잡은 거잖아요. 내가요 원래는 이런 동네 올 사람이 아닌데….

경자가 라디오를 딱 트는데, 김추자의 노래 「거짓말이야」(1971) 나온다.

거짓말이야 거짓말이야 거짓말이야 거짓말이야 거짓말이야

종만   (기분 나빠서 경자 본다) 뭡니까 이거?

경자   봤지? 방금 딱 틀었는데, 이게 딱 나오네. 이게 누고?

종만   김추자. 김추자 몰라요?

미진   어머 김추자 아세요?

종만   거짓말이야. 김추자. 산에 스님들이 이 노래 듣겠다고 가발 덮 어쓰고 민가로 막 내려온다는 그 히트곡! (춤추는 동작) 남자들이 길 가다가 마주치면 쌍코피 빠박! 그냥 쓰러진다는, 김추자, 강 원도가 고향이잖아요. 소양강처녀!

미진   제가 진짜 좋아하는 가수예요!

종만   아아 그래요, 그럼 언제 추자씨한테 이 동네 한 번 놀러오라고 할까?

미진   예? 어떻게요?

종만   영등포에서 맨날 추자씨랑 삐루 마시잖아. 삐루 참 좋아하지. 추자씨 또 얼큰해지면 춤을 이렇게 따악~~. (하고 흉내내는데)

미진   에이 김추자는 그거 아니죵~ (하며 자기가 몸을 살짝 흔든다, 노래도 따라한다) 김추자는 이거죠?

종만   (미진에게 다가가 슬쩍 어울려 춤동작) 야! 갑자기 공기가 좋네!

경자   미칫나? 너 짐 뭐하노!

종만   (더 빤히 미진을 살피며) 숨통이 딱 트여! 좋은 공기 왔어! 아싸!

윤씨   내일 당장 테레비 사야 하나?! 김추자 얼굴도 모르고 세상을 살 아야 하겠냐고!! (그러면서 함께 춤춘다)

사랑도 거짓말 웃음도 거짓말

거짓말이야 거짓말이야 거짓말이야 거짓말이야 거짓말이야

사랑도 거짓말 웃음도 거짓말

그렇게도 잊었나 세월 따라 잊었나

웃음속에 만나고 눈물 속에 헤어져

다시 사랑 않으리 그대 잊으리

그대 나를 만나고 나를 버렸지 나를 버렸지

거짓말이야 거짓말이야

거짓말이야 거짓말이야 거짓말이야

3장

자막: 며칠 후.

광업소 사택촌. 똑같은 연립주택이 열을 지어 마주보고 등을 대고 다 닥다닥 붙어 있다. 연립주택이라고 해야 작은 규모, 작은방 두 개에 작은 부엌 하나 있는 형태이다. 집들은 1호, 2호, 3호식으로 번호가 매겨져 있다.

권씨 집과 사고 난 영만의 집이 나란히 있는 그 앞마당. (뒷집이 윤씨네 집) 권씨 여섯 살 딸 영주와 진영만의 열 살 아들 수환이 소꿉놀이를 하 며 놀고 있다. 영주는 주저앉은 채 검은 흙과 풀로 밥과 반찬을 해서 밥상을 차리고 있다. 그런데 수환은 지난달 아버지 사고 탓에 놀 마 음이 없다.

영주	잠깐만 기다리세요. 아침 다 차렸어요. 보세요. 오늘은 돼지고기를 조금 볶았어요. 자, (하고 내밀다가 수환이 거부하는 순간, 그러다 그릇을 떨어뜨린다) 아이쿠! 그릇이 깨졌네?
수환	너 뭐하는 거야 지금!
영주	미안, 일부러 그런 거 아니야.
수환	….
영주	(주눅들었지만 혼자 이어간다. 장화 한짝을 자기 쪽으로 돌려놓는다) 출근했으니깐 신발은 집 안쪽으로 돌려놓고. 이래야 아빠가 집에 잘 돌아오신대요. (수환을 보며) 오빠, 그래도 나 조금 똑똑하지?
수환	뭐가 똑똑해 이 바보야! 여자가 그릇 깨면 굴 무너진댔어!
영주	미안해…. (고개를 떨어뜨린다)
수환	아빠….

수환은 자리를 피한다. 소매로 눈물을 닦아낸다.
수환이와 영주 뒤로 이제 막 일어난, 산발을 한 종만이 영만 집에서 나온다. 아직 아이들은 모른다.

| 종만 | (노래 부르며, 남진의 '그대여 변치마오'를 개사하여) 오 그대여 울지 마오~~ 오 수환아 걱정 마오~~~. (이제 대사로) 수환아, 이 삼촌이 학교도 보내 주고 장가도 보내 주고 다 할 거야! |

수환이 깜짝 놀라 인사를 한다. 영주도 얼떨결에 인사하고.

| 영주 | 안녕하세요. |

종만	어, 안녕. 오! 넌 꼭 비 맞은 병아리 같네!
영주	….
종만	농담이다. 하하하. 수환아, 넌 이 삼촌이 대학교까지 다 보내줄 거거든.
영주	(수환의 옷을 잡으며) 누구야?
수환	(떼어놓으며) 삼‥촌.
종만	수환이 오빠의 아빠의 동생.
영주	우리 아빠도 동생 일곱 명 있어요. 고모 세 명, 삼촌 네 명. 중학교, 고등학교도 다니고 작은 고모는 이번에 춘천으로 대학갔어요.
종만	아아, 그래. 아빠가 소처럼 일하시겠네. (화제 전환) 우리 수환이 삼촌 얼굴 알아보겠어?
수환	(고개를 저으며) 아니요.
종만	그치, 너랑 나랑… 10년 만이니까…. 처음‥ 이다. (머리를 슥슥 슥 만져주며) 엄마는 어디 갓노?
수환	빨래요.
영주	기차 타고 빨래 갔어요.
종만	기차를 타고 빨래를 가? 이게 무신 말이고?
수환	… 여기 물은 까매서 한 달에 한 번은 멀리 가서 빨래하고 오세요.
종만	할아버지 밥도 안 차려주고 소풍 가붓나? (영주 보며) 니그 엄마도 소풍 갔나?
영주	엄마 없어요.
종만	엄마가 와? 죽었어?

영주	아니요. 아침에 일어나니까 없어요. 할머니가, 엄마 집 나갔대요.

뒷집 윤씨네 집서 윤씨 처, 양정자가 후다닥 나온다.

양정자	이게 무슨 소리야! 무슨 날벼락 같은 소리야? 영주야 그게 사실이야?
종만	(갑작스런 등장에 놀라서) … 누… 구?
양정자	뒷집 마누랍니다. 수환이네 삼촌이시죠? 조카가 열 살이 됐는데 처음 만났다구요? 안녕하세요. (바로 영주에게) 느이 엄마 언제 나간 거야? 어제 밤까진 있었어?
영주	네.
양정자	아이구야. 또 나갔어. 두 번짼데 이럼. 한 번 나가니까 또 나가네…. (소리를 조금 죽여) 영주야 어젯밤에 느이 할머니가 또 엄마한테 한바탕 했니? "이년아 저년아 밥도 못 하는 년, 반찬도 못 하는 년, 집구석에서 니가 하는 게 뭐 있냐", 막 그랬어?
영주	아니 ‥ 요 ‥ . (하는데)
할머니소리	어느 미친년이 헛소리냐!

영주 할머니 소리는 집 안쪽에서 소리로만 들린다. 삼척 말투를 쓴다.

양정자	귀는 밝어.
할머니소리	야 이! 미친년아! 니년 방귀 뀌는 소리도 여기서 다 들린! 차라리 똥을 싸라!

양정자	아이고 독해라…. 매워도 매워도 저리 매울까. 시동생 올케가 몇 명인데 시어미까지 저러니. 아이구 (영주보고) 니 엄마가 집을 안 나가면 이상한 거야.
할머니소리	야 이 썩을 년아! 주딩이를 쪽 찢어서 빨래줄에 널어주까?
양정자	욕하지 마세요!
할머니소리	영주야! 들어 와!
영주	(수환에게 인사) 오빠 안녕. (종만과 양정자 쪽으로) 안녕히 계세요. (하고는 장화와 소꿉놀이를 들고 자기집으로 들어간다)

수환이도 혼자 있기 뭐 해서 들어가려고 하자,

종만	수환아, 방 안에 할아버지 주무셔. 여기서 삼촌이랑 놀자.
수환	(그냥 옆에 앉는다) ….
종만	아우! 방 안도 덥고 밖에도 덥고. 갈 데가 없네! 후!
양정자	아 맞다, 더우시죠? 그러니까, 잠깐만요!

양정자가 휙 자기집 쪽으로 들어간다.

종만	수환아! 너 홍수환 알아? 권투선수 홍수환! 너랑 이름 같잖아, 그 홍수환이가 저번 달에 세계 참피언 먹었어. (흉내) "엄마, 나 챔피언 먹었어" 크크크. 수환아 너두 나중에 권투선수 할래?
수환	대학교수 될 거예요.
종만	엄마 어디 갔다고?
수환	빨래요.

양정자가 다시 나온다. 물 한 사발 들고 나와 종만에게 대뜸 건넨다.

양정자   들어 보세요.

종만   뭡니까?

양정자   물입니다.

종만   그러네요.

양정자   드셔 보시라구요.

종만   (마셔본다. 놀라고) 뭐가 이렇게 차요?!!

양정자   냉장고입니다.

종만   (놀라서) 예? 이 동네에 냉장고가 들어왔어요?

양정자   이 동네요, 미장원 옷가게 우리나라에서 다 최고예요.

종만   아아!! (물을 다시 마신다) 정말 죽인다! 가슴까지 다 얼얼하네요!

양정자   금성 눈표 냉장고. 우리 남편이 원주까지 나가서 사왔어요. 지
         금 이 동네 집집마다 부부싸움 하잖아요! 냉장고 사달라! 못 사
         준다!

그때 뒷집 어디에서 병방 근무한 남자(광부)가 목을 내밀고 통사정을
한다. 그는 충청도 출신이다.

병방   창덕 엄마! 와 이라는거유, 나 잠 좀 자유, 야? 난 냉장고가 중헌
         것이 아니라 자야 해유.

양정자   죄송합니다. 죄송합니다.

병방   이럴 수는 없는거, 참말 날마다 와 이러는겨…. (들어가며) 냉장
         고 두 번 샀다가는 전쟁나겠어… 하암!

종만	뭡니까?
양정자	지금 주무시는 시간이라.
종만	예? 이런 대낮에요?
양정자	광산은 하루종일 3교대에요. 갑방 을방 병방이 있는데, 병방이 자정부터 아침 8시까지 근무라 지금 이 시간이 자는 시간이에요.
종만	아아!

빨래 갔던 아주머니들(총 4인 정도) 돌아온다. 그 무리에 영만의 처(수환 엄마)가 있다. (남자 배우가 아줌마 역을 할 수 있다)
수환 엄마도 경북 사람이라 경북 말투가 섞여 있다.

수환 엄마	이제 일어났습니까?
종만	… 예.
빨래여1	아 이 분이….
빨래여2	아까 얘기한….
빨래여3	(작게) 개망나니?
수환 엄마	시끄럽다.
양정자	(빨래바구니 안 빨래들을 보며) 와, 깨끗하다!
빨래여1	그러게 같이 가쟀더니 누가 냉장고 들고 갈까 봐 외출을 못 하시나?
양정자	감기 기운 있었어!
빨래여2	한여름에 무슨 감기…. 화투 치러 갔냐?
양정자	(누가 들을 새라, 눈치를 주며) 미쳤나 봐, 나 다신 화투장에 손 안

	대. 누구 죽는 꼴 보고 싶어?
빨래여2	내 코가 개코야. 왜 이래? 그럼 어디 갔다 온 거냐?
양정자	나 진짜 오전 내 집에 누워 있었다고. 여름감기가 얼마나 무서 운데….
빨래여2	춤추러 갔었나? 양정자! 혼자만 다니지 말고, 나 좀 데려가 줘….
양정자	아유 좀! (빨래 보고 또 감탄) 와! 이 깨끗한 거 봐!
빨래여1	이 동네 냇가는 죄다 석탄물이니 빨아도 빨아도 시커매!
빨래여2	비닐로 창을 다 막아 놓고 집안에서 말려도 말려도 시커매!
빨래여3	빨래만 하자면 내 마음이 시커매 시커매!
빨래여2	오죽하면 우리가 기차 타고 맑은 냇가 찾아갈까!
빨래여3	우리에게 맑은 물을 달라!
빨래녀들	(한 소리로) 맑은 물을 달라!
빨래여3	맑은 물에 원없이 빨래 좀 해 보자!
빨래녀들	(한 소리로) 해 보자! 해 보자!
양정자	나도 담달엔 꼭 같이 가! 내가 김밥 쌀게. 사이다도 사고 달걀도 찌고. 우리집 닭들이 요새 알을 풍풍 나아.
빨래여1	양정자! 그 잘난 냉장고 물 맛 한 번 보자, 가져와 봐.
빨래여3	그래 그래.
양정자	수박도 반덩어리 너 놨는데. 우리집 갈래요 그럼?
빨래여2	난 밥해야 해. 애 아빠 곧 굴에서 나올 텐데.
빨래여3	에이 빼나. 먹어 보자. 덥잖아.
빨래여2	양정자야! 막걸리 있나?
양정자	왜 없겠어, 너 놨지!

| 빨래여들 | 우와~~ (히히덕거리며 빨래녀2 등을 떠밀며 함께 퇴장) |

수환 엄마만 남기고 수다스럽고 요란하게 여인들은 윤씨의 집으로 몰려간다.

종만	아버지 건강이 많이 안 좋아지셨네요. 저렇게 누워만 계시니까…
수환 엄마	잘 못 다닙니다.
종만	예·· 형님까지 이렇게 되고 나니·· 형수님이….
수환 엄마	언제 올라갑니까.
종만	이제 제가 아들 노릇 해야죠. 이런 얘기 뭐하지만 형수님 꼭 수절할 필요 없습니다. 수환이는 제가…
수환 엄마	(째려본다) 삼촌. 지금 무슨 생각으로 이러시는데요? 얘기해 보이소.
종만	예? 제가 뭘요?
수환 엄마	돈 때문에 그렇습니까?
종만	제가 무슨 형님 보상금에 욕심이 있어서가 아니구요….
수환 엄마	내가 돈 얘기했지 언제 보상금 얘기 꺼냈습니꺼? 행님 돌아가셨는데 동생이란 사람이 장사 때도 안 오고 이제 와서 보상금 얘기부터 꺼냅니까? 얼마 나왔는지 그게 궁금합니까? 그 돈 제가 다 먹을까봐서요?
종만	무슨 말을 못 하겠네! 형수님!
수환 엄마	그 돈은 수환이 낍니다. 제 것도 아닙니다. 당장 올라가이소!
	(들어가려 한다)

종만	…그카는 형수님은 형님 죽은 지 며칠 됐다고 소풍을 갔다옵니까!!
수환 엄마	소풍요?
종만	… 네. 기차 타고 뭐 빨래 다녀오셨다고‥
수환 엄마	왜요? 안 됩니꺼. 다음 달도, 그다음 달도 기차 타고 빨래 갈낍니더. (들어가려다) 삼촌, 여기서 살아 보셨습니까? 여기 물 좀 보이소. 우리 사는 속이 이렇습니다.

수환 엄마는 들어가고, 양정자 집 여자들의 노랫소리가 커졌다가 줄어든다.

종만	죽은 놈만 불쌍하다!

이때, 탄을 실은 트럭 지나가는 소리, 요란하다. 탄가루가 날린다.
종만 손을 휘젓는다.

종만	어우, 이게 뭐야! (손에 묻은 가루를 비벼보고는) 탄가루? 으익!

감독 나타난다. 광업소 작업감독, 채탄부 관리직이다. 30대 후반.
(권씨와는 독일에 광부로 함께 다녀온 사이이기도 하다)
종만은 누구지? 하는 눈빛, 역시 감독도 누구지? 하는 눈빛.

감독	(안쪽으로) 수환 어머니 계세요? (종만을 본다) …?
종만	…?

수환 엄마 나온다.

감독   회사랑 얘기 잘 됐어요.

수환 엄마   그렇습니까.

감독   준비 되시면 출근하셔도 될 거 같아요.

종만   누구?

수환 엄마   … 광업소 감독입니다.

종만   아아…! 잘 오셨네! 근데, 뭐요? 출근? 이제 우리 형수님이 굴에
         들어갑니까?

감독   여자가 굴에 어떻게 들어갑니까.

수환 엄마   (종만 쪽으로) 그런 거 있습니다.

종만   그런 게 뭔데요?

감독   (종만은 무시하고, 수환 엄마 쪽으로) 보상금 문제도 너무 걱정 마세
         요. 이게 사실 쉽게 안 되는 부분인데, 아시잖아요. 1년 넘게 끌
         수도 있어요. 근데 대통령 각하께서 하도 증산 증산 하시니까
         회사도 빨리 해결하자는 분위기예요.

수환 엄마   내일부터 일 나가도 되겠습니까?

감독   그러세요. (가려고 한다)

수환 엄마   (고개까지 깊이 숙여 인사한다) 고맙십니다.

종만   이런, 씨벌! 야!

수환 엄마   삼촌.

감독   뭐?

수환 엄마   그냥 가이소.

종만   어딜. 내가 진영만이 친동생 진종만이야. 나랑 할 얘기 있지 않

아?

감독   ….

수환 엄마   삼촌!

감독   가겠습니다. 연락 주세요.

종만   잠깐만! (쫓아간다) 아, 미치겠네!

수환 엄마   (종만을 붙잡는다) 삼촌! 지금 뭐 하시는 겁니꺼?

종만   봐 보세요. 할 말이 있잖아요.

감독   (수환 엄마에게) 괜찮습니다. (종만 쪽으로) 말씀해 보세요,

종만   우리 형수님 취직을 시켜주는 거 같은데….

감독   예, 선탄부에 입사시키는 거요.

종만   아, 형수님을 선.탄.부? 좋네, 그럼 나두 시켜주쇼. 내 출근할께!

감독   (웃는다) ….

종만   웃어?

감독   선탄부는 여자들이 하는 일이에요. 탄 캐는 게 아니라 캐낸 탄
에서 돌맹이 나무 그런 거 골라내는 일. 그리고 아무나 못 들어
가요. 형님이 사고 나서 회사에서 특별히 배려해 드리는 거고.

종만   그라믄 나도 배려해 줘야지. 형님 대신 내가 굴에 들어가께요.

수환 엄마   삼촌 같은 사람 그 일 못 합니다.

종만   형수님!

감독   지금 회사가 광부들을 막 모으는 기간이긴 한데….

종만   제가 하겠습니다. (경례하며) 충성! 내 팔뚝 봐요, 주먹 보고.

감독   내일 그럼 사무실로 와라. (종만의 신발을 보고는) 장화 한 켤레 꼭
사오고. (떠난다)

종만   충성! (감독이 가는 걸 보며) 말이 순식간에 짧아지네. 저카다가

　　　　　나한테 한 대 맞는데….

수환 엄마　삼촌, 진짜 챙피합니더. (들어가 버린다)

윤씨 집에서 들리는 음악소리, 창을 넘는다.

여자들 합창하며 노는 소리도 요란하게 넘어온다. 아싸, 아싸 하
는….

김세환 「토요일밤에」 (1973)

긴 머리에 짧은 치마

아름다운 그녀를 보면

무슨 말을 하여야 할까

오 토요일 밤에

토요일 밤 토요일 밤에

나 그대를 만나리

토요일 밤 토요일 밤에

나 그대를 만나리라

1절 정도 끝났을 때, 잠 좀 자자고 악을 썼던 그 병방 근무 광부가 속옷

차림으로 뛰쳐나온다.

병방　참말 왜 이 지랄들이여! 지랄두 픅두 햐. 양정자씨! 이리 나와

봐유, 이건 아닌 거유, 이랄 수는 없는거, 좀 나와 봐유!

양정자가 나온다.

양정자   이제 출근해야 되잖아요. 일어나세요~~.

병방광부   내 출근을 시방 왜 양정자씨가 걱정을 해유~!

양정자   우리 병방 아저씨들 다 출근하시게 라디오 소리 좀 키워 볼까!

빨래녀들 다들 나와 노래를 따라 합창하며 막춤 한 바탕을 펼친다.

2절

세상에서 제일 가는

믿음직한 그이를 보면

무슨 말을 하여야 할까

오 토요일 밤에

토요일 밤 토요일 밤에

나 그대를 만나리

토요일 밤 토요일 밤에

나 그대를 만나리라

그 모습을 종만이 본다. 참으로 별세계다 이곳은!

종만은 또 속없이 함께 어울려 막춤을 춘다.

그 한심한 모습을 수환 엄마가 나와 본다.

암전된다.

어둠 속에서 자동차 질주하는 음향.

다시 울리는 통화연결음, 수화기 안에서 들리는 동명의 소리.

권영주	여보세요?
권동명(E)	누나! 어디쯤 왔어?
권영주	다 와 가. 근데 낮에 나올 수 있어? 근무하잖아.
권동명(E)	누나 전화 받고 외출 끊어놨지. 내가 맛난 거 쏠게.
권영주	알았어, 운전중이니까, 이따 봐 그럼. (전화 끊고) 엄마, 엄마 아들 군청 권동명 과장님이 맛난 거 쏜대요.
윤경미	바쁜 애를 뭐 불러내? 우리끼리 먹음 되지.
권영주	동명이가 그 동네 맛집 다 꿰고 있잖아요.
윤경미	그래, 동명이가 어릴 때부터 입맛이 까다로웠어. (웃는다)
권영주	(웃으며) 아빠, 난 나중에 알았다?
권양기	뭘?
권영주	동명이가 왜 동명인지. 이름 말야.
윤경미	(웃는다) 호호호호.
권양기	(윤경미에게) 그 얘기를 했어?
윤경미	(행복한 웃음, 추억) 호호호호.

윤경미와 권영주의 웃음소리, 그리고 자동차 달리는 소리!

4장

전봇대 가로등이에 불이 켜지면 그 아래 허름한 간판, [동명 여인숙]

자막: 그날 밤. 동명 여인숙

다시 들리는 소양강처녀 노랫소리, 여인숙 방 라디오에서 흘러나오
는 소리이다. 밝아지면, 제천의 한 여인숙 방.

여인숙 방 불도 꺼놓고 권씨의 처, 윤경미(25)가 울고 있다.
옆방에선 나이든 남녀가 술을 마시는 모양이다. 소양강처녀 노래소
리와 그들의 웃음소리가 시끄럽다. 노래도 따라 부르고 있다.

해 저문 소양강에 황혼이 지면
외로운 갈대 밭에 슬피우는 두견새야
열여덟 딸기 같은 어린 내 순정
너마저 몰라주면 나는 나는 어쩌나
아아 그리워서 애만 태우는 소양강 처녀
동백꽃 피고 지는 계절이 오면
돌아와 주신다고 맹세하고 떠나셨죠
이렇게 기다리다 멍든 가슴에
떠나고 안오시면 나는 나는 어쩌나
아아 그리워서 애만 태우는 소양강 처녀

수건에다 눈물을 찍으며, 훌쩍거리며 혼잣소리를 하고 있다.

경미   안 돌아가. 이번엔 진짜로 안 돌아갈 거야. 지겨워! 지겨워!!

옆방에서 퉁퉁 벽치는 소리와 함께 남자소리 건너온다.

남자	뭐가 지겹다는 거야, 아줌마여 아가씨여? 조용 좀 하라구!
경미	지들이 더 시끄러우면서!
남자	(더 치며) 아줌마 알아들었어? 조용하라구!
경미	(함께 악쓴다) 야! 니들이 더 시끄럽다!

경미는 손으로 귀를 막는다. 돌아선다. 다른 벽을 향해 몸을 돌려
귀를 막고 혼잣소리를 계속한다.

경미의 뒤쪽으로 권씨가 들어선다.
경미는 모른다. 귀를 막고 있는데다, 슬픔이 격하여.

경미	광부한테 시집 가면 평생 쌀밥 먹고 산다구? 말이 좋다. 그 많은 시동생들에 호랑이 같은 시엄마에, 내 꼴을 봐, 이 꺼먹돼지야! 너네 가족만 사람이고 우리 가족은? 우리 막내가 배 탄대잖니. 공부도 못 마치고 아버지, 형 따라서 배 탄대잖아! 너네 식구는 여동생까지 대학 보내잖니! 니네 여동생은 대학도 보내면서 우리 막내는! (운다) 내가 결혼하고 친정 한 번을 못 갔다⋯ 6년을 내가, 욕만 처먹고, 으엉! (운다)

또 옆방 남자소리 넘어온다. (아직까지 노래도 나오는 중, 토요일 밤에 이후,
김태희의 「소양강처녀」(1970) 이어지고 있다.

남자소리	(퉁 퉁 퉁 벽을 거세게 치며) 뭘 처 먹어! 아줌마! 뭐야 뭐! 같이 먹자!

경미	(무시하고) 영주야! 엄마가 미안해. 정말 미안해! 엄마가 안 그러고 싶었는데 정말 어떡할 수가 없어서. 미안해 영주야…. (또 우는데)
권씨	그렇게 미안한 사람이! 지금 여기서 뭐해.
경미	(귀를 막은 손을 떼고 돌아보고는) 으악!!! 사람 살려! 여보! 누구, 밖에 없어요!

권씨, 불을 컨다.

권씨	불까지 꺼 놓고. 청승은….
경미	때리지 마.
남자소리	(노래를 따라하며, 때리지 마, 라는 가사로 바꾼다. 예를 들면, 너마저 날 때리면 나는 나는 어쩌나, 하는 식)
여자소리	키히히히히 오빠 아이 간지러워…. (웃는다)
남자소리	가만 있어 봐~

남녀는 소양강처녀 노래를 따라 부른다.

권씨	(먼저 앉는다) 앉아라.
경미	(아직 서 있다) ….
권씨	앉으라구.
경미	(서서히 앉는다) ….

권씨 빵봉지를 경미에게 밀어준다.

경미	이게 뭔데?
권씨	너 좋아하는 단팥빵. 밥이나 먹었나?

옆방에선 남녀의 노랫소리 드높다. 더 신나게 악을 쓰고 자지러지다가,

남자소리	어? 아줌마! 거기 남자 온 거 같네? 누구야? 그 자식 때문에 울었던 거야? 에이, 사내가 못나가지고, 야 임마! 여자한테 잘 해 줘!

여자는 곁에서 자지러지게 웃고.
권씨는 문을 열고 옆방으로 건너간다. 문을 두드린다.
소리만 전해온다.

남자소리	누구야? 누가 남의 방문을 두드려?

역시 권씨가 거칠게 문 두드리는 소리, 그리고 권씨 소리도 건너온다.
경미는 일어나서 귀를 대고 살핀다.

권씨소리	옆방인데 거 문 좀 열어 보쇼.
남자소리	누구세요… 갑자기 화가 나네요‥

문 여는 소리와 함께 갑자기 둔탁한 소리들이 어지럽게 들린다.
멱살 잡고 쓰러지고 치고 받고 하는 소리, 여자 비명, 뭔가 우당탕 넘어지는 소리, 거친 권씨의 소리 건너온다.

권씨	똑바로 서. 똑바로 서! (다시 퍽 하는 소리)
남자소리	가만 가만! 스톱! 알았어! 알았다고! 알았다고!! 형씨‥ 아저씨, 잠깐만요. 아오! 형씨! 아저씨! 선생님!! 아오! 아이고! 나 죽네…!

경미는 다시 귀를 막는다.

여자소리	사람 살려! 사람 살려!
권씨	일어나! 다시 말해 봐! 뭐라고…?
여자소리	아저씨 왜 이래요! 말로 하세요, 말로….
남자소리	이제 아무 말 안 하겠습니다. 조용히 먹겠습니다. 예. (여자에게) 끄세요! (음악 끊긴다) 조용하죠? 네, 조용히 먹고 먹겠습니다. (문 닫으면서) 네. 조용히 먹겠습니다. 아이고 아파라…. 아이고 아파라….

옆방 이제 조용하다.
권씨 돌아온다. 다시 앉고 그 옆으로 경미도 조용히 앉는다.

권씨	미안하다.
경미	뭐가?
권씨	친정 한 번 못 보내주고….
경미	….
권씨	처남 학교 안 다닌대?
경미	응. (또 운다)

권씨	(듣다가) 울지 마라.
경미	걔 하나만은 내가 대학까지 보내고 싶었어. 내가 돈 벌어서. (운다) 시집 안 간다고 했는데, 아버지가 억지로 시집 보내서…. (또 소리내 운다)
권씨	야…!
경미	(뚝 그친다) ….
권씨	돈 주께. 처남 학교 가라고 해.
경미	우리가 돈이… 있어?
권씨	주께.
경미	(어디서 눈물이 나는지 또 운다) ….
권씨	이게 무슨 애들 장난이냐. 시어머니가 야단 좀 쳤다고 집을 나 가….
경미	당신이 내 맘 알어? 나 안 돌아갈 거야. (운다)
권씨	… 영주 생각해 봐.
경미	(또 운다) 영주야…. (눈물 닦고) 영주, 엄마 없다고 아침에 막 울 지?
권씨	밥 먹던데. 할머니가 후라이 해주니까 맛있다고…. 엄마는 후 라이도 못 한다고.
경미	(때린다)에잉 에잉.
권씨	아야.
경미	이게 뭐가 아프냐.
권씨	너 손때 매워.
경미	(또 한 대 정말 세게 때린다) !
권씨	아이고 나 죽는다 아, 진짜라니….

경미	(웃는다) 나 이번에는 안 돌아갈라 그랬어.
권씨	그래서 제천으로 왔냐?
경미	근데 나 여기 있는 거 어떻게 찾았대? 귀신이다 증말. 어 얘기 해 봐.
권씨	역에 갔더니, 너 제천가는 표 끊었다고 알켜 주드라.
경미	역무원이 아는구나.
권씨	그래서 '제천 고모네 갔겠네' 하고 왔고, 고모네 갔더니 너 안 왔 다 해서 여인숙 뒤졌고….
경미	고모네를 왜 갔어! 아버지 아시면 또 난리가 날 텐데….
권씨	그러게 제천은 왜 왔어, 이런데 있을 거면서….
경미	고모 보고 싶어서, 고모부랑 너무 잘 사는 우리 고모 보고 싶어 서! 왜!!
권씨	… (에이, 씨, 참고) 지금 갈래?
경미	고모네? 좋지!!
권씨	꿀 갖다 드렸어.
경미	꿀?
권씨	박씨가 양봉하는 거 돈 좀 주고 받아서 아까 고모 갖다 드렸어.
경미	뚝보가 그런 맘도 쓸 줄 아나?
권씨	서방을 몰라도 너무 모른다. 윤경미씨.
경미	오늘 일은 어떻게 하고 왔대?
권씨	고향에 일 있다고 며칠 쉰다 했지….
경미	미쳤어. 일당이 얼만데….
권씨	굴 속에 하루 안 들어가는 게 소고기 열 근보다 낫다니….
경미	우리 막 결혼해서 당신 노가다 나가면 하루 일당 백원 받아왔

어. 생각 나? 여기 탄광 안 왔으면 우리가 어떻게 살았겠냐?

권씨   그런 사람이 집을 나가나? 누구는 바위가 떨어져서 대가리 쪼 개질 뻔 했는데!

경미   당신? 언제?

권씨   나 말고 박씨. 큰일 나는 줄 알았어.

침묵. 권씨는 정말 심난하다. 광부 일에 대한 걱정.

경미   그래도 뭐 서로 당신하고 일 할라고 하잖아. 탄맥도 잘 찾고, 후 산부들 일하기 좋게 구멍 잘 뚫어서 발파도 잘 하지, 회사도 좋 아하잖아….

권씨   영만이 일도 그렇고, 또 박씨까지 사고가 나니까… 내가 다치는 것도 아니고 꼭 남이 그러냐…

경미   … 무슨 그런 소릴 해! 침 뱉어.

권씨   (시늉) 퉤 퉤 퉤….

경미   (권씨 발을 붙잡고 땅을 세 번 두드리는 시늉한다) 재수 없는 말은 다 땅으로 꺼지라. 하늘땅 별땅 훠이!

그리고 또 침묵. 권씨의 고민이 오늘 좀 깊다. 경미가 그걸 느낀다.

권씨   (어렵게) 다른 일 할까? (사이)
        독일에서 가져온 돈 아직 남겨 논 게 좀 있어. 처남 공부할 돈 좀 주고, 우리 돼지 사서 한 번 키워 볼래?

경미   난 잘 모르지. 돼지는 한 번도 안 키워 봤잖아.

권씨	막장 하늘 말고 푸른 하늘 이고 살면 좋지 뭐. 뭐라도 하겠다.
경미	… (걱정스럽게 남편을 본다. 정말 힘들구나….)

침묵. 권씨의 고민. 경미의 고민.

권씨	고모네 가까?
경미	지금?
권씨	고모 보러 갈 거면 늦기 전에 가자.
경미	저기, 저기…
권씨	왜?
경미	여기 방값 다 냈는데, 아깝잖아.
권씨	어떡해?
경미	오늘은 그냥 여기서 자고 내일 아침 일찍 가면 안 되까?
권씨	그래 그럼.

권씨가 이불을 펴고 베개를 나란히 논다.

권씨	(잘려고 웃옷을 벗는다) ….
경미	(가서 불을 끈다) ….

달빛

경미	그거 알아?
권씨	뭐?

경미	내 배꼽에도 탄가루 묻어 있는 거.
권씨	닦아도 잘 안 지워져.
경미	내가 지워줄까?

권씨와 경미, 분위기를 잡으려는데 옆방에서 노크 소리가 들린다.

남자소리	옆방 선생님! 음악만 조금 틀면 안 되까유?

서서히 어두워진다.

5장

자막: 사흘 후, 74년 8월 13일,

과거 정부에서 광부들을 산업전사로 치켜세우며 증산을 독려하기 위해 만든 노래-「그대 산업전사여!」가 흐른다.

역동적이고 화려했던 과거 광산촌 사진 자료가 투사된다.

깊은산 파묻힌 석탄을 꺼내
내 가족 내 나라 번영 일구네
뉘라서 당하리 뭉친 우리 힘

그대여 자랑스런 산업전사여!

후렴
오늘도 우리는 산으로 간다
깊은 굴 아래서 희망을 캔다
씩씩하게 이루자 조국 번영을
당당하게 나오라 산업전사여

#자막: 선탄부들이 일하는 작업장.

컨베이어 벨트를 타고 쉴 새 없이 광부들이 캔 탄들이 밀려들어 오고, 도열해 선 선탄부 여인들이 탄과 폐석, 잡목을 골라내고 있다. 마스크에 두건에 완전무장이다. 탄가루 분진이 온 작업장을 채우고 있다.

그러다 한 사람이 쓰러지고 만다. 선탄부 여인 하나가 발견하고, 부축한다. 쓰러진 여인의 마스크를 벗기는데 영만의 처, 수환 엄마다. 누군가 물을 가져와 입안을 적시게 한다. 밖에서 남자 직원 한 사람도 뛰어들어온다. 컨베이어 벨트는 멈추었다.

선탄부1   숨을 크게 쉬어, 수환 엄마,
선탄부2   수환 엄마 괜찮아요? 예?
수환 엄마   네….
남자직원   괜찮으세요?
선탄부1   처음이라 그래.

선탄부3	삼복더위에 이렇게 칭칭 감고 일을 하니.
선탄부2	땀으로 목욕을 하지. 에유.
남자직원	힘드시면 조금 나가서 쉬다가 들어 오세요.
선탄부1	그래, 여는 우리가 있으니까⋯.
수환 엄마	아닙니다 괜찮습니다.

사이. 숨을 고르는 수환 엄마. 안타깝게 바라보는 여자들, 남자 직원.

수환 엄마	제가요, 체력이라면 정말 여자가 아니라 남자라고 했거든에. 일 하시는 거 보니까 대단들 하십니더.
선탄부1	우리도 죽을 맛이야, 탄먼지 땜에 숨은 안 쉬어지지⋯. 종일 이렇게 마스크까지 하고 있으니⋯.
선탄부3	그래도 이거 안 하면 안 돼, 남자들만 병 오는 게 아니라 우리도 와.
선탄부1	(수환 엄마에게) 물 한 번 더 마서.

다른 선탄부 여인이 물을 내밀고 수환 엄마 더 마신다.

선탄부3	서방 죽고 나면 정말 세상이 캄캄하지. 앞으로 어떻게 사나⋯.
선탄부2	5년 됐나? 우리 서방 굴에서 죽은 게⋯.
선탄부1	무슨? 3년 쫌 더 됐지. 우리 남편 죽은 게 인제 5년인데⋯. 우리 애가 지금 여덟 살이잖소.
선탄부2	그래요? 그래도 언니 아는 내가 조금 봐 줬잖아요.
선탄부1	그게 얼마나 고마웠는지 아나? 처음에는 아를 집 기둥에다 묶

어 놓고 일 다녔어. 주먹밥에 김치 몇 조각 옆에 놔 주고…

선탄부2 그때 언니가 그랬잖아요. 일하고 있으면 자꾸 애 우는 소리가 들린다구요

선탄부1 애 우는 소리에 귀를 자꾸 파게 돼, 자꾸 우리 애 우는 소리가 들리더라고.

수환 엄마 우리 애 아빠는 그냥 착하기만 했어요. 이제 쪼매 살려나 했더니… 에휴…. (눈물을 닦는다)

선탄부1 여기 엄마들 다 사연이 절절해. 우리랑 의지하고 살자고….

수환 엄마 고맙습니다.

수환 엄마 일어난다.

선탄부3 쉰 김에 더 쉬어.

수환 엄마 아니요. 수환이가 잡아 일으키네요. (일을 시작한다)

다들 마스크를 다시 하고, 일을 하기 시작한다.

다시금 들리는 「그대 산업전사여!」의 노래 우렁차다.

그러면서 자연스럽게 굴을 개척하고 동발 작업하는 막장으로 옮겨 간다.

자막: 막장

권씨를 선두로 박씨, 윤씨, 그리고 종만까지 보인다.

발파를 위한 천공작업, 선산부 권씨가 정을 잡고, 제2 후산부 박씨가 해머 같은 망치로 정을 두들기고 있다. 구멍을 내고는, 권씨가 다이너마이트를 집어넣는다. 도화선에 불을 붙이고, 외친다. '발파!' 모두들 빠르게 그 자리에서 조금 벗어난다.

쾅! 귀를 찢는 듯한 폭파음! 그리고 굴 안을 가득 메운 분진! 한 치 앞도 볼 수 없고 한참을 있어도 가라앉지 않는, 막장 안은 더욱 짙은 어둠에 잠긴다. 모두들 쿨럭댄다. 이젠 동발을 세워 무너지지 않게 지지한다. 통나무 기둥들을 몸에 묶고 조금은 위로 경사진 굴(승갱)을 올라 동발 기둥을 세우게 된다. 그들의 그런 움직임은 종만을 빼놓고는 군인들처럼 매우 숙달돼 보인다. 동발을 다 세울 즈음, 종만이 마스크를 벗고 갑자기 악을 쓴다.

종만   으아악~~.

박씨   오메 놀랜 거, 야가! 어찌 이런디야….

윤씨   왜 그래 임마!

종만   으아아아아아아아악!

권씨   (그런 종만을 발로 차버린다) !

종만   (쓰러지자마자 일어나며) 아오! 어떤 새끼야! 누구야!

윤씨가 권씨를 잡고, 박씨가 종만을 말린다. 사실 모두 헤드램프(갭뿌)에 의존하고 있지만 거의 앞이 잘 분간이 안 되는 상황이다.

박씨   야, 왜 이려! (제압하려 한다)

종만   미쳤다. 정말 미쳤다. 이런 데서, 우리 형 이런 데서 10년을 일한 기가? 그카다 죽은 거야?

다들 할 말이 없다.

종만   이게 사람이 일하는 데가?

권씨   나가.

종만   뭐라고?

권씨   아무도 안 말려. 왔던 길로 나가라고.

종만   나간다. 내가 다시 여기 안 들어온다. 영만이 형! 너 존나 고생
        했구나. 너 이러고 살았구나! 나가자, 씨발 여기서 나가자고! 씨
        발 길이 어디냐 근데···. (더듬 더듬어 나가려 한다. 그런데 되려 지굴
        노보리로 들어가고 있다)

윤씨   (살피다가) 저 빙신, 나간다면서 노보리로 다시 들어가는데?

박씨   거긴 더 좁은 굴이라 더 숨 막히고 끝이 막혔어야···.

종만   (아직도 그 좁은 굴로 더 들어가며) 내가 나간다. 다시는 여기 안 들
        온다. 이 두더지 새끼들아. 여기가, 어디야? 근데 여기 어디냐
        구!!! 으악! (손으로 뭔가 움켜쥐었다) 누구야? 내가 지금 누구 뒷머
        리 잡았는데? 이거 누구야?

권씨   니가 잡은 거 쥐새끼야, 놔 줘!

종만   으아아아아악!!!! (넘어지고 부딪히고 질척질척 뛰고 그러면서 겨우 사람
        들 곁으로 나온다)

윤씨   쥐돌이구나. 거기 있었어? 우리랑 늘 밥 나눠 먹는 친구야. (쥐
        를 부르며) 쥐돌아 놀랬니? 찍찍 찍찍···.

종만   아아아아아아아···. 이 미친 새끼들아···입구가 어디야!!!!

권씨	(종만을 눌러 제압한다) 야 임마! 여기 너 혼자 있는 거 아냐.
종만	이거 놔, 이거 놔!
권씨	어디 잘못 건드려서 물통이라도 터지면 여기 있는 사람들 다 죽어.
윤씨	지하수 터지면 사람 뱃가죽도 그냥 뚫어 버린다고.
박씨	형 생각해서라도 니가 이러면 안 되는 것이여. 느그 성님은 몇 사람 목숨을 살렸는디···.

종만 진정된다. 풀어준다.

혼자 쓰러져 있던 종만, 갑자기 실룩실룩 울기 시작한다.

종만	···. 형, 이 모지리, 이 모지란 새끼, 형아··· 영만이 형··· 난 이런 것도 모르고···.

어두워지고, 다시 무대 한쪽 동시에 밝아지면

#자막: 사택촌, 이들을 기다리는 가족의 모습. 영만의 집 앞.

영만, 종만의 아버지, 1919년생, (74년 현재) 66세. 하지만 고생으로 인해 훨씬 더 늙어 보인다. 허리를 다친 지 오래라 거동도 불편하다.
그 늙은 아비 앞에서 손주 수환과 옆집 아이 영주가 놀고 있다.

아비도 일제 때 이 지역 광산에서 일했던 광부였다. 그 고생을 알기에 굴로 출근하는 아들을 보낼 때 늘 맘이 안 좋았다. 그가 할 수 있는 일은 이렇게 기다리는 일이었다. 무사히 돌아오는 아들의 걸음 소리를 듣는 일이었다.

아비는 하늘을 보고 있다. 구름 한 점 없다. 목이 타고 기력이 쇠한다.

수환   아우 덥다. 그치?
영주   응 더워.

그때, 아비 기침을 심하게 한다.

수환   할아버지! 감기 걸리셨어요? 물 갖다 드릴까요?
아비   (괜찮다고 고개만 젓는다) 아냐. 탄가루 많이 먹어서 그래. (쿨럭)
수환   (걱정) 그 전보다 기침이 더 심해지셨어요.
아비   (또 기침) 괜찮다‥ 괜찮아….
영주   할아버지! 할아버지도 옛날에 광부였어요 그쵸?
아비   응. 일본 사람들이 할 때.
영주   그때 많이 힘드셨어요?
아비   (생각한다. 그러다가 땅 아래를 가리킨다) 저 아래‥ 땅 속….
수환   뭐라구요 할아버지?
아비   저 아래‥ 니 삼촌 일 하는 데, 여기보다 더 더워. (사이) 니 아버지 일 했든 데….
수환   알아요.
영주   할아버지! 땀을 많이 흘리니까 소금을 많이 먹어야 돼요. 김치.
아비   그래. (웃는다)

아비   …. (멀리 하늘을 본다)

수환과 영주도 할아버지처럼 먼 하늘을 본다.

영주   할아버지 어디 보세요?
수환   뭐 보시는 거예요?
아비   응… 우리 아들.
수환   아빠….

함께 하늘을 보는데, 와자지껄 여인들 소리. 여자들 장에 갔다 돌아온
다. 다들 장을 본 바구니나 짐을 들었다. 양정자, 경미, 다른 집 여자들.

경미   (멀리서 보면서도 악을 쓴다) 영주 이 갓나야. 아유. 더운데 어찌
         나와 있어?
영주   엄마!
양정자   (아비에게 다가오며) 아버님, 더우신데 왜 나와 계세요?
아비   장에들 다녀오나….
빨래녀1   우리 오늘 다 돼지고기 사왔어요. 오늘 장에 막 잡은 돼지가 나
         왔는데 고기가 때깔이 너무 좋아요! 뼈다구도 너무 좋고….
아비   명절도 아닌데 웬…?
빨래녀2   (수환 엄마를 가리키며) 이 언니가 막 사잖아요. 그래서 너두 나두
         그냥 같이 샀죠!
수환 엄마 삼촌 굴에 들어가기 시작했잖아요. 처음이라 힘들 텐데, 그래
         서….

빨래녀3	에유! 뭐가 이쁘다고…. 홍! 내일이 복날이잖아요. 남정네들 목 에 탄가루 때도 벗기고 힘도 보충하라고…. 오늘 이 동네 집집 마다 고기 냄새 좀 날 거예요!
양정자	참! 아버님! 많이 더우시죠, 냉장고에 물 있어요. 기다리세요! (자기집 쪽으로 급히 들어간다)
빨래녀1	아이구 그놈의 냉장고!
빨래녀2	아이구 그놈의 물!
빨래녀3	나두!
경미	우리 영주도 주세요!

다들 까르르 웃어대고.

아비는 멀리 하늘을 본다. 일어선다. 다가간다.

아비	영만아. 어디쯤 갔노. 많이 갔나. 얼굴 한 번 비주고(보여주고) 가지. 이눔아야.

멀리 하늘을 본다. 아비는.

6장

자막: 74년 8월 16일

바로 전 날의 비극 - 광복절 기념식장의 비극.

어둠 속에서 소리만 들린다.

대통령의 연설 그리고 총소리, 요란한 현장음.

밝아지면 경자집. 권씨, 박씨, 윤씨, 종만이 둘러앉았고 심각하다.

오늘은 경자도 그들과 한 잔을 한다.

미진은 심부름 중이다. 종만은 계속 미진을 힐끔거리고 신경을 쓴다.

윤씨   아니 어떻게 이런 일이 다 있어?

박씨   대통령 쏠라다가 안 된 게 육여사를 쐈디야. 빵 빵!

경자   시끄럽다. 조용히 얘기해라. 뭐 좋은 일이라고…. (마신다)

박씨   (소리를 죽여) 이 양반은 군인 출신이라 총 소리 나자마자 번개같
          이 단상 뒤로 숨었고. 육여사는 가만히 의자에 앉았다가 빵! 총
          맞아 뿔고.

윤씨   대체 문세광이란 놈은 뭐하던 놈이래요?

경자   재일교포란다.

종만   미진씨도 잠깐 앉아서 한 잔 해요.

미진   … 예.

종만   에이, 빨리요…. (하고 손을 잡아끈다)

미진   (못 이기는 척 앉는다)

감독이 취한 채 들어온다. 손에 구겨진 신문을 들고 있다.

감독   여, 권씨! 여기 있을지 알았지!

윤씨	안전! 백바가지* 양반께서 어찌 이런 누추한데….
감독	뭐 이 자식아!
윤씨	에이, 감독님~~ (애교) 너무 반가워서!!
감독	니 보러 안 왔어. 내 친구 보러 왔지. (권씨를 향해 경례) 안전!
권씨	어어‥ 앉아요.
종만	어? 둘이 뭐야? 친구였어요?
감독	좃만이! 좃만이도 있었네.
종만	아 진짜, 종만. 입니다. 둘이 어떻게…?
감독	여기 권씨랑 나랑 독일 같이 다녀온 동기다 왜. 10년 전 64년 10월, 483명이 독일로 갔지. 함보른 광산. 알아?
종만	아아…
감독	난 서른 다 돼서 간 거고, 권씨는 애기. 스무 살짜리가 왔드라고. 권양기, 고향이 삼척이고….
윤씨	잠깐 잠깐, 권 뭐라고? 권양기? 저기 저기…
감독	그래 그래, 탄이랑 니들 끄집어 올리고 내리는 그 권양기! 아니, 세월이 몇 년인데 그동안 이름도 모르고 지낸 거야?
박씨	어떻게 알겄어? 그냥 권씨, 윤씨 했는디.
종만	너무들 하시네. 그렇게 친하면서.
박씨	이름 알아서 뭐 헌다냐. 언제 떠날지 모르는 게 우리 팔잔디. 여튼 권씨 이름 하난 기가 막혀부네, 천상 광부네. 권양기!

---

* 광부들은 노란 안전모를 쓰는데, 한때 관리직은 하얀 안전모를 써서 신분을 표시했다. 그래서 광부들은 그들을 '백바가지'라 칭하며 조롱했고, 80년 광산민주항쟁 뒤로는 하얀 안전모가 사라졌다.

다들 껄껄 웃어댄다. 그때, 갑자기 토하듯 울음을 쏟는 감독.

윤씨   어? 감독님 왜 그러세요.

감독   (신문 보이며) 어제 육여사가 … 돌아가셨다.

윤씨   그런데요….

감독   니들 육여사 실제로 못 봤잖아. 난 봤어. 여기 권씨도 같이 봤
      지. 우리 함보른 광산 가던 해, 12월에 대통령 각하께서 독일 순
      방 하셨잖아. 우리 광산에 들러서 간호원들이랑 격려하신다고.
      육여사는 우리 보자마자 계속 우시드라고. 내가 앞줄에서 다
      봤다니간. 우리도 다 울고…. 한 잔 해. 이거 오늘 내가 다 사는
      거야.

윤씨   진짜요?

경자   감독님이 오늘 거나하셨네. 돼지고기 좋은 거 들어왔다. 돼지
      두루치기 해라.

윤씨   좋아요! 돼지 두루치기 특제로 하나! 건배!

감독   건배는 하는 거 아냐. 그냥 마셔.

다들 마실 때, 브라스밴드의 애국가 연주 소리 들린다.

감독   함보른 광산밴드가 애국가를 연주하고 대통령 각하께서 연설
      을 시작하려는데, 말씀을 못 하셔. 눈물이 나니까. 한참 만에 연
      설을 하시는데, 그냥 즉흥연설이 시작되신 거지.

감독은 스스로 박정희처럼 당시를 추억하며 연설을 한다.

(대통령)   여러분 만리타향에서 이렇게 상봉하게 되니 감개무량합니다. 조국을 떠나 이역만리 남의 나라 땅 밑에서 얼마나 노고가 많으십니까. 광원 여러분, 간호원 여러분, 조국의 (감정이 격하여 말을 하지 못한다) 여러분!!! (말을 못 잇는다)

박씨   감독님! 인쟈 고만하고 한 잔 허시쥬?

감독   지금 말야, 작년에 석유파동 나가지고 전 세계가 발칵 뒤집어진 거 아니야. 석유 안 된다, 이제 다 석탄이다, 탄을 캐자! 발전소도 공장도 가정집도 다 이제 석탄이야! 그러니까 우리가 바로 그 총화증산의 최전선에 있는 전사들이다 이 말이야! 건배하자. 총화증산!

      안 된다. 상가에선 건배하는 거 아니야. (하고 혼자 마신다)

경자   (버럭) 아니 여가 왜 상가집이고! 술이나 마시라!

감독   자, 오늘은 그냥 술이나 진탕 마시자!

경자   마시라… 마시라… (광부아리랑 시작)

다들 침통하다.

경자집 조명은 꺼지고, 영만의 처가 있는 사택촌 안방 불이 밝혀진다.

수환 엄마는 일을 다녀와 밤인데도, 뜨개질을 하고 있다. 일종의 부업이다.

자꾸 졸리운지 연신 눈을 비빈다. 그 곁에서 수환이도 밥상 위에서 꾸벅거리며 숙제를 하고 있다. 그러다 결국 쓰러져 잔다. 그걸 보고 수환 엄마는 수환을 들어 이부자리에 눕혀 준다.

<광부아리랑>*

못 살겠네 못 살겠네 나는 못 살겠네
울아버지 그리워서 나는 못살겠네

아리랑 아리랑 아라리요
아리랑 고개 고개로 나를 넘겨주게

검은 막장 깊은 굴은 칭칭이도 많구요
우리 낭군 입은 옷은 줄줄이 땀내라네

요 몹쓸 놈의 광산아 야속도 하구나
돈 번다고 가신 님은 왜 아니 오시나

양정자 밤늦게 찾아온다.

양정자   안 잤네? 낮에 일 하고 와서 밤에 뜨개질까지, 잠 안 와 언니?
수환 엄마   이 시간에 웬일이고?
양정자   응 저기…. 언니가 받아오는 뜨개질감 있잖아. 나도 해 보면 안
            될까?
수환 엄마   … 해가 서쪽에서 뜨겠네. 양정자가 야밤에 뜨개질을 하겠다
            고?

* 출처: http://tvpot.daum.net/v/v5852u4hRhln0lmuOlOuo2l

양정자	막장에서 번 돈 햇볕 보면 말라 버린다고. 우리집이 딱 그래. 월급날 돼 봐야 이래저래 제하고 나면 남는 게 없어.
수환 엄마	그니까 허튼 돈이나 쓰지 마래이….
양정자	아 진짜, 요새 나 안 그러잖아.
수환 엄마	광업소 통신문 봤지? 광업소 직원들이 이제 읍내 댄스홀까지 뒤진단다. 마누래 춤바람 나면 남편 작업 의욕 떨어지고, 잘못하면 사고도 난다고….
양정자	알어 알어. 남편은 막장에서 숨막혀 마누라는 땅위에서 숨막힌다….
수환 엄마	사는 게 다 숨막히는 일이지.
양정자	내가 미친년이지. 친구따라 재미로 치던 화투에 홀려서 친정 다 거덜내고 시댁까지 거덜냈으니….
수환 엄마	그래도 창덕이 아빠 같은 사람 없다.
양정자	세상에 그 빚 다 갚아 주고 다 정리하고 나 손 붙잡고 여기 광산 와서 사는 동안 화투 얘기 한 번을 안 꺼내드라….
수환 엄마	그래 손 붙잡고 잘 살어.
양정자	시댁에선 뭐 그럴 수 있지만, 형님 전화해 가지고 다짜고짜 돈 내놓으래. 광산 있음 무슨 금덩어리 캐고 있는 줄 아나 봐.
수환 엄마	알았다. 일감 받을 수 있는 지 함 알아볼게.
양정자	고마워 언니. 대충 하고 자라. 낮에 일도 다니면서…. 아이구 몸이 쇠냐. (잠자는 수환을 보며) 애들은 자는 게 참 예뻐. 깨면 싫고. 나 간다. (간다)

수환 엄마는 고개 한 번 돌려보며 목을 풀고는 또 뜨개질에 집중한다.

광부아리랑이 구슬프게 흐르며 암전된다.

7장

자막: 며칠 후, 광업소 바로 앞 도로, 새벽 출근길.

권씨가 멈춰 서 있다. 고민하고 있다.

까마귀가 까악 까악 불안하게 울고 지난다.

권씨는 한참을 서 있었다.

근데 웬 여자 하나가 또 권씨 앞으로 휙 뛰어간다.

여자(빨래녀3) (지나가면서도) 죄송합니다, 죄송합니다….(지나간다)

권씨   …!

뒤에서 그걸 본 종만이 나타난다.

종만   저, 저, 재수 없는 년, 광부가 출근하는데 여자가 앞길을 가로질
           러 가! (여자가 나간 쪽으로) 야! 너 누구집이야? 니가 오늘 일당 책
           임 질 거야!

권씨   일 안 한다며? 늦기 전에 서울 올라 가.

종만   석 달만 참으면 1년 가고, 1년 참으면 3년 간다며요? 맞잖아요?

권씨   ….

출근하는 윤씨, 박씨 나온다.

박씨   안 들어가고 뭐 한가?

권씨   ….

종만   우리 선산부께서 오늘 컨디션이 매우 안 좋으신가 봐요.

윤씨   안 되지. 권씨가 탄맥 찾아가지고 탄이 막 쏟아지고 있는데. 우
         리 뒤에 들어간 을방 병방 애들 난리 났어!!

권씨   ….

박씨   이러는 모습 처음이네 잉.

         까마귀가 또 지나간다. 까악!

윤씨   에이 씨!

         감독이 뛰어 나온다. 흰색 안전모를 썼다.

감독   권씨, 분위기 안 좋게 입구에서 왜 이래? 까마귀 한두 번 울어?

권씨   들어가자.

박씨   응? 들어가?

         권씨 들어간다. 서서히. 다들 불안하게 뒤따르는데.

권씨   (갑자기 돌아서 감독 쪽으로) 글뤽 아우프!

광부들   굴릭아푸?

감독	그래…! (광부들쪽으로) 독일 광부들이 하는 말이야. (손가락으로 위를 가리키며) 위에서 살아서 만나자! 글뤽 아우프!
권씨	(손가락으로 위를 가르킨다) 글뤽 아우프!
광부들	굴릭 아푸!
감독	… 자자, 걱정 하지 말고! 총화증산!!!!
광부들	총화증산!

권씨와 광부들 이제 헬멧의 안전등, 갭뿌를 켠다. 그들의 불빛들.

광부들은 지하 깊은 굴 안으로 들어간다.

늘 불안했지만 늘 내려갈 수밖에 없었던 사람들.

#인서트 _ 다시 들리는 효과음, 현재 시점, 자동차 달리는 소리.

권양기	그날, 진짜 들어가기 싫었다.
윤경미	내가 꿈자리가 안 좋았거든, 가지 말라 했지.
권양기	니 엄마 꿈자리가 안 좋으면 여지 없어. 사고가 생겨.
권영주	그날인 거죠? 그때 사고가 났던 거죠?
윤경미	속이 다 타는 줄 알았다. 아침에 굴에 들어간 사람이 다음 날이 되도 안 나오고, (급 브레이크) 아이쿠.
권영주	어머, 이 사람 왜 운전을 이렇게 해?
윤경미	천천히 가. 니가 이쪽 차선으로 붙으면 되지….
권영주	참나… 아빠. 친구분들 이제 거의 다 돌아가셨죠?
권양기	진종만이 하나 남았지.
권영주	건강하서요?

권양기	지금도 지 마누라랑 맨날 손 붙잡고 술 먹고 다녀.
윤경미	미진이 할매가 술은 진짜 잘 마시지. (웃으며) 코랑 볼이 항상 빨개.
권영주	근데 종만 아저씨는 애가 없잖아요… 일부러 안 나신 건가?
윤경미	수환이 잘 키울라고 애 안 낳는다는 말이 있어.
권영주	수환 오빠도 한 번인가 그런 얘기하더라구요. 근데… 그런 생각이 들어. 누가 기억해 줄까. 종만 아저씨 인생은 누가 기억해 줄까. (급 브레이크) 아까부터 저 아저씨 왜 저래, 정말! 잠깐 차 세워봐!

다시 과거로.

발파! 그리고 이어지는 폭발음! 꽝! 꽝! 몇 번을 더 이어진다.
흡사 전쟁터와 같다. 발파! 외치는 소리와 끔찍한 폭발음이 어지럽다!
그런데! 순간! 사람들의 비명과 막장 무너지는 소리가 이어진다.
'피해' '물러나' 하는 광부들의 소리가 다급하다.

무대는, 막장에 갇힌 상황, 막 사고가 난 직후.

권씨	물러나!
박씨	피해!!!
윤씨	노보리가 막혔어!
종만	어우! 숨막혀!
권씨	다들 괜찮아?

윤씨	갈 데가 없어. 막혔어.
박씨	우짜냐… 우짜냐….
종만	뭐야 가만 이거 뭐야….
권씨	호들갑 떨지 마. 큰 사고 아냐. 요 앞만 무너졌어.
종만	지금 우리 갇힌 거야?

권씨가 먼저 갭뿌 끄고 눕는다. 박씨도 윤씨도 따라 불을 끈다.

종만	뭐야? 갭뿌를 왜 꺼…?
권씨	배터리 아껴야 해. 일단 꺼 놓고 좀 쉬어.
종만	쉬기는 뭘 쉬어 지금!
권씨	하루 정도만 기다리면 구호대 올 거야.

다들 무거운 침묵. 종만 혼자 갭뿌 불을 켠 채 이리 저리 살핀다. 불빛
이 무너진 막장을 비출 뿐이다. 난감하다. 암담하다. 불안하게 물 흐르
는 소리.

종만	나 벌 받나 보다?
윤씨	응?
종만	나 사실 여기 올 때, 합의금 때문에, 우리 형 보상금 그거, 욕심 낸 거 맞거든. (사이) 벌 받네.
윤씨	아, 씨 재수없게….

시간이 흐르고, 종만은 점점 공황상태가 되어 간다.

물소리, 불안하게 들린다. 지하수 흐르는 소리.

종만   영만형~~ 미안하다. 나 좀 살리도. 형~!

권씨   종만. 굴 안에선 죽은 사람 애기하는 거 아니야. 도리어 나가자
고 하는 거야. 영만 형 여기서 나가자. 영만 형 밖으로 나가자.

박씨   영만 형 나가세!

윤씨   영만이 형 여기 나가자!

종만   형! 여서 나가자!

다시 침묵. 물 흐르는 소리 또 불안하게 흐른다. 시간이 흐른다.
모두 잠에 들었다.
꿈처럼 무대 한쪽에 어린 영주가 나타난다.

영주   (동시가 적힌 종이 하나를 들고 읽는다)[*]

아버지는 탄을 캐고 오시면 목이 아프다고 한다
그래도 엄마는, 내일은 쉬세요, 라고 말한 적이 없다
엄마는 월급날이 되도,
이 돈 가지고 어떻게 살아요, 하고 아버지를 나무란다
그러면 나는 조금 눈물이 난다

[*]   사북초등학교 64명 어린이 시, 임길택 엮음 「아버지 월급 콩알만 하네」에서 몇 편의 시를 혼용, 수정, 발췌하였
다. 단, 이 극의 제목이기도 한 마지막 행은 창작이다.

아버지는 아프신 날에도 일을 나가신다

집에 돌아오실 때면 시커먼 탄가루로 화장을 하고 오신다

그러면 나는 장난말로, 아버지 얼굴 예쁘네요, 하고

그 말을 듣고 환히 웃으시는데,

아버지 이가 하얗다

영주는 다 읽고 정면을 보는데 점점 어둠 속으로 사라진다.
놀란 권씨가 잠에서 깬다.

권씨   영주야! (숨을 몰아쉬고 땀을 닦는다) 후….

박씨   꿈에서 딸래미 봤그만. 에고, 우리 사끼야마 겁나나 부네. 씨벌 냅둬 부러, 지금까지도 많이 살았다.

윤씨   뭔 말이야.

박씨   재작년 요맘때쯤 나가 왔잖어. 나 사람 죽이고 여기 온 것이여.

윤씨   뭐?

박씨   죽인 건 아니고 빙신 만들어 부렀제. 울 아부지 괴롭히던 동네 건달 대그빡을 나가 깨 버렸거든. 무서워서 도망쳐 온 거야. 하이고! 말 뱉고 난 게 시원허다.

윤씨   그랬구만. 순한 박씨가 알고 본 게 강력범이었네. 그럼 박씨는 나쁜 놈이니까 여기 있어. 난 나가야 돼, 우리 창덕이 기다려.

박씨   넌 창덕이 하나지만 난 셋이여, 나두 나가야 써.

윤씨   창덕이두 창덕이지만 양정자 땜에라도 나가야지, 나 없음 한 시도 못 사는 여잔데.

박씨   창덕엄마가? 잘~ 살고도 남을 거 같은디?

윤씨	그런데 구호대 이것들은 왜 소식이 없어? 요 앞에 잠깐 무너진 거라 금방 헤치고 올 텐데? 얼마나 지났지?
종만	하루쯤 지난 거 같애.
윤씨	어떻게 아냐?
종만	배꼽시계.
윤씨	배꼽시계?
종만	내가 서울서 거지 생활할 때 굶어 봐서 알아.
윤씨	거지? 잘 나갔다며‥
종만	열네 살짜리가 혼자 서울 가서 뭐 했겠어? (사이) 배가 고프다가도 하루가 지나면 희안하게 안 고파. 지금이 딱 그래.

권씨 무너진 동발을 확인해 본다.

권씨	아이 씨발….
박씨	권씨… 왜그려!
권씨	내가 잘못한 거 같애. 내가 동발을 잘 못 세운 거 같애.
박씨	무슨 소리야. 무너진 건 어제 병방 애들이 세워 논 자리야.
권씨	아니야, 내가… (불안한 큰 숨을 계속 몰아쉰다)
박씨	아, 그만혀! 사끼야마가 그러면 우리는 더 힘들당께….
종만	쥐돌아! 쥐새끼 어디 있어? 쥐새끼 보이면 안전한 거라며? 쥐돌아….
윤씨	이 새끼가 증말! 그만 좀 해!
박씨	옆의 탄광에선 보름 만에 구조된 사람들도 있댜. 지하수가 터져서 물이 불어나는디 목만 내놓고 악착같이 버텼대. 동발

소나무 껍질 벗겨먹으면서, 보름을! 네 사람 다 구출됐어!

종만   위로 된다, 위로가 돼. 씨발. 우리 형제가 무슨 죄고…. 으아
       악~!

윤씨   그만하랬지, 새끼야! (종만을 때리며) 이 재수없는 새끼, 이 새끼
       때문에 사고 난 거야! 이 개종자야…. (더 때린다)

갭뿌가 켜진다. 박씨와 권씨가 이들을 말린다. 싸움과 말림에 어지럽
게 흔들리는 갭뿌 불빛들! 이제 조금 진정이 된다.
숨을 몰아쉬는 네 사람!

권씨   나가자. 나가자. 나가자!
박씨   응?

이제 종만과 윤씨도 갭뿌를 켠다.

권씨   독일에서 이렇게 갇힌 적 있었어. 그때 우리 선산부가 기다리
       지 말고 뚫고 나가자 하더라고. 첨엔 미쳤다고 했지. 조금만 건
       드리면 다 무너지는 판인데. 근데 봐, (천정 쪽을 더듬어 만져본다)
       위가 단단해. 암맥을 따라 부러진 동발로 다시 굴을 만든다 생
       각하고 틈을 만들어 그렇게 나아가면 돼.

윤씨   그게 돼?
박씨   가봐야 얼마나 가겠어! 우리 힘만 빼고 탈진할 수도 있어!
윤씨   그냥 조금만 더 기다려보는 게 낫지 않을까.

사이. 그들의 고민.

권씨	해 보자. 우리 여기 나가자.
윤씨	나가야지.
종만	나도 나갈 거야!
박씨	권씨!
권씨	무너진 거 부러진 거 다 모아서 동발 다시 세워. 틈을 만들어 봐. 기어서라도 나가자. 자, 가자!

권씨가 삽으로 무너진 막장을 헤치고 파기 시작한다.
윤씨도 일을 돕고, 종만도 따라 한다. 아니 종만이 가장 열심이다!
박씨 허탈하게 그들을 보다가 결국 삽을 들어 돕는다.

굴 밖.

기다리는 사람들. 가족과 감독, 광업소 관계자 몇, 사람들이 많지도 않다. 매몰자 가족들이 감독에게 항의를 하고 있다. 젊은 윤경미가 제일 거세다.

경미	구호대 몇 사람 집어넣어서 돼요? 회사가 그렇게 큰데 장비도 없고 사람도 없고 이게 말이 돼요?
감독	추가로 사람 보내준다고 했어요. 장비도 오고 있구요. 좀 기다려봐요.
경미	기다리긴 뭘 자꾸 기다려요! 사람들은 저 안에서 죽어 가는데

	뭘 기다려! 사람이 없으면 당신이라도 들어가야지. 당신 독일 광부였다며? 들어가서 구해 와요! 말로만 떠들지 말고!
감독	영주 어머니….
경미	들어 가, 당신이! 들어가라구!! (악착 같다)
감독	….
경미	왜 말을 못 해! 왜 이러고 있어!
수환 엄마	수환 아빠 사고난 지 얼마나 지났다고, 만약 이번에도 못 구하면 신고할 거예요.
감독	말씀을 왜 또 그렇게 하세요?
양정자	벌써 몇 번째냐구. 애 아빠 말이 탄층이 물러서 자꾸 무너진다고 하는데!
수환 엄마	광부들도 다 알고 불안해 하는데 회사가 자꾸 들어가라고 한 거 아입니꺼!
경미	이 시간에 얼른 들어가서…. (눈물이 나 말을 잇지 못한다) 어떡해…. 어떡해‥
양정자	회사가 이렇게 사람들 목숨을 허투루 알아도 돼요?
경미	전화해. 사장한테 하든 대통령한테 하든 내가 다 할 거야.
감독	영주 어머니, 좀 진정하시고….
경미	뭘 진정해!! 뭘! (현기증이 나 잠시 주저앉는다)
영주	엄마….

그때, 드디어 굴에서 권씨, 박씨, 윤씨, 종만이 구호대1, 2, 3과 함께 나온다. 구호대 한 사람이 나서서,

구호대1	나옵니다! 나옵니다! 정말 빡쎈 사람들입니다!
구호대2	우리 구호대가 무너진데 치우면서 파들어가고 있었는데요,
구호대3	저쪽에서 이 사람들이 동발을 세워서 막 기어나오고 있는 거예요!

영주는 달려가서 아빠의 손을 잡는다.

영주	아빠!
권씨	그래, 영주야!
경미	여보!

박씨도 윤씨도 처를 만난다. 종만은 나오며 손을 번쩍 들어 사람들을 의식한다.

종만	걱정들 많으셨죠! 괜찮아요! 괜찮습니다!! (하는데 의외로 사람들이 없다) 뭐야? 기자들 없어? 이런 씨…! (둘러보다가) 수환아, 형수님!! (다가가서) 걱정 많으셨죠?
수환 엄마	(눈물을 찍으며) 고생하셨습니다. 많이 놀랬지예?
종만	아니요! 뭐 이 정도 가지고, 제가 며칠이나 갇혀 있었죠?
수환 엄마	하루요.
종만	아아. 그렇군요. 맞잖아요, 하루. (웃는다)

수환이 종만을 안는다. 운다. 종만도 수환이를 힘있게 안아 준다.

종만   수환아, 다신 널 아프게 안 할게. 약속할게. 이 삼촌이 지켜줄
       게!

권씨가 미안하고 놀란 감독 앞으로 다가가, 손가락을 위로 가리킨다.
그리고 감독의 어깨를 툭 친다.

8장

다시 현재, 효과음, 차 달리는 소리,

권영주   지금 가는, 저기 아빠 일하던 광산 있잖아.
권양기   응.
권영주   갤러리 만들 거예요. 내가 정부에 사업 신청을 했는데 그게 선
         정됐어.
윤경미   미대교수가 별 일을 다 하네. 그럴 시간이 돼?
권영주   아빠 나 광업소 샤워장에도 그림 넣을 거고 지하 갱에도 그림
         걸 거예요. 그리고 사람들이 자고 머물 수 있는 레지던스도 만
         들고.
윤경미   사람들이 그거 보러 여기까지 와?
권영주   오게 해야죠. 우리 아빠 엄마가 어떻게 여기서 시간들을 보냈
         는지 알려주고 싶어요.
윤경미   애들 키운다고 다 똑같이 살았지 뭐…

권영주	(사이) 아빠, 저기 있다.
윤경미	아빠…?
권영주	권양기. 5100마력으로 탄이랑 사람들 천미터 지하에서 끌어올리던, 우리 아빠, 권양기! 저기 서 있잖아요.

음악.

자막: 다시 74년 8월 말, 사택촌, 권씨 일행이 구출된 후 며칠 후.

생환 기념 파티가 준비되고 있다. 가마솥단지에 냄비들이 올라가 있다.
동네 사람들 다 나와 있는 듯.
여자들과 박씨, 윤씨, 종만 등이 섞여 음식을 준비하고 있다.
아직 권씨가 안 보인다. 경미는 일하고 있다.
경자도 미진과 함께 부침개도 지지고 돕고 있다.
어린 영주랑 수환은 신나서 뛰어다니고 있다.
종만의 아비도 한쪽에 앉아 흐뭇하게 이 풍경을 바라본다.

경자	다들 올 때 됐지? 국이 끓기 시작했는데
경미	저기들 오네요!
수환 엄마	온단다. 불 씨게 올리라!
광부5	와! 대단하네요!
광부6	아버님 나오셨어요?
종만	오늘은 일도 손에 안 잡히더라구요!
박씨	냄새가 삼삼하네요.

윤씨	벌써부터 뱃속이 근질거렸는데, 좋다!
경자	어서 와요 어서 와요! 시간 맞춰 잘왔네! 마음껏들 마서! 오늘 막걸리는 내가 다 내는기다!
광부들	고맙습니다! 경자 누나 멋져!
경자	그런데 영주 아빠가 안 보이네?
경미	오늘 일 안 나가고 원주 갔는데 시간 맞춰 올 거예요.

이제 막 일이 끝나고 도착하는 - 그때 그 병방 근무자 광부, 잠 좀 자자고 했던 그 광부가 가마솥들을 보며 흐뭇하게 묻는다.

병방	지 안 늦었쥬? 아버님 안녕하셨슈? 근디 뭔 음식이 이렇게 많아유? (경미의 가마솥을 보며) 이건 뭐유?
경미	감자탕이잖아요!
병방	(영만의 처 가마솥을 가리키며) 수환 어머니 꺼는?
수환 엄마	수육입니더!
병방	왜들 이라는거~~~ 겨우 하루 있다 나온 거 가지고 잔치가 너무 과한 거 아녀? (그러다 종만의 가마솥에 이른다) 어이! 종만! 넌 뭐 하는거? (솥을 열어보고) 강아지 아녀? 난 이거유, 난 딱 이거유!
종만	(웃으며) 염소야 염소!
병방	흑염소지? 여그가 스페샬이네, 난 여그여!

사람들 웃는다. 권씨, 지게를 매고 등장한다. 지게에 금성 전축이 실려 있다.

종만	양기 형님 오셨네!
박씨	오메? 샀는가? 우와, 금성 전축이여. 영주 엄마, 전축이 와 부렀어! 아까 전기선 빼놓은 거 어딨지?
윤씨	여깄다! 이 동네 또 집집마다 부부싸움 좀 하겠네.
양정자	여보, 우리도 다음 주에 사자. 남진도 듣고 나훈아도 듣고!
권씨	남진 판 사왔드래요!
윤씨	진짜? 줘 봐. (표지, 남진 얼굴 확인한다) 나하고 똑같네~~! (아비 쪽으로 간다) 아부지 봐봐요, 남진이 저랑 똑같이 생겼죠?
아비	(보고는) 내하고 똑같은데?
윤씨	예? 아부지~~!

사람들 한바탕 웃고,
박씨랑 윤씨가 즉석에서 전축을 설치한다. 음악을 틀려 한다.
경미가 물 한 사발 권씨에게 가져다준다. 영주가 아빠에게 매달린다.
곧이어, 전축에서 남진의 노래가 터져나온다.
합창과 함께 엄청난 동네 춤판이 펼쳐진다. 이 극의 휘날레 성격.
남진의 「님과 함께」 (1972)

저 푸른 초원 위에 그림 같은 집을 짓고
사랑하는 우리 님과 한백년 살고 싶어

봄이면 씨앗 뿌려 여름이면 꽃이 피네
가을이면 풍년 되어 겨울이면 행복하네

멋쟁이 높은 빌딩 으스대지만

유행 따라 사는 것도 제멋이지만

반딧불 초가집도 님과 함께면

나는 좋아 나는 좋아 님과 함께면

님과 함께 같이 산다면

저 푸른 초원 위에 그림 같은 집을 짓고

사랑하는 우리 님과 한백년 살고 싶어

춤판이 한참 절정에 오를 즈음, 사람들의 춤이 느린 걸음으로 바뀌고,
종만이 무리를 빠져나온다. 하늘을 우러른다.

종만	형!
영만	종만아
종만	형!
영만	우리 종만이 잘 살고 있는 거지?
종만	형!
영만	고기 냄새 나길래 왔다.
종만	미안하다. 사람 노릇 못했다.
영만	내가 미안하지
종만	형! 수환이는 걱정 마라
영만	고맙다. 외롭잖아. 결혼해라
종만	할끼다. (미진을 가리키며) 저 여자랑!
영만	그래. 나 이제 간다.

종만　　　형! 나중에 아주 나중에 보자!

다시 터져나오는 음악, 춤이 계속되는데, 감독이 나온다.

감독　　　잠깐만! 잠깐만 음악 좀 꺼 봐.

음악 줄어들고,

윤씨　　　왜요?

감독　　　라디오에 나오는데 지금 16호 태풍 폴리가 이쪽으로 온대. 비
　　　　　엄청 올 거래. 이러고 놀 때가 아니야, 대비를 해야지!

종만　　　그래! 그럼 정말 제대로 해야겠는데?

감독　　　뭐? 뭐를?

종만　　　태풍 오기 전에 한번 제대로 놀자고!

감독　　　제대로?

종만　　　인생, 뭐 있어! 오늘은 열심히 노는 날이야! 뭐해? 음악!!

종만의 춤이 시작된다. 힘 있고도 우습다.
다시 터져나오는 음악과 동네사람들의 춤, 감독도 합류한다.
그렇게 사람들의 웃음 소리와 합창 소리와 춤이 어우러지며
연극은 끝이 난다.

허난설헌

* 2014년 (재)강원도립극단 창단공연

일시   2014년 4월 25일~26일

장소   춘천문화예술회관

출연   정유진, 박충현, 양원석, 김경태, 박명환, 최승일, 김자영, 양흥주, 최승미, 김지희, 이지현, 서미화, 홍부향, 이호영, 전은주, 이운, 김동민, 이송이, 이화, 김진영, 김초에, 강지안, 김이조, 김민규(아역) 최수빈, 김단아, 김동겸, (특별출연) 최종원

스태프   연출 권호성 연기감독 진남수 조연출 양정아 진행 이민영 무대디자인 이인애 무대디자인 컨셉 협조 정종미 무대작화 정수미 무대제작(토멘터) 김영호 의상디자인 김민경 의상팀 김수영, 이평화 소품디자인 고은 소품제작 김응형 분장디자인 김선희 분장팀 문선정, 김지연 작곡/건반연주 양승환 무대감독 박현 무대조감독 박세휘 무대팀 김민국, 김아람, 정형호 조명디자인 김민재 조명오퍼레이터 박원광 조명팀 장원섭, 이건혁, 김민우, 전현우 영상디자인 김장연 영상오퍼레이터 이정길 음향감독 이경주 음향팀 서희정, 김정현 홍보 김민규

강원도립국악관현악단   해금 김슬기 대금 박신의 가야금 신창환 거문고 박소현 피리 박하나 타악 서상금

강원도립극단 사무국   사무처장 갈우석 예술감독 선욱현 예술조감독 황헌중 운영실장 송영목 주무관 탁영오

주최/주관   (재)강원도립극단

등장인물

허난설헌	1563-1589. 조선 중기 여류 시인.
허균	1569-1618. 난설헌의 동생.
시어머니	난설헌의 시어머니, 송씨.
김성립	1562-1592. 난설헌의 남편.
강릉댁	난설헌의 유모. 강릉 사람.
허엽	1517-1580. 난설헌의 아버지.
허봉	1551-1588. 난설헌의 작은 오빠.
이달	1539-1612. 난설헌의 시 스승.
버들이	10대 후반. 난설헌 시댁 종.
서왕모	난설헌의 환상에 나오는 신선 여인.
여아종	난설헌 시댁의 어린 여자 종.
이화	기생.
김첨	1542-? 난설헌의 시아버지. 임진왜란 때 졸(추정).
김씨부인	난설헌의 친정엄마. 강릉 김씨.
돌석아범	시댁 행랑아범.
허성	1548-1612. 난설헌의 (배다른) 큰오빠.
아이	아역 난설헌. 8세를 연기.
균	아역 허균. 9세를 연기.
오명제	명나라 사신. 난설헌의 시를 처음 중국에 전파하게 되는.
하인	물고기를 가져오는 허씨 댁 하인.
남정네1, 2	허씨 집안 하인들.
아낙	허씨 집안 여자 하인.
여자아이	허씨 집안 어린 여자 하인.
노수신	1515-1590. 허엽의 가장 친한 벗으로 영의정까지 오른 인물.
아낙2, 3	시댁 여자 하인들.

그리고

허씨집 하인들, 시댁 하인들, 기생들, 선녀들….

때

  1570년, 난설헌 8세 때부터 1598년 허균이 난설헌의 시를 전하던 때까지

장소

  한양성 허씨댁, 시댁, 난설헌의 방, 기생집, 강릉 반곡서원

프롤로그

자막: 1598년(선조 31년), 한양성 허균의 집

한양성 건천동 허균의 집 앞 마당.

그녀가 떠난 지 벌써 8년이 지났다. 잊혀질 만도 한데.

때는 초봄, 하지만 추위가 아직 기세등등하다.

서른 살의* 병조 좌랑 허균은 마음이 분주하다. (아직 관복을 입고 있다)

마당을 오가며 초조하다. 누군가를 기다리면서도 그의 날카로운 눈이 오가는 하인들의 일거수일투족에 바짝 신경을 쓰고 있다.

누군가는 허균을 힐긋거리며 마당을 쓸고, 누군가는 벌써 안방에 상을 차리고 있다.

젊은 남자 하인 한 사람이 솟을대문을 통해 뭔가를 망태에 담아 가지고 들어온다. 부엌 쪽으로 가려 한다. 허균이 놓치지 않는다.

허균	이것 봐.
하인	(급히 다가가 조아린다) 예.
허균	뭔가?
하인	예, 손님맞이에 쓸까 하구요….
허균	그래, 그게 뭐냐구?

* 조선시대 병조(兵曹)에 둔 정육품(正六品) 관직으로 정원은 4명이다. 위로 병조판서(정2품), 병조참판(종2품), 병조참의(정3품 당상), 병조참지(정3품 당상), 병조정랑(정5품)이 있다.

하인	횟감에 쓸 물고기입니다. 제가 친한 어부 녀석한테 부탁해서 펄펄 살아 있는 놈으로 구했습니다….
허균	부엌어멈한테 얘긴 들었지?
하인	예? 뭘요…?
허균	대륙 사람들은 활어를 먹지 않아! 부엌어멈한테 가져다주면 알아서 할 걸세. 가 봐. 물도 냉수라선 안 되고 반드시 차를 준비해야 하고…. 아니야, 가 봐….
하인	예 예….

하인, 나간다.
대문으로 허성(51세, 경리도감*) 들어온다. 허균의 큰형님이다. 역시 관복 차림이다.

허균	(인사한다)….
허성	오셨나? 아직인가? (둘러본다) 음식은 잘 준비했고?
강릉댁	예. 다 됐어요.
허균	(쩜쩜하다) … 예. 한다고는 했는데….
허성	긴장되어 보인다.
허균	제가요? 아닙니다.
허성	호방하고 박력 있는 병조좌랑 허균 나으리가 아닌데? (미소)

---

* 중국의 장군들을 접대하는 직책. 자연스럽게 중국사신 오명제를 접하여 허균에게 소개하게 된다.

(소리)	대명국 황제지명 오명제 사신께서 도착하셨습니다.

명나라 사신 오명제가 등장한다. 수행원으로 보이는 둘과 함께이다.

허균과 허성, 나아가 맞이한다.

허균, 사신을 보자마자 땅바닥인 줄 모르고 절을 올린다.

오명제	(예의로) 허 좌랑, 왜 이러십니까! 전 그저 심부름꾼, 하급관료입니다.
허균	그 심부름을 명한 이가 누구입니까. 조선의 시를 모아 오라는, 황제폐하의 명을 받들고 계신데 그 직책의 고저를 따지겠습니까? 영광입니다! (다시 머리를 숙인다)
오명제	(허성을 가리키며) 경리도감 님을 통해, 조선에도 제대로 된 부녀자의 시가 있다는 사실을 듣고 놀라고 반가웠습니다. 게다가 좌랑의 누이께서는 한두 편도 아니고 … 천 편을 넘게 지었다고 들었습니다. 솔직히 믿기지가 않았습니다. 하루바삐 약속을 잡아달라 청하였습니다. 혹시 오늘 제가 그 누이를 직접 뵐 수도 있습니까? 누이 나이는 어찌 되십니까?
허균	(허성을 본다) ….
허성	(허균 쪽으로) 어… 얘기 못 했다. 뭐 어쩌다 보니 기회가 없었고….
오명제	예?
허균	누이는 돌아가셨습니다. 8년이 지났지요….

순간, 오명제 심사가 불편하다.

오명제	… 조선 최고의 여류시인을 만난다 해서 만사를 제치고 달려왔는데… 당혹스럽습니다. 미리 말씀을 하셨으면 그냥 서책으로 받아 봐도 됐을 일. 흠…. (못마땅하다)
허성	….
허균	꼭 뵙고 말씀을 드리고 싶었습니다. 오늘밤 잠시만 제게 시간을 주시지요. 실망시켜 드리지 않겠습니다. (또 고개를 숙인다)
오명제	흠….
허성	해가 기우니 날이 춥습니다. 안으로 드시지요. 조선 음식이 입맛에 맞으실지는 모르나… 정성들여 준비했답니다.
오명제	(허균에게) 8년 전에 세상을 떴다면, 그럼 누이는 몇 살 때…?
허균	스물 일곱이었어요.
오명제	… 예? 스물일곱에 죽었는데 한시를… 천 편을 지었다구요?
허성	자 자, 우선 저녁부터 든든하게 드시지요….
오명제	경리도 감님의 인품을 생각해서, 이야기는 들어보겠습니다만….
허성	그래요. 자…. (앞장서 방으로 이끈다. 오명제가 따르자) 3월 봄이라 하나, 아니에요, 4월은 돼야 봄 소리 나온다니까요.

허성은 오명제를 인도하여 마루를 통해 방으로 든다.
허균 잠시 뒤돌아선다. 허공을 우러른다. 눈시울이 젖는다.

1장

자막: 1570년(선조 3년) _ 그녀의 나이, 여덟 살

한양성 건천동* 허엽의 집 (프롤로그와 같은 곳), 한겨울

그녀의 나이 여덟 살. 아직 이름이 없던 때.**

허엽의 집 마당과 집 주변에 횃불과 등들이 어지럽게 허공을 떠다닌

다. 아이를 찾는 소리도 어지럽다.

아가, 아가, 어디 있느냐! - 난설헌의 어머니, 강릉 김씨 부인의 소리

해생아! 해생아! - 오빠 허봉의 소리

아가씨… 아가씨… 하인들의 소리

사람들 어지럽게 마당을 누비다 사라지고 잠시 마당이 빈다.

그때서야, 마루 아래가 슬며시 밝아지면, 꼬마, 가마니를 뒤집어쓴

꼬마 하인(사실은, 변장한 아이 난설헌) 하나가 보인다. 슬며시 눈만 들

어 바깥을 살핀다. 외롭고 무섭다. 마루 아래, 다른 곳, 누가 있어 그

꼬마를 보고 있다.

꼬마처럼 옷을 입은, 사실은 '서왕모'가 변신한 인물이다.

음악! - 향후 등장할 주제곡의 멜로디이다. (이후로도, 가끔 반복된다)

꼬마가 그 존재를 느낀다. 바라본다. 놀란다. 하지만 피하지 않고 노

---

* 건천동은 마른 냇골이라고도 불렸는데, 지금의 서울 중구 인현동 1가 40번지 일대이다.

** 사실 허난설헌은 조선시대 다른 여인들과 다르게 어렸을 때 이미 '초희'라는 이름이 있었다. 이 극에서는 그녀
도 여덟 살 때까지는 이름을 갖지 못했다는, 가상의 설정을 하였다.

려본다. 눈을 비빈다. 다시 본다. 그런 숨바꼭질.

그러다 인물 사라지면 연주도 끝난다.

꼬마는 가마니를 젖히고 조금 주변을 둘러 그 인물을 찾아본다. 없다.
의아하다. 다시 사람 소리 들린다. 꼬마는 숨는다.

허봉과 강릉김씨, 그리고 하인 아낙 한 사람, 젊은 남정네 하인(쇠똥이)
이 함께 집 주변을 뒤진다.

아낙	아, 글쎄 진사 님댁에도 안 계십니다. 제 눈으로 그 집 아씨도 보고 왔고 물었는데요, 어제 오늘은 만난 적 없다고 하드라구요.
아낙2	(들어오며) 야산을 샅샅이 뒤졌는데요, 없어요. 토끼만 몇 마리 봤습니다요!
허봉	(들어오며) 어머니~.
김씨부인	어떻게 되었느냐?
허봉	못 찾았습니다. 없습니다….
남정네1	(뛰어오며) 대감마님께서 집 앞에 거의 당도하셨습니다요.

하인과 김씨부인, 허봉이 집으로 들어선다.

허봉	어떻게 이렇게 감쪽같을 수 있단 말인가!
김씨부인	아이고. 정말 큰일났구나.
하인(소리)	대감마님 퇴청이십니다!

허엽 대감(54세), 관복 차림으로 들어서고 뒤로 이달(33세)이 뒤따르고 있다.

이달은 차림이 묘하다. 선비복은 입었으나 매우 누추하고 갓은 썼으나 찢어지고 해져서 흡사 걸인의 모습이다.

허봉	(아버지에게 인사한다) 아버지 오셨습니까. (이달에게도 인사한다) 스승님 오셨습니까.
이달	아유 배고파! 아이구 뱃가죽이 등가죽하고 막 연애를 할라구 하네! 근데 저녁시간인데 대감댁에 왜 밥 냄새가 안 나냐?
허엽	아이는 찾았느냐?
허봉	죄송합니다.
김씨부인	귀신이 정말 곡을 합니다. 온 마을을 샅샅이 다 뒤졌어요.
허엽	식솔들 다 모이라고 해라.
이달	밥은요? 밥할 사람은 빼고 모이라고 해야 하지 않을까요, 대감님! 아이고!
하인들	다들 모이시랍니다~.

하인들이 다 모였다.

허엽	쇠똥이는 나뭇가지 튼실한 놈으로 하나 가져와라.
남정네1	예? 어디 쓰실…?
허엽	매 좀 때려야겠다.
남정네1	예이! (뛰어나간다)
김씨부인	(하인들 쪽으로) 이 사람들 오늘 밥 한 끼 못 먹고 산으로 들로 아

이 찾아다녔어요.

이달　밥은 먹고 때리세요. 공복이라 힘도 없으실 텐데… 아이고. 나 참.

남정네1, 나뭇가지 굵은 거 하나 들고 들어와 허엽에게 넘긴다.

허엽　봉이 종아리 걷어라.

허봉　예?

김씨부인　여보….

허엽　장차 입신하여 나랏일을 도모할 녀석이 이런 작은 일 하나 처리 하지 못하고 쩔쩔 매니 널 어디다 쓰겠느냐. 그리고 동생 이쁘 다 하는 말도 다 허언이야. 그렇게 이쁜 동생이 없어져 만 하루 가 지났는데 요령이 안 나오고 지혜가 안 솟아? 그런 아둔함을 어디다 쓸까! 종아리 걷어!

허봉　예, 아버지! (종아리를 걷는다)

김씨부인　(아들의 종아리를 감싸며) 안 됩니다. 다 큰 아들 녀석을 그것도 아 랫것들 앞에서. 이 무슨 해괴한 훈계요. 우리 봉이 때리실려면 차라리 날 때려요!

허엽　어허! 비켜 나시오!

난설헌의 유모 - 강릉댁(30대 중반)이 나선다.

강릉댁은 허엽의 처가, 김씨부인댁에서 한양성까지 따라온 사람이 며, 강원도 영동지역 사투리를 쓴다.

강릉댁	대감마님, 죽을 죄를 졌습니다.
허엽	고해라.
강릉댁	사실은 어젯밤 아씨가 제 방에 찾아왔었습니다.
허엽	그래서?
강릉댁	아씨가 하룻밤만 재워달라고. 하도 간청하서서 그리 하자고는 했는데 자고 일어나니 아씨가 사라지신 거예요. 그리고 하루 종일 보지 못했습니다. 참말입니다.
허엽	오늘 아침에 그렇게 난리를 쳤는데도 미리 고하지 않은 죄를 알겠지? 그럼 강릉댁 자네가 종아리 걷으시게.
김씨부인	여보! 아니 정말 이 양반이!

강릉댁 겁에 질려 종아리를 걷으려 한다. 이때다.
마루 아래서 지켜보고 있던 아이 튀어나온다. 하인의 복장을 하고 있다.
딸아이다. 여덟 살 먹은 어린 난설헌이다.

아이	그만하세요.
허봉	해생아!
김씨부인	아니, 이것아!
아이	유모가 무슨 죄입니까?

아이는 아버지 손에서 매를 빼앗아 쇠똥이 앞으로 던진다.

| 허엽 | 아니 내 따님이 아랫것들 옷을 입으시고 이 행색은 또 뭡니까? |
| 아이 | 구분될 것이 무엇입니까. |

허엽   뭐야…?

아이   (남정네1에게) 이름이 뭔가?

남정네1   이름요? 쇠똥이지요. 사람들이 쇠똥이라고 부르니까 이름이 쇠
          똥이지요.

아이   (다른 여자아이에게) 이름이 있는가?

여자아이   묘생이요. 을묘년(1555년)에 태어났다고 묘생이라고 헙니다요.

아이   저하고 똑같잖아요. 전 계해년에 태어났다고 해생이. 오빠도
          봉이란 이름이 있고 갓난쟁이 동생도 균이란 이름이 있습니다.
          저는 왜 아직도 해생이입니까? 여자아이는 양반이라두 이름을
          지어주지 않는 것입니까?

허봉   해생아 그게 아니다.

아이   누가 그것을 정했습니까! 정하였다면 그건 맞는 것입니까? 저
          는 그저 따라야 하는 것입니까! 제게도 이름을 주십쇼!

허봉   아기 때는 나쁜 기운이나 귀신 해꼬지를 막으려고 일부러 허투
          루 이름을 지어 놓는 거야.

아이   제 나이 이미 여덟 살입니다. 언제요, 언제 제 이름을 주시는데
          요?

이달   (뒤에서 지켜보다가 나선다) 허허! 그것 승질머리 좀 봐! 대단하구
          나!

아이   거지.

이달   넌 어째 나만 보면 거지래? 해생아!

아이   그 이름 싫어요. 부르지 마세요. 난 해생이 아니야!

이달   그래 이것아! 요것아! 이 기집애야!

아이   (얼굴을 손으로 덮는다. 저도 모르게 눈물이 왈칵 나와서이다) ….

이달	자, 이쁘고 영특한 우리 아가씨, (손아귀에 새를 쥔 시늉을 하고) 여기 내 손아귀에 새가 한 마리 있어요. (손아귀를 앞에 내밀어 보여준다) 지금 이 새가 살아 있겠습니까, 죽어 있겠습니까.
아이	… 제가 살아 있다 답을 하면 거지 님은 새를 꽉 쥐어서 죽일 것이고, 제가 만약 죽어 있다고 답을 하면 그대로 아귀를 펴서 살아 있는 새의 모습을 보여주실라고 했지요? 태평광기에서 다 읽었습니다.
허엽	(웃는다) ….
이달	하하하하하!!!!
이달	그래 답이다. 그게 답이야.
아이	무슨 답이요?
이달	니가 이름을 그렇게 갖고자 하는 마음이 바로 새야. 그 새를 죽일 수도 살릴 수도 있는 이 손아귀는 바로 지금 세상이고, 그것이 바로 너의 운명이다. 알겠니? 그 새가 이름을 갖는 순간, 운명이라는 손아귀는 그 새를 죽일지도 몰라.
허엽	손곡!
이달	너에게 이름은 그렇게 위험한 것이야! 그냥 해생이로 살아야, 장차 편안하게 잘 먹고 잘 살 것이다.
허엽	손곡, 아직 철부지 아이입니다.

아이는 생각한다. 이달은 주시한다.

허엽	(어색함이 싫어서) 부인! 저녁 준비 좀 해 주시오. 손곡 선생이 배가 많이 고파 심술이 잔뜩 난 모양이오. 술도 좀 내오시고. (허봉

쪽으로) 다들 물러가라 해라. 아! 유모는 해생이 좀 씻기고 옷 좀 갈아 입히시게.

허봉   예. (하인들쪽으로) 자, 다들 돌아가 일들 보시오. 어제 오늘 수고들 하였습니다.

하인들 예…!

허봉   유모!

강릉댁 네.

하인들은 물러간다. 김씨부인도 아낙들에게 저녁을 지시하며 함께 나간다. 허봉은 유모에게 동생을 부탁하는 지시를 전한다.

허엽   봉아….

허엽은 잠시 가르침을 위해 아들을 한쪽으로 오라 하여 얘기한다.

허엽   아까 내가 매를 든 것은 식솔들 보라고 일부러 그런 것이다.

허봉   예.

허엽   그럼 누군가는 나설 것이다 짐작했어….

허엽은 뭔가를 더 설명하지만 더는 들리지 않는다.

아이 쪽!

강릉댁이 아이에게 다가간다. 하지만 아이는 따라가기를 거부한다. 몇 번 시도하다가 결국 강릉댁은 포기하고 이달이 재미있어 하다가 강릉댁을 그냥 보낸다. 이제 마당엔 허엽과 이달, 허봉, 아이만 남았다.

아이	(울며) 이름을 주십쇼. 제게 세상 어떤 이와도 구분되는, 제 이름을 주십쇼.
이달	(허엽에게) 대감님! 선물 주시지요. 따님 타고난 기운이 너무 세서 이름 주지 않았다간 귀신이 아니라 스스로 해꼬지를 할 것입니다.
허엽	아무래도 오늘이 그날일 것 같아서 내 미리 찾아 두었다. (품에서 종이를 꺼내 아이에게 내민다) 여기 있다. 니가 다섯 살이 되던 날, 이미 지어 두었다.

아이가 받아 펴서 본다. 오빠가 곁으로 가 넘겨다 본다.

아이	초. 희.
허봉	초희. 무슨 뜻입니까.
허엽	초나라 왕비, 번희에서 가져온 이름이다. 장차 번희처럼 지혜롭고 큰 여인이 되어라.
아이	허. 초. 희.
허엽	이제 이름도 받았으니 더 정진해야지? 오빠와 함께 앞으로 손곡 선생님한테 시를 배우도록 해라. 너는 잘 모를 테다만 손곡 선생은 이 나라에선 이태백과 두보를 능가하는, 시를 쓰는 신선으로 알려져 있다.
이달	허허허! 아니, 왜 천기를 누설하시고….
아이	(인사를 올린다) 스승님으로 모셔 보겠습니다!
이달	아이고! 미치고 환장하겠다. 배고파! 술고파!
허엽	손곡! 애쓰셨습니다, 어여 들어가시지요. 하하하!

이달	술땡! 술땡! 술땡!!!
허엽	술땡?
이달	술이 몹시 땡긴다구요! 술땡!
허엽	아아! 술땡! 강릉댁, 준비 다 되어 있지?
강릉	예!

허엽과 이달 방으로 들어간다.

속을 끓였던 오빠 허봉과 초희만 남았다.

허봉	좋으냐?
초희	오라버니, 제 이름 불러주십쇼. 제 이름을 처음 부르는 사람이십니다.
허봉	초희야.
초희	네! 오라버니! 네!

초희는 못 참고 마당을 폴짝 폴짝 뛰어다닌다. 그 모습을 오빠가 본다.
초희는 '네! 네!' 외치며 뛰어다닌다.

제 흥에 또 시를 읊는다. 영사막에는 한시가 투사된다.

鞦韆詞 (추천사) [*]

隣家女伴競鞦韆 (린가여반경추천)

結帶蟠巾學伴仙 (결대반시학반선)

風送綵繩天上去 (풍송채승천상거)

佩聲時落綠楊烟 (패성시낙녹양연)

蹴罷鞦韆整繡鞋 (축파추천정수혜)

下來無語立瑤階 (불래무어입요계)

蟬衫細濕輕輕汗 (선삼세습경경한)

忘却敎人拾墮釵 (망각교인습타채)

초희   추천사(鞦韆詞). 그네 뛰는 노래!

친구들하고 그네를 뛰었어요

허리띠 질끈 묶고 머리에 띠도 매고

발 굴러 차 오르니 우와 신선이 된 거 같아요

바람이 그네를 밀어 하늘에 닿았어요

댕그랑 노리개가 떨어지고 푸른 버들이 손을 흔들어요

(시를 다 읊고는) 허초희 지음.

아이(초희)는 오빠 봉을 돌아보며 웃고

허봉도 흐뭇하게 동생을 바라본다.

* 허난설헌의 시. 그네 뛰는 노래.

2장

자막: 1577년(선조 10년) _ 그녀 나이, 열 다섯 살

세월만 흐른, 1장과 같은 곳, 허엽의 집. 초봄이다.

허엽의 방 안에 손님이 왔다. 난설헌의 시아버지가 될* 김첨(36세)과 아들 김성립(16세), 그리고 이달도 그 자리에 끼어 있다.

초당두부를 먹으며 환담하는 분위기이다.

김첨 아주 담백합니다.

허엽 아주 맛이 괜찮지요? 그게 뭔고 하니, 초당두부입니다.

김첨 네? 초당… 두부요?

허엽 내가 사돈과 사위 될 사람 위해 특별히 준비한 것이니….

김첨 그런데 대사간 대감님 호가 초당 아니십니까? 웬… 초당두부…?

이달 사연을 모르시는구만요? 그러니까 우리 허대감 님이 강릉 초당리 계실 때 두부를 만드는데, 거기선 소금을 구하기가 힘드니까, 궁즉통이라! 소금 대신 바닷물로 간수를 해서 두부를 만드셨다 이겁니다. 근데 이게 맛이 기가 막혀서 그 일대에서 대~박을 냈다는!

---

* 김첨은 다소 늦은 나이, 35살에 (1576년, 2장이 때로 보면 작년이 된다) 별시문과에 병과로 급제하였다

헐레벌떡* 노수신이 집으로 들어선다. 남정네2가 고한다.

남정네2   대감마님! 좌의정 대감 도착하셨습니다요!
노수신   어, 미안! 내가 많이 늦었네!

방에 오른다. 남정네1은 물러가고,

노수신, 방에 올라 손님들을 둘러본다.

허엽   (김첨에게 노수신을 소개한다) 이쪽이 아까 얘기했던, 이재 노수신
         대감입니다.
김첨   좌의정 대감 처음 뵙겠습니다. (절하려 한다)
허엽   (이달 쪽으로) 이쪽은 손곡 이달 선생.
노수신   알아요. 내가 또 다 알아요. 잘 지내셨소? 신선 양반! (허봉을 보
         고는) 봉아, 너 홍문관 교리 됐다며? 축하한다.
허봉   고맙습니다. 대감님.
노수신   (김첨 향해) 반갑소. 좋은 소식 함께 하고 싶어 왔소이다.
김첨   아, 예, 감사합니다. 몸 둘 바를 모르겠습니다.
허엽   (노수신에게) 정언은 안동 김씨 명문가로 5대가 연이어 문과 급
         제한 가문이네.
노수신   아아!
허엽   정언의 바로 아버님, 그러니까 선대인께서는 사후에 영의정에

* 노수신은 후에 영의정까지 오른 문신이며, 허엽이 정치적으로 궁지에 몰릴 때도 함께한 벗이었고, 허봉을 유배
  에서 풀어주도록 청한 사람이다.

추중되신 분이시고.

노수신 　아하! 알지, 알어! (김첨 쪽으로) 제가 또 다 알어요. 허허!
　　　　아무튼 두 집안이 이렇게 사돈의 연을 맺게 된 것을 진심으로
　　　　축하드립니다. 눈치를 보아하니, 정언의 곁에서 땀 뻘뻘 흘리고
　　　　있는 이 도령이 초희의 신랑 될 사람인가 봅니다.

김성립 　(벌떡 일어나 인사를 올린다) 김성립이라고 하옵니다.

노수신 　나이가?

김성립 　열여섯입니다.

노수신 　초희 나이가 열 다섯이니 꼭 들어찼네. 좋다 좋아! 어쩐지 오늘
　　　　이 집 들어오자마자 꽃향기가 가득했는데 이게 늙은 초당 냄새
　　　　는 아니었고 이팔청춘 꽃냄새였구만. 하하하!

허엽 　예끼 이 사람!
　　　저기, 이재와 정언은 저랑 후원에 가십시다.

김첨 　예?

허엽 　우리 후원이 나름 볼 만합니다. 봄꽃이 만발했지요. 자 자, 구경
　　　가십시다. (김성립이 일어나자) 아니야. 성립 도령은 여기 있게.
　　　어른들끼리 나눌 얘기도 있으니. 이따가 봉이가 구경시켜 주도
　　　록 하고…. (눈치를 준다)

허봉 　예.

노수신 　아니 방금 왔는데 어딜 또 나가재?

허엽이 눈치주며 노수신을 앞세워 나가고, 김첨도 따라나간다.
하인도 잠시 나가 있고, 이제 방엔 허봉과 김성립만 남았다.

허봉	같은 스승에게 글을 배워도 우리 초희는 달랐어. 초희 문장을 보고 있으면 누구에게 배워서 익힌 글이 아니라는 생각이 드네. 워낙에 시를 좋아하니 시문으로 첫인사를 건넨다면 아마 좋아할 걸세.
김성립	… 예?
허봉	잠시만 여기 있게. (나가려 한다)
김성립	어디 가십니까.
허봉	(웃는다) 자네 신부될 사람이 자네를 미리 좀 보았으면 하네.
김성립	예? 아직 혼례 전인데 서로 어어, 얼굴을 본다구요?
허봉	우리 집 분위기가… 많이 다르지? 난 가네.
김성립	저기….

허봉 벌써 나간다. 이어 초희 들어온다.

김성립	…! (놀란다)
초희	초희야. 허.초.희.
김성립	(입이 닫히지를 않는다. 이렇게 가까이서 처음 본 또래 여인의 얼굴) ….
초희	안녕.
김성립	(헛기침) !
초희	(흉내) 헴헴.
김성립	(더 헛기침) !
초희	이름이?
김성립	… (모기 소리) ㅅ…입…
초희	예? 안 들리옵니다.

김성립	(겨우) 서…이…
초희	서 뭐요? 성립! 이라고 말씀하셔야죠. 김성립. 알고 있었어요.

문 밖으로 문득 꽃잎 흩날리는 게 어른거린다. 초희가 본다. 성립도 느
낀다.

초희	어느 날 눈을 뜨니 꽃이 있네요 / 장안 길가에서 서로 만났죠 / 이 꽃이 동하여 저 꽃에게 말을 걸었죠 / 얼마나 놀랐으면 얼마나 붉어졌으면 / 고개 숙이고 달아나나요 / 그럼 뭐해요 꽃은 여전히 내 앞에 있는데* (성립을 본다)
성립	(정말 얼굴이 홍당무가 되는 듯, 하지만 용기를 내어 답시를 읊는다) 삼월이라 강릉엔 가지마다 꽃이 가득 피었구나
초희	….
성립	꽃 한 송이 꺾어 들자 지나간 슬픔이 스며드네 / 행여…
초희	멋지다.
성립	(헛기침)
초희	근데 강릉을… 알아?
성립	고향이 강릉이라면서?
초희	난 다섯 살 때 아버지 따라 한양 왔는데, 그 바다가 기억이 나. 그 바람, 그 냄새. 그 파아란. 하늘과 같아. 하늘과 바다는 맞닿아 있지. (하늘을 우러른다)

* 허난설헌의 시, 상봉행(相逢行) 한 수를 윤색하였다.

성립	(하늘을 본다) ….

그렇게 시간이 좀 간다. 꽃잎은 여전히 방문 밖에 흩날리고.

김성립	일은… 잘 하니?
초희	일?
김성립	우리 어머니 아랫것들만 일 시키고 노는 분이 아니셔. 뭐든 팔 걷어부치고 솔선해서 앞장서시고 누구보다 더 열심히 일하시는 분이시라.
초희	나 종으로 팔려 가는 거야?
김성립	왜 도망가고 싶니?
초희	우리 이제… 같이 살아?
김성립	(본다) ….
초희	(다가가서 김성립의 손을 슬며시 잡는다) ….
김성립	(숨이 멎는 거 같다) ….
초희	늘 꽃이라 해 줘. 꽃잎이 져도.
초희	(밝게 성립을 바라본다) ….

강릉댁이 아홉 살 먹은 아이 허균을 앞세우며 들어온다.
초희와 성립은 떨어진다.

균	누나….
초희	균아!
강릉댁	누나 보고 싶다고 하도 성화여서요. 말을 들어먹지를 않아요.

고집이 고래심줄이에요.

균   (다시 초희를 보고) 근데 누나, 이제 우리랑 안 살아?

초희   … 응, 그게.

균   왜? 내가 뭐 잘못 했어? 누나 내가 괴롭혀서 그래? 내가 장난쳐
        서 그래?

초희   아니야.

균은 누나를 보고. 누나는 균을 바라보는데 눈물이 고이고, 성립은 불
편하다. 강릉댁도 시름이 많고.

강릉댁   아씨. 위로가 될지 모르겠지만서두 저도 아씨 따라가기로 했대
        요. 시아버지 되실 분이 아씨 배려해 주신 거래요. 다행이지요?
        (혼잣말로 궁시렁) 뭐가 다행이야. 본래대로 하자믄 신랑이 우리
        집 들어와 사는 것인데. 그럼 아씨가 얼마나 마음도 편하고….
        에유! 아무리 나라님이 권한다고 명나라 식 친영제를 따를 게
        뭐래요. (다시 초희 쪽으로) 아씨, 전 또 일을 해야 해서, 도련님
        좀 부탁해요. (돌아가려다가) 도련님도 이제 후원 쪽으로 가 보시
        지요?

김성립   흠흠. 그러려던 참이네.

김성립은 강릉댁을 따라 제 아비가 있는 곳으로 돌아간다.
초희와 어린 균만 남았다.

초희   균아, 이름이 뭐야?

이때, 무대 한쪽에 프롤로그에서 등장했던 성인 허균이 등장한다.
허균은 과거, 누나의 모습과 조우하며 어린 균 대신에 자신이 대답을
한다.

| 허균 | 누나. 균아, 이렇게 이름을 부르시고선 이름이 뭐냐니오? 누나 웃깁니다! |

초희는 어린 균의 머리를 쓰다듬어주고, 어깨를 만져준다.

초희	그래, 누나 바보다. 그치? 그럼 바보 누나 이름은 뭐야?
허균	초희. 허초희입니다.
초희	그래, 이름. 이름은 우리가 세상에 왔다 간 흔적이야.
허균	어렵습니다. 그 뜻이 무엇입니까?
초희	우리가 나무도 꽃도 나비도 아닌 왜 사람으로 태어났을까? 이유가 있겠지? 그걸 찾아보자. 우리가 무엇 때문에 사람의 몸을 입고 여기 이 땅에 와 있을까? 균아 우리가 뭘 할 수 있을까?
허균	제가… 뭘 할 수 있을까요?
초희	내가 그리고 균이가 어느 날 이 땅을 떠나고 나면 사람들이 그럴 거야. 균이가 이렇게 다녀갔구나. 초희가 이렇게 다녀갔구나.
허균	누나 가지 마세요. 누나, 이 균이를 떠나지 마세요.

어린 균은 운다. 초희가 어린 균을 안아준다.

어린 균   가지마~. 누나….

초희   그래 그래, 울지마. 안 떠날께. 울지마~.

초희와 어린 균의 무대는 어두워진다.

허균   새들도 좋은 나뭇가지를 가려 앉는다 했는데… 누이는 나뭇가
          지에 잘못 앉은 바람에 종일토록 서러운 날갯짓만 하다 어둠만
          삼켜 버린 새였사옵니다.*
          누이의 시문은 형님이나 저를 뛰어넘는 것이었습니다. 그런데
          그 놀라운 재주가 시댁에선 칭찬받지 못할 재주였습니다. 필요
          치 않은 쓸데 없는 재주였습니다. 말이나 됩니까. 어찌…. 누이
          를 생각하면 지금도 가슴이 미어집니다. 황망하며 참혹합니다.
          돌이킬 수만 있다면 정말 백번이고 천번이고 돌이키고 싶습니
          다. (절망한다. 말을 잇지 못 한다)

---

* 기록에 보면, 중국사신이 허균에게 '그대 누이는 어떤 사람이었소?' 묻자, 허균이 이와 같이 대답하였다고 한
  다.

3장

자막: 1583년(선조 16년) _ 그녀 나이, 스물 한 살. 시댁.
한양성 난설헌의 시댁. 집과 마당.

난설헌 나이 21세가 되었다. 시집 온 지 벌써 6년여가 지났나 보다.
난설헌의 시댁살이는 김성립의 예고처럼 고되고 바쁘다.
시댁 하인들의 바쁜 일상이 하나의 퍼포먼스처럼 펼쳐진다.
김성립을 맞이하기 위한 상차림과 준비가 바쁘게 펼쳐진다.
남자들은 나무를 져 나르고, 쌀을 져 나르고, 여자들은 절구를 찧거
나, 머리에 광주리를 인 채 떡을 해 오거나, 빨래를 가져가고 해서 오
거나, 또 커다란 상이 들어가고 나오고, 바느질감을 산더미처럼 이고
가는 아낙도 보이고, 정말 빠르게 기계처럼 이어지는 일, 일, 일들!
시어머니 송씨부인(40세 전후)이 지휘자처럼 호령하고 일을 거들고
참견하고 질책한다. 바삐 오가는 하인들 속에 강릉댁도 보이고 발 빠
르고 몸 가벼운 버들이도 보인다. 버들이(10대 후반)는 한눈에 봐도 힘
좋고 밝아 보이는 처녀 종이다.
난설헌은 그 하인들의 일사분란한 동작들 속에서 어색하다. 기계적
이며 절도 있어 보이는 하인들의 동작과는 다르게 서툴고 허둥대며
나약하다.
퍼포먼스가 끝나고, 다들 썰물이 빠지듯 하나 둘 사라진다.
그리고 시어머니가 일하다 말고 나온 모습으로 홀로 역정이 난 채 나
온다.

시어머니	버들아! 버들아!

강아지처럼 뛰어나온다.

버들이	네, 마님!
시어머니	희윤 어멈 어디 있누?
버들이	방금까지 함께 일하고 있었는데요? 부엌에 안 계셔요? 안채… 들어가 볼까요?
시어머니	그게 말이 되니? 시어미는 오전 내 손에서 물이 마르지 않는데 며느리란 것이 안채에 들어앉아 책이나 본다는 게, 그게 어디 될 말이야!
버들이	설마요, 제가 가 보겠습니다요!

하는데, 난설헌이 나온다. 금방이라도 울음을 터뜨릴 것 같다.

난설헌	어머니… 희윤이가 아파요.
시어머니	… 오늘은 어디가 아프니? 오늘은 어디가 안 좋아?
난설헌	의원이 진맥도 해 보고 여기 저기 짚어보는데, 이유를 모르겠대 요… 희윤이는 아프다고 울기만 하고, 아침부턴 울지도 못 해 요. 어쩜 좋아요… (운다)
시어머니	지금 누구 때문에 이러니?
난설헌	….
시어머니	니 서방 과거 앞두고 생일이라고 몇 달 만에 집에 오는 날, 독서 당서 끼니도 제대로 못 챙기는지 그 얼굴이며 사지 마른 것이며

볼 수가 없어서, 배나 채워주고 힘이라도 채워줄려고 특별히 마련한 자리다. 매사가 공이다. 행여 희윤아범 오면 애 아프단 얘긴 꺼내지도 마. 시험 그르친다.

난설헌   ….
시어머니   강릉댁 뭐해? 서두르지 않고!!

시어머니 매몰차게 돌아서 나가고, 버들이와 난설헌만 남는다.

버들이   도련님 많이 아파요?
난설헌   (고개만 끄덕인다) 난 부엌에 가 볼 테니, 넌 안채 희윤이 좀 챙겨
          줄래?
버들이   근데 제가 하던 일이… 없어요! 예, 그래야죠! 네!!
난설헌   버들아, 고맙다. (시어머니 나간 쪽으로 들어간다)

난설헌 나가고, 버들이가 '아, 어쩌지…' 하면서도 몸은 안채 쪽으로 가려는데, 누군가 버들이 부르는 소리, 버들아! 돌아보면 작은 여자아이 종(이하, 여아종)이 나온다.

여아종   버들아! 마님이 찾으셔! 버들이 오래!
버들이   (잠깐 둘러본다) 너 이리 좀 와 봐.
여아종   왜?
버들이   왜? 아 미치겠네. 이리 오라고. (오면) 버들아가 동네 강아지냐?
          죽을라고 (꽁 하고 군밤을 매긴다)
여아종   (참았다가) 으아아…앙! (터지려는데)

버들이	(또 때리려 하며) 조용 안 해!
여아종	(스스로 입을 막는다) !
버들이	불러봐. 내가 누구야?
여아종	버들이 언니.
버들이	야, 근데 너 듣자하니, 애기 때는 양반이었다며? 이름이 뭐야?
여아종	몰라.
버들이	기억 안 나?
여아종	안 나.

안쪽 부엌 쪽에서 들리는 아낙2의 소리.

아낙2	버들아! 마님이 찾으신대잖어!
버들이	예, 가요! (하고는 여아종에게) 들었지? 난 버들이야. 우리 아씨가 지어줬다~. 잘 들어. 이름은 흔적이야.
여아종	흔적?
버들이	그래. 우리가 살다간 흔적. 이름대로 사는 거라고. 나 봐. 버들 버들 하잖아.
여아종	나도 이쁜 이름 갖고 싶다.
버들이	그니까 우리 아씨한테 잘 하라구. 또 아니? 진짜 이쁜 이름 하나 지어 주실지. 일단, 난 지금 마님한테 가야 하니까 넌 안채 희윤 도련님 방에 가서 거기 의원님이 계실 거야. 가서, '제가 뭐 할 일 없을까요? 시키셔요' 해. 알았지?
여아종	응.

버들이	(여아종이 씹고 있는 무를 보며) 그게 뭐냐?
여아종	무!
버들이	이리 줘 봐!
여아종	싫어!!
버들이	생각났다, 너 이름. 매년이 어때?
여아종	매년이? 그게 뭐야?
버들이	매를 부르는 년!
아낙2	버들아!!! (못 참고 나왔다)
버들이	지금 가요. 간다구요!!

버들이 아낙2를 보자마자 번개처럼 부엌 쪽으로 뛴다.

| 아낙2 | 저것은 내 얘기도 안 듣고 그냥 뛰어? 이그…. |

이때, 김성립이 들어선다. 돌석 아범과 함께.

| 아낙2 | 서방님! 오셨어요! |

여아종이 처음 김성립을 보고는 멀뚱하니 서 있다.

| 돌석아범 | (여아종에게) 뭘 그러구 있어? 인사 드려! 이 댁 서방님이셔! |
| 돌석아범 | 엊그제 새로 온 아이입니다. |

여아종은 버들이가 시킨 일이 생각나 무작정 안쪽으로 뛰어들어간다.

돌석아범	(아낙2쪽으로) 서방님 오셨다고 마님께 말씀 드려. 난 주인마님 모셔 올 테니.

돌석 아범과 아낙2는 나간다.
혼자 남은 김성립, 집안을 잠시 둘러본다. 오랜만이다.
안쪽에서 난설헌 시름 속에 나온다. 걱정이 되어 다시 안채로 갈 참이었다. 김성립과 만난다. 몇 달 만이다.

난설헌	우와, 내 낭군이 오셨네? (다가가서 성립을 안는다)
김성립	(안아준다) 힘들었지? 잘 있었어?
난설헌	힘들었어. 힘들었어요.
김성립	나두 힘들어.
난설헌	거짓말. 어머님 말씀으로는 여위었다고 하던데 내가 보긴 아닌데? 더 좋은데? 우리 신랑 기생집 드나든단 얘기가 참말 맞는 건가?
김성립	뭐야? 누가 그래?
난설헌	누구긴! 당신 친구들이지. 돌석 아범 편으로 편지까지 보냈든데?
김성립	진짜? 이것들이!
난설헌	(인용) 우리 친구가 독서당은 멀리하고 자꾸 기생집을 가까이 하니 걱정입니다. 고심하다가 알려드리오니 부디 친구의 마음을 꾸짖어 붙잡아 주소서.
김성립	아 진짜. 다들 장난 치는 거야.
난설헌	그래서 돌석 아범 보고 친구들 앞에 가서 이렇게 시를 읽어주라

했어. 우리 신랑은 정말 큰 강인가 보다 개구진 아이들이 자꾸 오줌을 싸네.

김성립　(크크크 웃으며) 와… 우리 친구들 제대로 한 방 먹었겠는데!

난설헌　그렇게 몇 달이고 독서당에 있으면 각시 안 보고 싶나?

김성립　왜 아니야….

문득 난설헌은 자신의 옷에 달린 노리개를 풀어 김성립 허리띠에 달아 준다.

난설헌　보고 싶을 때 이거 봐.

김성립　빨리 급제부터 해야 이 묶인 손과 발이 풀릴 텐데. 그런데 희윤 이는?

난설헌　저기 우리 희윤이가… 아니다.

김성립　희윤이가 왜…?

난설헌　아니야.

그때, 시어머니 나오고 반대쪽에선 돌석 아범이 앞장서, 시아버지 김 첨이 들어선다. 시어머니 먼저 다가와 덥석 아들을 안는다.

시어머니　공부한다고 얼마나 고생이 많누? 이 여윈 것 좀 봐! 세상이 우리 아들 실력을 몰라주고 이리 고생을 시키는구나! 어여 올라가세! 배고프지? (난설헌 쪽으로) 어서 밥 준비하여 내오거라.

김성립　(김첨에게 인사한다) 아버지 그간 평안하셨습니까.

김첨　그래 준비는 잘 하였느냐.

김성립	실망시켜 드리지 않겠습니다.
김첨	주눅 들지 말고 우리 가문의 자부심을 가지고 힘을 내도록 하여라.
김성립	… 예.
김첨	자, 이제 방에 오르자. 그냥 생일상이 아니다. 너희 어머니가 이날을 위해 일주일 전부터 정성을 들였다. 입으로 먹지만 마음으로 삼키거라.
김성립	… 예.
난설헌	(부엌에서 나오며) 아버님 오셨어요.

김성립과 김첨, 시어머니, 방으로 오른다.

방에 가득 차려진 상 앞에 앉은 성립은 음식을 먹기 시작하고, 김첨은 술도 따라 아들에게 건네고 건배도 한다.

그 모습을 마당에서 지켜보는 난설헌과 서왕모.

난설헌	정말 공부가 많이 힘든가?
서왕모	왜?
난설헌	조금 늙은 거 같아….
서왕모	아이구야. 일 년 가 봐야 몇 번이나 본다고 아직도 그리 좋아?
난설헌	내 신랑이잖아.
서왕모	안아 줘야 신랑이지. 이건 뭐 그믐달도 그보단 자주 보겠네. 독서당에 틀어앉아 과거 시험 준비만 한다고 벌써 5년이야? 6년이야? 아이고야!
난설헌	밥만 먹고 바로 가겠지?

서왕모   그러겠지. 시험이 코앞인데.

강릉댁 들어온다.

난설헌   오늘밤 자고 가면 안 되나? 우리 신랑 옆에서 자고 싶다.

강릉댁   (난설헌의 말을 듣고 화들짝 놀래며) 아이고야 저이고야! 아니 젊은
               아씨가 못 하는 말이 없어요! 아이고 남사시러워라! (벌써 얼굴이
               붉어진다)

난설헌   어어? 왜 유모 얼굴이 붉어지지?

강릉댁   예애? 내가 무슨요? 아이 진짜….

안채 쪽에서 여아종이 나와 난설헌에게 다가간다.

여아종   아씨… 도련님이 열이 많이 나고요, 막, 토해요, 의원님이 아씨
               뫼서 오라고.

난설헌   뭐…? (성급히 가려는데)

시어머니   웬 호들갑들이냐? 며늘아. 숭늉이 빠졌다. 내가 따로 끓여 놓은
               게 있으니 냉큼 가져오너라.

난설헌   … 예?

강릉댁   제가 가져다 드릴 테니 얼른 가 보셔요.

난설헌   부탁해, 그럼. (하고 안채로 가려는데…)

시어머니   아가!

강릉댁   마님, 제가 갑니다요.

시어머니   내가 자네한테 얘기했나? (난설헌에게) 서방님 귀한 식사 끝에

정성으로 공으로 니가 따뜻한 숭늉 한 그릇 못 올리니? 꼭 아랫
사람 손으로 해야겠어?

난설헌   (그냥 안채로 가려 한다) ….

시어머니   (버럭) 거기 서지 못 해!

김성립   어머니.

김첨   (헛기침, 몹시 불편하다) ….

시어머니   너 지금 이게 무슨 행동이냐. 어른이 얘기하고 있는데 어딜.

난설헌   어머니 지금 희윤이가 많이 아프대요.

시어머니   …!

김성립   어머니, 제가 안채에 한 번 다녀오겠습니다.

시어머니   됐어. 아직 백일도 안 된 아이야. 마음을 굳게 먹어도 시원찮을
           판에 사사로운 일에 왜 마음을 흐리려고 하시나?

난설헌   어머니, 아이가 아픈데 그게 어떻게 사사로운 일이에요?

시어머니   그 아이 세상 나오자마자 아픈 게 하루 이틀이야? 일의 경중을
           그리 몰라?

김첨   그만. 그만들 해. 됐어. 성립인 밥 다 먹었으면 그만 독서당으로
           돌아가거라.

김성립   아버지.

김첨   여긴 어머니가 있으니 걱정 말고 시험에만 집중하여라. 어서
           가 보아.

김첨은 먼저 자리를 뜬다. 남은 김성립 고민한다.

시어머니   아버님이 명하셨는데 뭘 지체하시나. 어서!

| 김성립 | 어머니. |
| 시어머니 | 일 없대두. 우리 가문의 대사인 걸 모르시나? |

김성립 무거운 마음으로 무겁게 발걸음을 뗀다. 난설헌과 눈을 못 마
주친다.

난설헌을 지나쳐 그렇게 김성립은 떠난다. 김성립이 사라지고 나면,

시어머니	강릉댁.
강릉댁	예.
시어머니	회초리 가져오게.
강릉댁	마님.
시어머니	도대체 몇 살이 되야 회초리로 안 가르칠고. 며늘아, 배우겠느 냐.
난설헌	어머니 정말… 모르겠습니다.
시어머니	그래 차근 차근 알려주마. 만약 니 남편이 이번 시험도 그르친 다면 그땐 또 각오해라. 뭐해? 회초리 가져오지 않고!

강릉댁 무릎을 꿇는다.

난설헌은 고개를 떨군다. 주제곡 선율이 무겁게 흐른다.

4장

3장으로부터 한 달쯤 후 _ 시댁 내 난설헌의 처소. 안채.

난설헌의 방 앞 마루, 섬돌에 여인들 앉아 저마다 일을 한다. 마당엔 여아종이 하릴 없이 중얼거리듯 노래를 왼다. 그 주제곡 선율이다.
강릉댁도, 버들이도, 다른 시댁 하인 여인네들도 여아종의 노래를, 방해하지 않고 듣는다.

여아종   뭉게뭉게 구름 위로 / 난새 훨훨 날아갈제
            깨고 나면 비몽사몽 / 난새 울음 서러워라

노래가 끝이 나면.

버들이   저게 무슨 노래야?
강릉댁   몰~라! 언제부터 지 멋대로 저렇게 중얼거리는데… 요즘엔 제법이다 야~.
버들이   난새? 난새가 뭐야?
아낙2   난새?
아낙3   못 들어봤는데?
강릉댁   저게 우리 아씨 쫓아다니더니 하나 배웠나 보지.
버들이   아씨한테 물어봐야지… 도련님 재운다고 가셨는데… 함께 주무시나?

난설헌이 방으로 들어온다.

버들이   아씨!

난설헌   (강릉댁이 시문 정리하는 것을 보고) 어! 강릉댁 그대로 둬. 내가 정
        리할게.

강릉댁   네‥ 그대로 됐어요.

버들이   … 도련님은 자요?

난설헌   응.

강릉댁   애들은 누워 있을 때가 이쁘고 잠자고 있을 때가 더 이쁘고 말
        못할 때가 최고로 이쁘다고 하잖니.

난설헌   왜, 책 읽고 공부하고 시문도 짓고 의젓한 청년이 되면 더 이쁠
        거 같은데?

강릉댁   아씨, 애들은 뱃속에 있을 때 제일 이뻐요, 그저 나오면 걱정이
        래요.

다들 또 까르르 웃는다.

아낙3   평생 근심이 자식이라잖아요. 안 생기고 안 낳는 게 편해요.

강릉댁   (손가락으로 쉿 시늉한다) !

아낙3   왜애…?

난설헌   괜찮아, 유모. 내가 온전치 못해서 아이 둘을 가슴에 묻었지만
        내겐 희윤이가 있어. 우리 희윤이 나하고 눈 마주치고 웃을 때
        보면 얼마나 든든하지 몰라.

강릉댁   그래요, 우리 희윤 도련님 무럭무럭 자라서 아씨한테 효도해야

	할 텐데.
버들이	참, 아씨!
난설헌	응, 왜?
버들이	저게 부르는 노래 가사예요, 난새가 뭐예요?
아낙2	왜 그런진 모르겠는데 그 새 이름이… 좀 이상해요.
아낙3	오늘은 그럼 난새 얘기 해 주시면 안 돼요?
버들이	해 주세요! 해 주세요!
아낙3	아씨 얘기 들으면 시간 가는 줄 모르겠어요. 얼른 해줘 봐요.
난설헌	옛날 송나라에 계빈왕이라는 사람이 난새 한 마리를 잡았어. 왕은 난새의 노래가 매우 아름답다는 소문을 들은 터라, 난새에게 노래를 기대하였지만 뜻을 이루지 못했어. 난새는 노래를 하지 않았거든.
아낙2	왜 안 했지?
강릉댁	모가지에 뭐가 걸렸나?
아낙3	난새가 아니라 다른 새를 잡아온 거 아니야? 넌새! 논새!
아낙2	이유가 있겠지, 그래서요?
난설헌	왕은 난새를 금으로 장식한 새장에 넣어주고 온갖 맛있는 음식을 주었지만, 그래도 난새는 점점 더 슬픔에 젖어서 삼 년 동안이나 한 번도 울지 않았대.
강릉댁	벙어리 아니야?
아낙3	나 같으면 그 새 구워먹어 버리지. 가만 둬?
아낙2	그 새가 무슨 생각이 있었겠지.
아낙3	새대가리가 무슨 생각을 해?
버들이	아 진짜!

아낙3	조용히 좀 해 봐! 다음 얘기 좀 듣게! 그래서요?
난설헌	왕은 혹시나 하고 거울을 하나 새장 앞에 걸어서 새가 자기 모습을 비춰볼 수 있게 하였대.
아낙2	왜요?
아낙3	거울을?
강릉댁	왜 그랬을까?
아낙2	무슨 생각으로?
아낙3	그래서요?
버들이	진짜!
아낙3	야, 너나 조용해. 너 때문에 얘기가 끊기잖어!
강릉댁	그래 맞아! 버들이 너.
아낙3	아씨 계속하세요.
난설헌	그러자 난새는 거울에 비친 자기 모습을 보고는, 갑자기 슬피 울기 시작했대.
아낙2	아!
아낙3	왕이 똑똑하네!
강릉댁	그러니까 왕이지!
버들이	아, 시끄러. 집중 안 돼.
강릉댁	(바늘에 찔린다) 앗 따가! 저리가!
아낙3	아씨 계속하세요.
난설헌	난새의 그 슬픈 울음소리는 하늘 끝까지 울려 퍼지고 천지만물이 깨어나고 모든 사람들이 난새의 울음소리에 혼을 잃고 넋을 놓았지. 그 울음은 너무도 처연하고 아름다웠거든. 그리고 그 난새는 결국 거울을 향해 달려 나가 머리를 부딪혀 죽고 말았

대.

강릉댁   아이구야!

난설헌   난새가 부딪힌 거울엔 피가 가득했고, 왕이 그 죽은 난새를 보듬었는데, 따뜻한 새의 주검에서 능소화 향기가 풍겨 나왔다고 해. 그게 슬픈 난새의 이야기야.

적막.

강릉댁   그냥 울어 달라면 울어주지 뭘 들이박고 죽나… 에구… 쯧!

아낙2   그 난새도 행복할라고 거울에 뛰어들어 죽은 거야.

버들이   예? 그게 말이 돼요?

아낙2   난새는 왕 앞에서 노래하는 게 더 슬픈 거라고 생각했던 거야.

강릉댁   왕인데? 밥도 엄청 잘 줬을 텐데.

아낙2   우리 처지를 봐라야, 주인이 밥 주니까 행복해? 종살이가 체질에 맞아? 아씨 앞에서 할 얘기 아니지만.

난설헌   나두 똑같아.

아낙2   에이, 아씨가 어떻게 저희 상것이랑 똑같아요?

난설헌   새장 안에 있는 건 똑같아. 아니… 자네들이 더 나아….

여아종 아까 그 노래를 흥얼거린다. 아낙들 다시 여아종을 본다.

아낙3   우리는 그렇다치고, 저것도 딱하다. 양반 씨앗이라는데 지 근본도 모르고….

강릉댁   진짜 이건 말도 안 돼요….

뒤켠에서 돌석아범이 허균과 함께 등장하나 끼어들지 않고 잠시 뒤에서 듣는다.

강릉댁   이럴 때면 우리 건천동 대감마님이 미워요. 아씨 그때 시집 보내지 말고 그냥 데리고 사시든가, (눈치 보며) 다른 신랑으로 짝을 지어 줬어도….

난설헌   그랬으면 우리 희윤이도 못 만났겠지… 난 좋아.

강릉댁   거짓말 마요. 이 집 와서 잘 된 게 뭐 있어? 서방님도 그렇지 과거 좀 떨어졌다고 이리 소식을 두절해 버리시면… 으이그….

아낙2   쉿! 행랑아범 그 똥강아지가 들으면 어쩔라고….

돌석아범 헛기침한다.

아낙3   저 인간, 양반이 아닌 이유가 너무도 뚜렷하네. 지 말 하니까 나오잖아.

여인네들 다들 킥킥댄다.

어디선가, 돌석아범과 아낙의 소리 들린다.

돌석아범   여기요!

아낙   여기요? 고맙습니다.
             강릉댁~ 강릉댁~~.

강릉댁   아이 깜짝이야! 이 뭐야? 이 밤에 누가 날 불러!

문으로 허씨댁 여자하인 아낙과 남정네2(돌쇠)가 등짐을 진 채 들어
온다.

아낙   강릉댁, 나야.

강릉댁   아니 이게 누구야? 서툴네 아니야. 돌쇠두 왔네!

아낙   아씨! 지들 왔어요!

남정네1   잘 계셨어요!

난설헌   아니! 반갑긴 하지만 이런 늦은 시간에 웬일들이야?

아낙   낮에 가지 말고 밤에 가라서서요.

난설헌   자, 어서들 드시게.

아낙2, 3, 버들이 나간다.

남정네1이 등짐 - 책과 붓이 든 보따리와 종이 뭉치를 내려놓는다.

강릉댁   아이고~ 이게 다 뭔가

아낙   작은 서방님이 보내셨어요.

난설헌   봉이 오라버니가?

아낙   예. 선물이래요. 풀어보면 아신다고.

강릉댁   저번에도 한 보따리 보내시구선. 이거 이거 이 댁 사람들 별로
             안 좋아해. 그나저나 누가 문 열어줬어?

아낙   행랑아범이…

강릉댁   뭐어? 아이쿠야…

아낙   왜?

강릉댁   올 일 있으면 나나 버들이한테 미리 귀뜸을 했어야지, 그 아범
        은….

        벌써 시어머니가 들어선다. 뒤로 돌석아범이 뒤따르고 있고.

아낙   마님! 그간 안녕하셨습니까요! 죄송합니다요, 늦은 시각에….
시어머니 (돌석이 진 등짐을 보며) 뭔가?
아낙   예, 아씨 작은 오라버니께서, 뭘 좀 보내신다고.
시어머니 사돈댁 우애 깊은 것은 시집을 간 외인에게도 다르지 않는구
        만.
아낙   저 그럼 이만 가보겠습니다요!

        강릉댁이 아낙과 남정네1을 데리고 나가는데….

아낙   아니 분위기가 왜 이래?
강릉댁   서방님 과거 시험 또 떨어지고 지금 실종 상태야.
아낙   뭐어? 실종?
강릉댁   쉿!

        강릉댁이 아낙과 남정네1을 데리고 밖으로 나간다.

시어머니 난 이 야심한 시각에 사돈댁서 사람이 왔다길래 무슨 다급한 일
        인가 했다. (난설헌이 방금 쓰다 만 시문을 본다) 참으로 희안하다.
        이 묵향이 아들 머리맡에서 맡을 때는 그렇게 향기롭기 그지 없

는데, 여기서 맡으면 머리가 지끈거리니… 그것 참….

난설헌   죄송합니다.

난설헌이 종이와 먹을 치운다.

시어머니   솔직히 말해 보아라.

난설헌   예? 무엇을요?

시어머니   성립이 여기 안 왔누? 하룻밤이라도.

난설헌   어머니… 오면 어머님께 당연히 문안드리고 건너오지 그냥 저
한테 오겠어요?

시어머니   (눈빛이 칼날 같다) 도대체 친정에서 뭘 배웠누? 왔느냐 하면 왔
습니다, 안 왔습니다, 하면 될 것이지 어른한테 하는 대답 꼴이
라니. 너를 어디서부터 어떻게 고쳐야 하누?

난설헌   잘못했습니다.

잠시 사이. 시어머니의 시름이 지나간다.

시어머니   부부라는 것이 서로 어려울 때 가장 먼저 찾는 것이거늘, 오죽
하면…!

난설헌   ….

시어머니   (방금 난설헌이 적은 시문을 들어본다) 이런 게 나오니? 니 속에선
한가로이 이런 게 나와? 니가 이렇게 집안에서 문장가 노릇을
하니 니 서방이 급제를 해? (참았던 말) 니가 애물이야!

난설헌   ….

시어머니　5대가 내리 급제한 집에서 어떻게 이래? 무슨 귀신이 씌지 않
　　　　 고서야 우리 아이가 어찌 이래! 모두 니 탓이야! (시문을 찢어 버
　　　　 린다) 이 지붕 아래서 이 시문이 뭐가 필요하고 뭐가 쓸 데가 있
　　　　 니! 다 소용 없어.

　　　　 시어머니는 성에 못 이겨 분을 못 이겨 자리에서 일어난다.
　　　　 숨 한 번 몰아쉬고 그 힘겨운 자리 벗어나려 한다.
　　　　 며느리 방에 가득한 서책과 시문들을 본다. 멀미가 난다.

시어머니　내 언젠가 이 놈의 서책들 다 아궁이에다 처넣으리라!

　　　　 시어머니 큰 숨을 몰아쉬며 나간다.
　　　　 난설헌, 힘들다. 자꾸만 자꾸만 반복된다.

　　　　 그때, 인물 - 1장에 나왔던 그, 서왕모가 나타난다.
　　　　 서왕모는 그녀를 안스러워한다. 안타깝다.
　　　　 난설헌은 선물을 살피다가 편지를 발견하고, 편다.

　　　　 무대 한쪽에 허봉 나타난다.

허봉　　 경번아. 신선 나라에서 내려주신 내 글방의 벗에게 작은 선물
　　　　 보낸다. 우리 누이가 밤낮으로 철없이 시문 짓느라 종이가 얼
　　　　 마나 들고. 그게 또 시댁의 심려를 끼칠까 조금 준비하여 보낸
　　　　 다. 그리고 책 한 권 보낸다. 당나라 두보의 서책, 두율 - 이라

하는데, 갑술년에 내가 임금의 명령을 받들고 황제의 생신을 축하하러 갔다가 오는 길에 얻은 것이다. 내가 보물처럼 몇 해를 가지고 있었는데, 이제 너 주려고 책 표지를 아름답게 다시 묶었다. 우리 경번의 손에서 사라져 가는 두보의 소리가 다시 나올 법도 하다. 그걸 기다려도 되겠지? (사이) 또 기별하마.

난설헌   오라버니!

오빠 허봉은 사라진다. 난설헌 고개를 떨군다.
고개 들면 서왕모도 사라졌다. 난설헌 그녀를 찾지만 이미 없다.

그리고 강릉댁과 버들이가 들어온다.

강릉댁   아씨! 버들이 얘기 좀 들어보세요. 서방님 찾았대요!
난설헌   뭐?
버들이   제가 누굽니까요? 제 친구 중에 논다니 선비님 종이 하나 있는데요, 방금 와서 우리 서방님 얘기를 전해주는 거예요. 우리 서방님을 기생집에서 본 거 같대요.
강릉댁   기생집? 거기가 어딘데?
버들이   아주 요물이 하는 데가 있대요. 최근에 한양성 논다니 선비들이 글루 다 몰려간다는데요 거기서 우리 서방님을 봤대요.
난설헌   가자.
버들이   예?
난설헌   거기루 가자구.
버들이   지금요? 진짜요?

난설헌	유모. 서방님 갓이랑 도포 좀 나 챙겨 줘.
강릉댁	서방님 갓을요? 어쩌시려구요?

급히 암전.

5장

무대는 전환되어, 기생집 방으로 바뀌고,
김성립과 기생 이화가 마주 앉았는데 김성립은 이미 취해 있다.

이화	(술을 따른다) ….
김성립	(받는다. 그리고 그녀를 본다) 다시 봐도, 이쁘구나.
이화	선비님도 역시 기품 있으십니다.
김성립	돈을 주고 오늘 하루 니 마음 사러 왔는데 무슨 놈의 기품이냐?
이화	선비님은 여느 남자와 다릅니다.
김성립	그래? 그럼 오늘 너의 온전한 마음을 내게 주겠느냐?
이화	평생도 모시리다. 제 마음에만 들어오시면.
김성립	녹이는구나.
이화	이미 녹았습니다. 우리 선비님 마음의 깊이는 금강산 계곡이요 눈망울의 깊이는….
김성립	피곤하다. 그만 해라.
이화	술이 부족하시네요. (술을 또 따르려 한다)

김성립	왜 더 취하라 하느냐. 이미 많이 마셨다.
이화	(다가가며) 절 이리 취하게 만드셨으면 선비님도 응당 취하셔야지요. (더 다가가다가, 난설헌이 달아준 노리개를 발견한다) 예쁘다. 어느 여인의 것입니까? 당연히 부인의 것이겠지요?
김성립	(손을 치우게 한다) 이게 뭐하는 짓이냐?
이화	부끄러워 하시긴.
김성립	내놔라!
이화	아직 연모하십니까?
김성립	시끄럽다.
이화	이미 몸은 저를 안으시고 마음은 (노리개 가리키며) 여기서 달롱거리고, 싫습니다!

난설헌 나타난다. 남장을 하였다.

김성립. 남장을 한 난설헌을 알아본다.

이화	누구십니까?
난설헌	(이화 쪽으로) 부럽다. … 니가 신선이고 선녀구나.
이화	예?
난설헌	바깥 세상 아녀자들은 모두 규방에 갇힌 새 한 마리 신세인데, 넌 여기서 훨훨 날고 있으니 신선들의 어머니, 서왕모가 부럽지 않겠다.
이화	무슨요. 그냥 천것입니다.
난설헌	천한 사람이 어디 있니. 천한 마음만 있을 뿐이야.

이화	(김성립에게) 아시는 분입니까?
김성립	(이화에게) 나가 있어라.
이화	예?
김성립	(버럭) 나가 있으래두!!

이화 인사하고 나간다.

난설헌	김성립. 니가 여기 왜 있는 거야? 마음이 다쳤으면 나한테 왔어야지.
김성립	(난설헌 쪽으로) 이 천한 꼴 보니 이제 맘에 들어? 그래, 이 정도야. 진작에 보여주고 싶었어. 이 정도의 인간이다. 보여주고 싶었다구.
난설헌	시험 또 보면 돼. 너 아직 젊잖아. 일어서. 집에 가자.
김성립	그걸 위로라고 하는 거야? 사내 옷 입고 기생집에 나타나서, 그걸 지금 위로라고 하는 거야?
난설헌	김성립.
김성립	그 김성립 소리 집어쳐! 어떻게 감히 아녀자가 서방님 이름을 불러!
난설헌	소리 지르지 마.
김성립	지를 거야. 지를 거야. 난 남편이고 난 남자니까. 지를 거야!
난설헌	….
김성립	차라리 사내로 태어나지 그랬니? 응? 니가 사내로 태어났어야 해. 니가 잘난 문장으로 과거를 봤으면 진작에 붙었겠지?
난설헌	… 그만.

김성립	왜 하필 나한테 왔어… 더 똑똑한 놈한테 갔어야지. 늘 아쉬워했지? 다 알아. 우리 집안에 시집 와서 후회막급이지? 다 보여! 나두 미칠 지경이야! 알아? (노리개를 풀어 난설헌 앞에 던져 버린다) 이딴 거 필요없어! 내가 달고 다니기엔 너무 무거워!
난설헌	집에 가자.
김성립	명령하지 마. 어디다가 감히! 넌 아녀자야! 여자라구! 여자면 여자답게 남자 기도 세워주고… 내가 이렇게 된 거, 다 니 탓이야!
난설헌	….

난설헌, 참담하다.

6장

자막: 2년 후, 1585년 _ 그녀가 떠나기 3년 전.

시댁 대문 앞. 허균 기다리고 있다.
잠시 후 강릉댁 나온다.

강릉댁	아유~ 우리 도련님 오래 기다리셨지요? 금방 나오실 거예요.
허균	아니 누이, 어디가 안 좋은데요?
강릉댁	그게 그거이 그래요. 뭐 드시는 것도 없고… 기력이 많이 떨어지셔서…. 너무 걱정하지 마세요. 고뿔일 거예요.

허균	자주 그러시나?
강릉댁	… (사이) 그나저나 우리 아씨, 도련님 만나면 얼마나 반가워하실까?
허균	그럼 그동안 누이의 답장이 끊긴 것도 다 누이의 몸이 편치 않아서인가?
강릉댁	우리 아씨 강한 분이시니까 다 이겨내실 거예요. 너무 속상해하지 마세요. 아이고야… 아무튼 시상에 어떤 오누이가 이러겠어요. 도련님. 그래도 우리 아씨 오래간만에 보시니까 좋으시죠?
허균	좋은 일로 보았음 더 좋았을 것을….
강릉댁	강릉 외삼촌 돌아가신 일은 너무 걱정 마셔요. 환갑 진갑 다 넘기고 여든도 넘기셨으니 진짜로 신선이 되셨는지도 몰라요. 아마 돌아가시기 전날까지 술 드시고 밥 드시고 다 하셨을 거래요.
허균	돌아가시기 전날 그러시더래. 내일 떠나겠다고.
강릉댁	그것 참. 사람이 어찌 자기 떠나는 날을 아나. (난설헌을 발견하고) 아이고! 저기 오시네요.

난설헌 조금은 병약한 모습으로 나온다.

난설헌	균아.
허균	누나.
난설헌	오랜만이구나.
허균	누나… 왜 이렇게 야위었어요?

난설헌   우리 교산 아우는 더욱 듬직해졌네. 그나저나 이 늦은 시각에
        웬일이실까?

강릉댁   말씀들 나누세요.

강릉댁 들어간다.

난설헌   우리 동생이 그리 편지를 보냈는데 답을 못해 미안해.

허균   누나… 이 놈의 세상이 누이가 쓴 시처럼 돌아갑니다.

난설헌   그게 무슨 말이야?

허균   (시를 읊다)* 동쪽집의 세도가 불길처럼 드세던 날 풍악소리 드높
        았지
        북쪽 이웃들은 가난해 주린 배 안고 쓰러졌지
        그러다 뒤집혀서 북쪽 이웃들의 세도가 불타 오르니…

균이 시를 읊는 동안 한시가 투사된다.

東家勢炎火 (동가세염화)

高樓歌管起 (고루가관기)

北隣貧無衣 (북린빈무의)

枵腹蓬門裏 (효복봉문리)

一朝高樓傾 (일조고루경)

---

*   난설헌의 시, 감우 중 한 편.

反羨北隣子 (반선북린자)

盛衰各遞代 (성쇠각체대)

難可逃天理 (난가도천리)

난설헌   정말 넌 내 시를 다 외우고 있구나….

허균   운만 떼어 보세요. 누나 시라면 다 외우고 있습니다.

     누나… 붓을 놓지 마세요. 누나는 다른 사람과 다릅니다.

난설헌   다를 게 뭐니. 다 똑같지.

허균   (언성이 조금 높아진다) 강릉 외삼촌 있잖아. 어제 부음을 들었어.

     근데요 아무도 갈 사람이 없어.

난설헌   왜?

허균   … (다시 한숨 한 번 쉬고) 봉이 형님이, 우리 누님을 끔찍이도 생

     각하는 봉이 오라버님이 오늘 귀양을 가게 됐거든요.

     주상께서 아끼시는 율곡 대감을 탄핵했거든. 율곡 대감을 호되

     게 나무라며 물러나지 않고 연일 탄핵을 하니 어쩌겠어? 동인

     쪽에서 형님이랑 함께 한 세 사람의 선비 모두가 귀양을 가게

     됐어.*

난설헌   ….

허균   아버지도 좌천되셨어.

---

*   계미삼찬[癸未三竄], 1583년(선조 16년) 동인 계열의 박근원(朴謹元)·송응개(宋應漑)·허봉(許篈) 등이 이이(李珥)를
    탄핵하려 모두 유배된 사건을 말한다. 당시 병조판서였던 이이가 왕권을 무시하고 병권을 제 맘대로 한 혐의
    가 포착되어 탄핵을 시도하였으나 선조는 이이를 아꼈고 그 바람에 역풍을 맞아 세 사람의 선비가 한꺼번에 귀
    양을 가게 된다. 나중에 아버지 허엽의 영의정 친구의 도움으로 귀양에선 풀려나지만, 한양에는 못 돌아오게
    그를 막았고 허봉은 금강산 절간을 돌며 술로 세월을 보내다 결국 죽음을 맞게 된다.

난설헌   뭐?

허균   멀리 경상감사로 가시게 됐어.

난설헌   어떡해….

허균   서인들은 아버지의 인물 됨으로 그 자리를 주었다고 승진이라
         고 떠벌이지만 편찮으신 노구를 끌고 거기까지 보낸 데는 다 계
         략이 있어. 망할 서인 놈들!

난설헌   그럼 오라버니는 어디로?

허균   함경도 갑산.

난설헌   아아….

허균   내가 요새 생각이 많아. 동인 서인 서로 싸우는 모양이 진리는
         간 데 없고 니 편 내 편만 있어. 답답하다.

난설헌   … 오라버니, 아버지, 어떡하지…?

허균   누나, 지금 우리가 할 수 있는 일은 아무것도 없어.
         (세상을 향해 누나의 시를 읊는다) 흥하고 망하는 게 하루 아침이구
         나…!

난설헌   (그게 슬프다) ….

허균   아버지도 형님도 강릉에 못 가시는데 누나는 갈 수 있겠어?

난설헌   그러게, 보내주실까? 먼 길인데….

오누이가 그렇게 달빛 아래 슬픔 가득 서 있다. 암전.

자막: 강릉, 반곡서원.

파도소리 드높다. 강릉 반곡서원. 외삼촌이 머물던 곳. 초상집.

밤은 깊고, 하늘은 바다마냥 코발트빛이다.

서원의 방엔 서책이 천 권쯤 가득 한 게 인상적이다.
그 서책들 속에서 난설헌은 참으로 오랜만에 행복하기만 하다. 상복
을 입은 난설헌은 책들을 만져 보고, 빼서 읽어 보기도 하고, 그중 한
권은 꺼내어 앉아 읽으며, 평온한 적막감 속에서 안정감을 느낀다.
마루에선 강릉댁이 무슨 시름으로 달맞이 하며 정선아리랑 한 소절
부른다.

강릉댁   타관객리 외로이 있다고 괄시를 마라
         세파에 시달린 몸 만사에 뜻이 없어
         홀연히 다 떨치고 저녁노을 바라보는데
         눈앞에 왼갖 것이 모두 시름뿐이라

         아리랑 아리랑 아라리요
         아리랑 고개로 나를 넘겨주소

         노래를 듣고 서서히 나와보는 난설헌.

난설헌   노래 좋다. 우리 유모 노래 잘 하네…
강릉댁   우리 아씨는 외삼촌 책방이 좋으신가 보네. 여기 강릉 땅 온 뒤
         로 눈만 뜨면 이 방에 오셔서 나오시지를 않으니. 여기가 그렇
         게 좋으세요?
난설헌   이 책 냄새… 정말 내 고향 같아, 여기.

강릉댁	(하품을 늘어지게 한다) 으아아~~~~하하하~~~ 하음야!
	전 이만 잘래요. (들어가며) 그나저나 우리 희윤 도련님 강릉 와
	서 열이 하도 높아져 걱정했는데 오늘은 열도 떨어지고, 음식도
	드시고, 잠도 잘 주무시네. 거 희한하기도 하지. (하며 나간다)

강릉댁, 나간 자리에 반대쪽에서 이달 등장한다. 술병을 들었다.

이달	놀라지 말어. 사람이다.
난설헌	손곡 스승님이세요?
이달	거지다.
난설헌	스승님! 얼마만이에요? 지금 오신 거예요?
이달	응. 어디 보자. (얼굴을 살핀다) 엄마가 다 되었구나.
난설헌	예. 셋을 얻었지만 지금은 한 아이만 곁에 있네요.
이달	그래. 이름 달라고 떼쓰던 꼬마가 벌써 이렇게 … 허허… 시문
	은 많이 짓누?
난설헌	모르겠어요.
이달	모르겠다?
난설헌	제가 뭘 할 수 있는지….
이달	너나 나나 똑 같아.
난설헌	예? 뭐가요?
이달	이름 달라며 떼를 쓰던 널 보는데, 그런 생각 했다. '이놈아, 여
	자로 태어난 니가 뭘 할 수 있겠냐!'라고 말이야. 나도 마찬가지
	지. 우리 아버지는 지체 높은 양반님네, 우리 어머니는 천한 관
	기! 나는 진즉에 깨달았다. 난 서자다. 내가 이 조선 땅에서 할

수 있는 건 아무것도 없다. 차라리 개똥이 되어 조선 팔도를 헤

헤거리며 굴러다녀야겠구나… 하고 말이야.

난설헌   ….

이달   초희야, (파도소리 가리켜) 저 파도 좀 봐라. 저 미련한 것 좀 봐.

저게 수만년 전부터 저 짓이다. 저렇게 사납게 뭍에 오르겠다

고 밤낮으로 발악을 해요. 근데 아직도 뭍에 못 올라와. 세상이

그래. 안 바뀌어.

난설헌   ….

이달   초희야, 세상과 싸우지 마라. 이젠 이름 따위 버려. 그냥 바보로

살어. 그게 니 살 길이다.

난설헌   그럴 수 없으면요?

이달   그 새가… 아직 살아 있느냐? 새가 아무리 날개를 퍼덕인다 헌

들 그 손아귀를 어찌 당하겠느냐 (사이) 허허허! 술땡! 술땡… (나

간다)

이달이 나가고 혼자 남은 난설헌! 파도소리 더 높아지고, 바다안개도

인다.

적막 가운데 홀로 남은 난설헌 앞에 서왕모*가 나온다.

서왕모   아직 무슨 미련이 남아 있누….

* 서왕모는 전설 속에서 신선 중의 으뜸이요, 본래 죽음을 관장하는 여신으로 나왔으나, 후세에 의해 아름다운

여인으로 화한 신선이다. 서왕모는 신선들의 산인 곤륜산에 있으며, 서왕모는 하나만 먹으면 천년을 살 수 있

다는 천도복숭아가 3600그루가 있는 숲, 이른바 반도원을 관리한다고 한다.

난설헌	(서왕모를 본다. 그리고) 난 왜… 이곳에 태어났을까. 왜 지금 이 곳에.
서왕모	세월이 더 흐르면, 세상은 달라져 있을까?
난설헌	난 왜… 여자로 태어났을까.
서왕모	사내로 태어났다면 뭘 하고 싶었는데?
난설헌	난 왜….
서왕모	김성립의 아내가 되었을까?
난설헌	… . (고개를 숙인다)
서왕모	넌 누구야?
난설헌	… 끊임없이 묻고 물었어. 내가 왜 여기에 와 있는지. 근데… 모르겠어. 어렸을 때 이름을 달라고 마루 아래 숨었어. 사람들이 오면 다른 곳으로 숨었다가 또 마루 아래 숨어들고. 추워서 죽을 것 같았는데 그럴수록, 내가 힘들수록 내 뜻을 이룰 수 있을 거 같았어. 아아! 난 아직도 마루 아래 숨어 있는 거 같아. 세상이 주지 않으려 하는 걸 얻기 위해서! 그걸 어떻게든 얻기 위해서! 그 추운 마루 아래서 아직도 덜덜 떨면서 기다리고 있는 거 같아. 바보처럼!
서왕모	뭘 더 기대해? 내가 보여줄게. 니가 떠나온 곳. 그리고 니가 돌아갈 곳.
난설헌	뭐라고?

서왕모의 손짓으로 환상이 나타난다. 신선의 땅.

서왕모	광상산. 신선세계 십주 가운데서도 가장 아름다운 곳. 기억나니?
난설헌	(고개를 젓는다) ….
서왕모	세상은 아주 하찮은 거야. 미련 두지 마. 이제 때가 되었어. 그만 니가 떠나왔던 그곳으로… 돌아가자.
난설헌	때라니? 그곳이라니? 여길 두고 어디로?
서왕모	영생을 줄 테니 이제 이 세상은 버려. 니가 처할 곳이 아냐. 넌 선계에서 살다가 인간세상으로 쫓겨난 선녀였어. 그래서 이 세상과는 연이 없는 거야. 이제… 가자….
난설헌	(신선의 땅을 본다) 아니. 아니. 난 몰라. 난… 난설헌, 허엽의 딸이며, 허봉의 누이동생이며 허균의 누나야.
서왕모	이제 그 이름은 사라질 거야. 이제 잊어야 해. 놓아야 해.
난설헌	아니야! 난 초희이고 경번이고 난설헌이야!

안쪽에서, 아씨를 찾는 강릉댁의 다급한 소리 들린다. 나온다.

강릉댁	아씨! 아씨! 어떻게! 어떻게! 이런 일이… 도련님이!
난설헌	희윤이? 희윤이가 왜…

난설헌이 방으로 들어간다. 난설헌의 절규가 처절하다.

난설헌	안 돼. 안 돼. 희윤아 희윤아~

7장

자막: 1589년 3월 어느 날… 그녀 나이 스물 일곱이 되었다

그녀는 이제 방에서 나오지를 않는다. 시에만 매달리고 있다.
돌석아범이 시댁 하인 여인네들과 그 방을 걱정스레 바라보고 있다.

돌석아범   가서 종이란 종이는 다 빼 와. 알겠지? 마님 엄명이야.

아낙2   저번 날도 한 번 했는데.

돌석아범   누가 또 넣어준 게지.

아낙3   난 절대 아니야.

돌석아범   강릉댁 당한 거 봤지?

아낙3   봤지, 아씨한테 종이 넣어드리다가 흠썬 두들겨맞고 반죽음 돼서 내쫓기는 거 봤지. 암.

아낙2   아 글쎄 우리 중엔 이제 없어.

돌석아범   그러니 붓이고 벼루고 종이쪼가리라고 보이는 것은 하나도 남김없이 빼오라고. 알겠어? 남정네들이 들어가서 해볼 도리가 아니잖어, 그래도 아씨 계신 방인데.

아낙2   아씨? (비웃는다) 구렁이 같으니라고!

돌석아범   (째려보며) 어서!

여인네들 들어가 시에 열중인 난설헌을 제치고, 종이며 붓이며를 빼앗아온다. 난설헌 황망하다. 올려다 볼 뿐이다.

아낙2	우리 원망 마시오. 우리가 뭔 힘 있수?
아낙3	말은 알아 들으시나?
아낙2	아씨! 우리가 누군 줄은 분간이 가요?
난설헌	(올려다본다. 손만 내민다. 달라고) ….
아낙2	이거 달라고? 안 돼요.
난설헌	(달라고 손을 내민다) ….
아낙3	애기가 된 건가? 정신이 이상해 뵈지?
아낙2	통 먹은 게 없잖어. 무슨 병이 왔는지도 모르고.
아낙3	(난설헌을 향해 돌연) 야!
아낙2	(놀란다) 뭐해?
아낙3	야, 너 왜 여기 있어? 누구야 너? 어? 너 누구냐구? 야!
아낙2	이 사람이. (하고는, 자기도) 야… 이 빙신아… 너 하나 때문에 강릉댁이 피곤죽이 됐다. 어떡할래?
아낙3	그래… 니가 그 꼴을 봤어야지.
아낙2	야, 이거 삼삼하다. 우리가 언제 양반한테 욕을 해 보니….
아낙3	그러게. 야 이 바보천치야 너 죽지도 않고, 참 고생이다.
돌석아범	(밖에서) 뭘 지체하고 있어? 어서 챙겨 나오질 않고!

여인네들 나온다. 그리고는,

아낙2	(돌석아범에게) 완전히 정신을 놨어.
아낙3	빙신이네. 아주 빙신이 됐어.
돌석아범	이것들이! 아씨마님한테!
아낙2	오죽! 이 구렁이야!

그들은 수런수런 몰려나간다. 돌석아범 살피고는 나간다.

몰래 버들이가 소반에 죽을 차려들고 나온다.

버들이　　(하늘 한 번 올려다보고) 아씨, 오늘은 날이 흐려요. 비라도 올 거
　　　　같아요. 3월에 비오면 많이 추운데. 아씨는 안 추워요? 제가 자
　　　　꾸 와서 군불을 때는데 그것도 눈치가 보여서요. 저 여기 자주
　　　　오면 안 돼요. 참, 아까 사람들이 그러는데요, 이상한 얘길 해
　　　　요. 남쪽 바닷가에 왜놈들이 난리래요. 예전에도 노략질은 해
　　　　댔지만 이번에는 좀 뭐가 다른가 봐요. 아유 무서워라. (몸을 떠
　　　　는 시늉을 하고는) 아씨, 죽이라도 뜨셔요. 오늘은 특별히 맛있게
　　　　했어요. 제가 더 정성을 들였거든요. 아씨…?

대답이 없다. 그녀는 이젠 시만 열심히 쓰고 있다. 그림자 일렁이고 있
다.

버들이는 소반을 내려놓고 주변을 둘러보고는 숯조각을 내민다.

버들이　　아씨, 이거 숯이에요. 붓이 없어도 이걸로 쓰시면 되요.
난설헌　　(밝아져서 손을 내민다) ….
버들이　　아니요. (감춘다) 이 죽 드셔야 해요. 그래야 드려요.
난설헌　　(입을 벌린다) ….
버들이　　(울며, 한 숟갈씩 아씨한테 죽을 먹인다) 아이고 우리 아씨 착하네
　　　　요. 잘 드시네요. 착하세요. 이거 드세요. 그래요. 살으세요. 지
　　　　발 이 몹쓸 세상에 더 살아주세요. 그래야 이 버들이두 살 희망
　　　　이 있는 거잖아요.

난설헌   (다 먹었다. 손을 내민다) ….

버들이   (숯조각을 건넨다) ….

숯조각을 받아든 난설헌, 온 바닥에, 벽에, 문짝에, 기둥에 시를 쓴다.

버들이 보다가 울며 나간다.

반실성한 듯 시에 매달리는 그녀의 광기가 처절하다.

그 즈음, 난설헌의 거처 주변에 여아종이 나타나 맴돈다. 그 노래를

한다.

여아종   구슬 바다 출렁이고

        푸른 난새 울음 울 때

        스물 일곱 연꽃 송이

        찬 서리에 떨어지네

여아종의 노래가 난설헌의 광기 주변을 맴돈다.

난설헌   깊은 규방에 갇혀서 그리움을 끊으려 해도 그대가 생각나니 심

        장이 터질 듯 하네 인생을 타고난 것이 너무도 차이가 지니 남

        들은 즐기지만 이내 몸은 평생 혼자였더니

돌석아범이 마당에 나타난다.

돌석아범 궂은 소식 전해드려서 송구합니다. 그래도 알려드려야 할 것

        같아서요. 방금 친정 아버님이 돌아가셨단 전갈을 받았습니다.

병이 위중하여 경상감사 그만 두시고 한양성 올라오시다 그만 상주 공관에서 유명을 달리 하셨다 합니다.

난설헌은 괘념 않고 시에 열중한다.

난설헌　　신선께서 봉황새를 타고 한밤중에 조원궁에 내려오셨다 요지 봉우리에서 나를 맞으시고 유하주 한 잔을 권하시더니 푸른 옥 지팡이 빌려주시며 부용봉에 오르자고 인도하신다

돌석아범　그뿐 아니옵고, 오라버니 되시는 허봉 나으리도 아버님 친구분 되시는 노수신 영의정 대감의 주청으로 겨우 귀양에서는 풀려 나셨는데, 주상 전하 화가 안 풀리셔서 한양성에는 못 들어오게 했답니다. 그래서 금강산 암자를 떠돌다가 그만 '한담'을 얻으시고 매우 힘들어 하시다가, 김화현 생창역에서 유명을 달리 하셨다 합니다.

난설헌　　구슬 바다 출렁이고 푸른 난새 울음 울 때 스물 일곱 연꽃 송이 찬 서리에 떨어지네.

돌석아범　이런! 우리 대감마님 안방마님 무슨 전생에 업보가 있어서 이런 여자를 며느리로 들이셨나? 내 가슴이 더 미어지고 찢기누만. 저 미친 것을 어째?

난설헌 비로소 숯을 놓는다. 그리고 돌아본다. 돌석아범 놀란다.

난설헌　　돌석아범.

돌석아범　(놀란다) 예? 저요?

난설헌	자네 말고 여기 누가 또 있나?
돌석아범	예, 예. 왜 그러십니…까?
난설헌	이 방에서 가지고 나간 내 시문들 다 가지고 있나?
돌석아범	이… 에… 그것이 돌려드릴 수는 없습니다요…
난설헌	달라는 게 아니야. 다 가지고 있느냔 말이네.
돌석아범	예. 광에 있습니다.
난설헌	다 가지고 와서 태우게.
돌석아범	예?
난설헌	난 내일 아침 일찍 여기를 떠날 거야. 내가 떠나는 대로 그 시문들을 하나도 남김 없이 내와서 다 태우란 말일세. 한 편의 시문도 여기 남아 있어선 안 되네. 알겠는가?
돌석아범	예, 예. 그리 합지요.
난설헌	(버럭) 단 한 편도 남기지 말고 모두 태워야 할 것이야. 약조하겠는가!
돌석아범	예. 이 기둥이며 마루며 바닥에 쓰여진 시문들은 어찌 합니까.
난설헌	이 집을 통째로 태우든지 그건 알아서 하게.
돌석아범	그런데 내일 어디… 가십니까?

서왕모가 나타난다. 난설헌이 그녀를 본다.

서왕모	올해 스물 일곱이 되었네.
난설헌	연꽃 스물 일곱 송이 찬 서리에 떨어지네…
돌석아범	예?

서왕모는 난설헌을 이끈다.

난설헌은 그녀를 따라 제 방으로 향한다. 들어간다. 문을 닫는다.

돌석아범 겁에 질려 서서히 물러난다.

여아종이 난설헌이 들어간 그 방문 앞 빈 마루에 앉는다.

여아종   아씨. 제게도 이름을 지어 주세요. 왜 전 여적 안 지어 주세요?
        제게도 이쁜 이름을 지어주세요. 세상을 살아갈 이름을 지어
        주세요.

답은 없다. 여아종은 답을 기다린다.

8장

자막: 그녀가 떠났다. 1589년 음력 3월 19일.

난설헌의 처소 앞. 안개.

모닥불을 피워 난설헌의 시문들을 태우고 있다.

김성립 상복 차림으로 황망히 앞을 지키고 있다.

돌석아범이 그 불을 뒤적이며 지키고 있다.

돌석아범   그만 들어가십쇼. 날이 춥습니다. 제가 마저 다 태우고 들어갈
          테니 서방님은 먼저 들어가셔요.

김성립	(넋을 잃었다) 이걸 다 태우라 했어?

여아종 나와 불가로 온다.

돌석아범	이것아, 저리 가. 불 옮기면 큰일 나.

돌석아범 여아종의 접근을 막으며,

돌석아범	이것아, 이리내.
여아종	이것아 아니구 이름 있어요.
돌석아범	이름? 니가 무슨 이름?
여아종	부용이.
돌석아범	부용이? 그게 뭐야?
여아종	아씨가 떠나기 전날 밤, 제게 이름을 주셨어요. 어지러운 세상이 될 거라고, 부용꽃처럼 정숙하고 어여쁘게 너를 지키라고. 부.용.
돌석아범	니가 이름이 무슨 소용이야… 저리 가, 이것아.
여아종	이제 나도 살아 갈 이름이 있어요.
김성립	아범… 놔 두시게.

불이 이제 꺼진다.

돌석아범	(김성립에게) 서방님 이제 그만 들어가서 쉬세요. 이제 정리도 거의 다 됐습니다.

버들이 등장한다. 그 뒤를 따라온 강릉댁 그리고 허균, 황망히 등장한다.

버들이　이봐요, 이렇게 됐어요. 우리 아씨 피눈물이 다 재가 됐어요. 어떡해요?

강릉댁　아씨! (통곡한다)

허균　이 짐승만도 못한 놈들! 이게 무슨 짓이야. 누이의 시를 다 태우다니.

돌석아범　아씨 마님이 제게 직접 남기신 유언을 받든 겁니다.

허균　니가 정녕 내 손에 죽고 싶은 거구나. 뭐라? 다 태우라 했다고? 우리 누이의 피눈물이야. 그걸 다 태워 버렸다고!
　(돌석아범의 멱살을 잡았다가, 김성립을 본다. 돌석아범 뿌리치고 김성립의 멱살을 쥐고 흔든다) 니 놈 짓이냐? 니가 시킨 짓이냐구!

김성립　(황망할 뿐이다) ….

돌석아범　이러시면 안 됩니다.

김성립이 돌연 허균을 밀어 넘어뜨린다.

김성립　내가 무슨 잘못이야? 니 누나 죽은 게 내 탓이야? 니 누나가 우리 집안 다 망가뜨렸어! 어디 와서 행패야 이 자식아!

허균　으아아악! (달려든다)

김성립과 허균, 엎치락 뒤치락 싸운다.

| 허균 | (맹렬히) 이 못난 자식아! 니가 사내야? 사내가 돼가지고 왜 자기 여자를 지켜주지 못 해! 왜! 살아생전도 모자라서 이게 무슨 짓이냐구! 누이의 시를 다 태우다니! |

시어머니 나타난다.

| 시어머니 | 이 무슨 망동이시오? |
| 김성립 | 나두 힘들었어! 나두 힘들었어! |

허균은 김성립을 뿌리친다. 시아버지 나타난다.

| 김첨 | 다 내 탓이야. 내가 그때 뭐에 씌었나 보다. 괜히 내가 이 연을 엮었나 보다. |
| 시어머니 | (오열한다. 울음 속에 숨은 많은 말들…) |

허균이 불자리에 뛰어든다.

허균	누나, 어디 있어? 우리 누나 어디 있냐구! (타다 만 시문을 들어보려 한다)
돌석아범	위험해요. 아직 뜨겁습니다. 나오세요.
강릉댁	서방님 나오세요.
허균	이렇게는 안 되지. 내가 어떻게 누나를 보내? (타다 만 재를 가득 손에 담아, 내려다본다. 뜨거운 줄도 모른다) 못 보내, 누나. 내가 누나를 이렇게 보내줄 줄 알았어? 내가 이렇게 보낼 줄 알았어?

난설헌	보내줘.
허균	못 보낸다구!
난설헌	난 내 일을 다 했어.
허균	세상 사람들이 알아야 해! 누이의 시를 돌려달라구!
난설헌	내 상처, 그 흉한 진물을 내보일 게 뭐 있니. 그냥 보내 줘.
허균	아니야! 아니야! 누나 이렇게 가 버리면 뭐가 남는 거냐구! 아 악! (절규와 함께 난설헌의 시, 타다만 재에 자신의 얼굴을 묻는다)
강릉댁	서방님!
허균	(재가 얼굴에서 타는 듯하다) 세상사람들아! 내가 돌려주마! 내가, 이 허균이가 돌려주마!

허균의 안타까운 몸부림!
노래소리 들린다. 여아종의 노래소리!

| 버들이 | 아씨…. |

여아종	구슬 바다 출렁이고
	푸른 난새 울음 울 때
	스물 일곱 연꽃 송이
	찬 서리에 떨어지네

사람들 서서히 사라진다. 마지막엔 허균만이 남아 있게 된다.

에필로그

허균 서 있고 나레이션 흘러나온다. (또는 자막으로 대체한다)

자막　　　허균은 정유재란 말미에 조선을 찾은 명나라 사신 오명제에게
　　　　자신이 외우고 있던 누이의 시 200여 편을 전하였고, 다시 8년
　　　　후 명나라 사신 주지번, 양유년에게도 누이의 시를 전하여 『난
　　　　설헌집』이 출판되었고, 중국에서 크게 이름을 떨쳤다. 허균은
　　　　자신의 반평생 동안 많은 책을 썼고, 돌아간 누이의 시집을 펴
　　　　고 전하는데도 남김없이 힘을 쏟았다. 그리고 사십구 세를 목
　　　　전에 두고 1618년 10월, 역모에 휘말려 안타깝게 이 땅을 떠났
　　　　다.

　　　　합창이 된다.
　　　　전 출연자가 노래한다.

　　　　오명제가 나와서 책을 펴면 어디선가 들리는 목소리. 난설헌이다.

난설헌　　하늘거리는 창가의 난초
　　　　가지와 잎 그리도 향그럽더니
　　　　가을바람 잎새에 한번 스치고 가자
　　　　슬프게도 찬 서리에 다 시들었네
　　　　빼어난 그 모습은 시들어져도

맑은 향기만은 끝내 죽지 않으니
그 모습 보면서 내 마음이 아파져
눈물이 흘러 옷소매를 적시네

영사막에 한시가 투사된다.

感愚 (감우)

盈盈窓下蘭 (영영창하란)

枝葉何芬芬 (지엽하분분)

西風一披拂 (서풍일피불)

零落悲秋霜 (영락비추상)

秀色縱凋悴 (수색종조췌)

淸香終不死 (청향종불사)

感物傷我心 (감물상아심)

涕淚沾衣袂 (체루첨의쾌)

바나나

Banana

* 2020년 노작홍사용 창작단막극제 공동수상작

일시 2020년 10월 3일

장소 극단 필통 연습실 (코로나19로 인한 무관객 낭독극 영상 제작)

출연 박민선, 하경한, 이의현, 김정국, 김동옥, 김은아, 소정은, 유재돈(해설)

스태프 연출 김성진 조연출 및 오퍼레이터 임혜선 홍보물 디자인 임혜선

주최 노작홍사용 문학관

주관 극단 필통

등장인물

1	잭이라는 명찰을 단, 아주 세 보이는 녀석.
2	여자, 핑크. 매력 있는.
3	여자, 침순이, 퉁퉁한.
4	튼튼이. 적극적인. 바보스럽기도 하지만.
5	영호. 호기심이 많은. 눈이 맑은.
6	침동이.
7	우탕이.
8	오랑이. (튼튼이가 1인 2역)
9	여자, 마고 (침순이가 1인 2역)
10	여자, 미미 (핑크가 1인 2역)
11	정체불명의 입실자. (영호가 1인 2역)
12	돌리. (잭이 1인 2역)

때, 장소

현대. 작은 방. 실험실 같고 감옥과도 같다. 하지만 쾌적한 공간이다.

자막 혹은 나레이션

소리   어느 날 바이러스가 돌았다. 그 바이러스에 감염된 사람들은
        원숭이와 같은 행동양식과 식성을 갖게 되었다. 그들은 특히
        바나나에 환장을 했고 물을 지독히 싫어하는 특성을 보였다.
        정부의 인가를 받은 민간 연구소는 임상실험을 통해 치료제를
        개발하려고 했고, 꽤 많은 보상금을 준다는 광고에, 감염된 많
        은 이들이 피실험자로 지원을 했다. 연구소는 실험에 적절한
        이들을 선발했고 실험은 비밀리에 일정 기간 이루어졌다. 그
        연구는 뜻밖의 보고서를 제출하게 된다.

1장_ 바나나

빈 방에 1, 2, 3, 4, 5 - 다섯 명의 사람이 들어온다.
그들은 침팬지를 닮아 있다. 움직임이 정말 그렇다. 하지만 사람의
말을 한다.
당연하다. 그들은 인간이다.

방 - 드나드는 입출구가 하나만 있는

방 한가운데 사다리가 펼쳐진 채, A 형태로 세워져 있고
그 사다리 끝엔 정말 큼지막한 바나나가 매달려 있다.
노오란 색은 충분히 매력적이고 볼록한 몸통은 충분히 식욕을 돋운다.
그 바나나 곁엔, 엉큼하게 숨겨진, 물을 분사할 수 있는 장치가
먹이를 노리는 뱀 머리처럼 곤두서서 피해자를 기다리고 있다.

1, 2, 3, 4, 5 누구랄 것 없이 그 바나나를 보았다.
침묵이 흐르지만 관심사는 단 하나, 저 바나나를 누가 먹을 거냐, 이
다. 고도의 눈치게임, 서로를 경계하고 탐색한다. 그러다…

2가 용기를 낸다. 바나나를 올려다본다.
4가 2를 본다. (네가?)
5도 바나나를 올려다본다. (그럼 나도)
3은 1을 본다. (괜찮아?) - 1은 이들 중 어딘지 세 보이는 녀석이다.
1은 미동도 없이 고민하고 있다. 무거운 숙고이다.

3이 눈치를 살피며 천천히 사다리로 접근한다. 그리고 한 발을 사다리
에 올리려 한다. 그때, 4가 3 앞으로 다가온다. 인상을 쓴다. 3이 내려
온다. 2가 냉큼 다가와 4 곁으로 온다. 애교를 떤다. 마치 나를 위해 저
걸 따와서 함께 먹지 않겠냐는 듯이. 4는 알 듯 모를 듯한 표정을 짓고
는 사다리에 오르려 한다. 그때…

1   (으르릉~ 하는 듯한 소리)

4는 멈춘다.

4   으응? 뭐?

1   왜 네가 저 바나나를 먹으려 하는 거지?

2   (4를 가리키며) 얘가 아냐, 나지. (4에게) 그치?

4   누가 너 준대?

2   야! (웃으며) 아니, 우린 사이좋게 나눠 먹을 거야.

4   넌 나한테 뭘 줄 건데?

2   칫….

1   지금 시대가 어느 시댄데 힘으로 그래?

4   (1에게 다가가 1의 어깨를 툭 민다) 왜‥ 시대가 바뀌면 뭐가 바뀌
    냐? 응? (더 세게 민다)

휙!! 허공을 순식간에 가르는 궤적! 1의 라이트훅이 번개처럼 4의 턱아
래를 강타했다. 4는 허무하게 툭 주저앉으며 기절한다. 모두 충격! 잠
시 침묵!

1   그럼 이제 내가 올라가서 저걸 먹을까? 그럼 돼? 그렇지?

2   하면 되잖아. 왜 물어?

5   (바나나를 바라보며) 색깔 봐. 정말 잘 익었어, 살은 어떻고, 어떻
    게 저런 바나나를 구했지? 와…. (1을 보고) 부럽다.

1   아니, 난 그러지 않을 거야. 난 복싱을 배웠지만 석사야. 대학원
    을 졸업했고 논문을 썼지. 〈침팬지와 바나나, 결속력 붕괴에 따
    른 추이와 전망〉

2	(1에게 다가가며) 너 어쩐지 좀 지적이다. (목의 이름표를 확인하며) 잭.
1	네가 영악하다는 걸 아는 정도? 핑크.
2	내 다른 능력은 모르시는 거 같은데? (1의 어깨에 손을 얹는데)
1	(떼어내며) 자, 생각을 해 보자.
	(허공에 매달린 바나나를 가리키며) 저 잘 익은 바나나를 누가 먹어야 할까? (의향을 묻듯 진지하게 둘러본다)
2	가장 먹고 싶은 사람이 먹어야 하는 거 아닐까? 지금 이 순간도 벌써 침이 고여 말이 잘 안 되흐는(되는) 사흐람(사람)…. (일부러 버벅거린다)
1	(3에게) 니 생각엔?
3	저 바나나가 가장 필요한 사람?
1	필요한 사람?
3	너무 굶어서 저걸 먹어야 살겠다는 사람. (하며 배를 만지는데 이미 퉁퉁하다)
1	넌 아니네?
3	이건 인격모독이야!!!
1	(5에게 다가가 목에 걸린 이름표 확인하고) 영호?
5	응. 내 이름은 영호야.
2	영호?* 아이디가 그게 머니? 촌스럽게, 난 핑크.
4	튼튼이! 나!

---

* 본명이 아닌, 연구소에 들어오며 자신이 자신의 아이디를 짓게 만들었다.

3	침순이!
1	영호 얘기해 봐
5	난, 음, 가장 정의로운 사람이 먹어야 한다고 봐.
1	정의?
2	정의라니? 정의가 밥을 달라구 해? 무슨 얘기야…?
5	이제, 정의로운 사람이 바나나를 먹는 세상이 와야 한다고 봐.
4	(이제 정신이 든다. 벌떡 일어나며) 엿 같은 소리! 내가 먹을 거야. 내가, 내가 가장 힘이 세니까! (거침없이 사다리로 오르려 한다)
1	일관성. 좋아.
4	… 뭐?
1	영호. 영호가 올라가.
5	미안한데 난 정의롭지 않아. 겁쟁이야. 정의와는 거리가 멀어.
4	(사다리 몇 계단을 벌써 올라갔다) 내가 먹는다고! 다들 귀 먹었냐?
2	저기… (걱정되어, 이름표 보고) 튼실아….
4	(2를 보며) 왜·· 문제 있어?
2	턱·· 괜찮아?
1	(사다리로 다가온다) 내려오자.
4	(조금 버티다가 내려온다) ….
2	판단 빠르네.
1	(4가 내려오자, 5에게 다시 권한다. 오르라고) …!
5	(서서히 오른다, 그러다 중간에서) 근데 잭, 니가 왜 명령을 해? 그냥 궁금해서. 그냥….
1	힘과 지혜를 동시에 가졌잖아! 하지만 정의? 그건 모르겠어. 그 냥 (5를 보며) 니가 올라가야 할 거 같아. 넌 착해 보여. 올라 가.

5   (올라간다)

5가 바나나에 손을 대자, 물벼락이 쏟아진다! 물살이 세다!!!!

모두 젖게 된다. 1도 마찬가지다. 예상하지 못했다. 기겁했고 힘들어
한다.
다들 고함을 지르고 기절할 듯 놀란다. 모두 정신이 나갈 지경이다.
그들은 그만큼 물에 젖는 걸 싫어하는 습성을 공유했다.

잠시 후, 조금들 놀람과 흥분이 가라앉자, 4가 1에게 다가간다.

4   알고 있었어?
1   아니. (내 표정 안 보여? 나도 기겁했잖아!)
4   근데 날 말렸어. 못 올라가게. 왜?
5   그럼 일부러 날 택한 거야? 이렇게 당하라구?
1   (생각한다) ….

1이 젖은 채 빠른 계산과 생각을 한다. 누구도 방해하지 못한다. 기다
린다.

1   우리는 임상실험을 한다 해서 자원을 했고 선택됐어. 무슨 주
        사나 약을 먹일 줄 알았는데, 여기 이 방에 집어 넣었고 들어와
        보니, 저 사다리가 있고 그 위엔 저, 우리가 환장하는 바나나가
        매달려 있어. 이게 무슨 말이겠어?

4	그게 무슨·· 말이지?
모두	(생각) ···.
1	실험.
2	실험?
1	우리 다섯을 두고 뭔가 실험을 하고 싶은 거야. 여기 어딘가 카메라가 있을 걸? 이건 좀 생각보다 끔찍한 짓인데?
4	괜히 많은 돈을 주는 게 아니었어.

3이 먼저 주변을 살핀다. 모든 이가 주변을 살핀다.

| 5 | 없는데? |

모두 객석 쪽(그들에게 벽)을 본다. 모두 고개를 갸우뚱한다.

1	기분이 안 좋아.
2	그래.
3	심하게.
4	(신음소리인지 으르릉 소리 같은) 크르릉.
5	왜·· 나였어?

1, 2, 3, 4가 5를 본다.

| 5 | 잭? 대답해 봐. 왜 날 올라가게 한 거야? 억울하다, 싫다, 이런 게 아니라, 그냥 궁금해서. 그냥. |

1	그냥.
5	응?
1	그냥 니가 가장 많이 궁금해하는 거 같아서.
5	진짜?
1	넌 여기 들어오자마자 바나나에 눈을 박고 있드라. 우리랑은 조금 다른 눈빛이었어. 우린 단순히 먹고 싶다 이건데, 넌 좀 달랐어.
5	내가 약해 보여서 그런 건 아니지?
1	궁금한 사람이 가장 용감할 거 같았어. 널 시켜 보고 싶었어.

2는 다시 사다리 아래로 접근하여 올려다본다.

2	미련.
3	하지만 물은 싫어. 정말.
4	그럼 내가 올라가도 돼, 이제?
1	뭐라고?
4	내가 이제 올라가서 저 바나나를 따 먹어도 되겠냐고.
2	미쳤어? 물이 쏟아져.
4	괜찮아. 잠깐 견디면 되잖아. 저 바나나를 먹는데. 장미를 따려면 가시에 찔려야지. 난 저걸 먹어야겠어!
2	와.
1	대신, 잠깐만. (숨으려 한다)

1은 좌우 벽 중 한곳에 최대한 붙는다. 물이 튀지 않게 최대한 피해 보

려는 심산이다. 다른 이들도 그렇게 한다.

4가 이제 오른다. 바나나 바로 아래 이른다.

2   으으…. (공포감에 신음)

3   카아…. (신음소리)

5   으흐…. (신음)

4가 이제 바나나에 손을 대려고 손을 뻗으려다가 문득, 5을 다시 본다. 5는 방금 전 기억으로 더욱 힘들어한다. 몸을 비틀며 신음을 내고 있다. 그것을 보는 4, 다시금 용기를 내보려 한다. 하지만 물줄기를 뿜던 분출구에서 마치 야수가 침이라도 흘리는 듯, 아님 경고라도 하는 듯, 물이 조금씩 흘러나온다. 공포감은 더욱 번진다. 아래 있는 이들의 신음소리가 더 커진다.

4도 온몸에 소름이 돋는 듯하다. 이윽고, 4가 내려온다.

4가 내려오자마자, 맥이 풀린 듯, 축 늘어져 버린다. 기절했다.

1은 허공 어딘가를 응시한다. 강하게 외친다.

1   밖에 누구야? (답을 기다린다) 누구냐고! 왜 이러는데!

2장_ 금기

같은 곳, 시간이 좀 흐른 뒤.

(어둠 속에서 바닥 물자국은 다 닦아낸다)

5가 보이지 않는다. 1, 2, 4는 잠들어 있다.

3은 작은 스프 그릇을 들고 (과일)스프를 먹고 있다.

그리고 보니, 잠든 이들 곁에도 스프 그릇이 하나씩 있다.

3이 먹는 소리, 그릇에 숟갈 부딪히는 소리, 먹는 소리가 요란하다.

하지만 정말 먹기는 싫은데 억지로 먹는 느낌이 있다.

다 먹었다. 둘러본다. 2가 남긴 스프가 양이 많다.

가져간다. 그리고 먹는다. 우걱우걱.

3	(먹다 말고) 맛 없다, 맛 없어. 아 진짜 싫다, 싫어. (다시 먹는다)
4	싫다면서 왜 그렇게 시끄럽게 먹어? (깨어난다)
3	싫으니까.
4	싫다면서 왜 남의 것까지 가져다 먹어?
2	괜찮아. 먹어. 난 안 먹을 거야. (일어나 앉는다) 과일 스프라니. 이건 말도 안 돼. 이건 과일 스프가 아니라 과일향을 매우 슬쩍 가미한 우웩~스프야. 우웩. (토하는 시늉)
1	(역시 일어나 앉는다. 그리고 둘러본다) 영호가 없네?
2	(둘러본다) 어? 정말이네? 어디 갔지?
3	데려갔어.

4	데려가? 누가?
3	우릴 여기 집어넣은 그 사람이, 아까, 문 열고, 영호 이리 나올까, 하고는 데려갔어.
2	뭐지? 우리만 왜 남겨 논 거야?
4	왜 그 녀석만…?

그때! 문이 열리고,

모두들 그 문에 주목하고, 그 문으로 슬며시, 누군가 들어온다.

6 - 이다. (침동이)

다들 긴장, 6에게 주목한다.

6	안, 녕.
모두	….
6	난 침동이야. (사이) 잘 지내자. 난 어디 있을까? (둘러보다가 조금 빈 자리로 간다) 여기 앉을게.
모두	……….
6	(당연히 방 가운데 사다리를 본다) 사다리네? (하고는 올려다보는데) !
2	안 돼.
6	응? 안 돼? 뭐가?
2	안 돼.
6	…?? (그리고 다시 바나나를 올려다본다) 바나나다.
2	꿈도 꾸지 마.
6	(일어난다) ….
4	어허!

3	먹는 거 아니야.
6	바나나잖아.
3	저건 아니라고.
6	(다시 앉는다) ….

침묵. 그러다, 6, 다시 일어나면서

6	못 참겠어. 냄새가….
1	(6에게 다가와서, 이름표 확인하고) 침동이!
6	응, 안녕, (역시 자기도 확인하고) 잭.
1	혹시 물 좋아해?
6	아아 그게…. 어렸을 땐 싫어하지 않았어. 엄마가 목욕을 시켜주었고 난 목욕시간이 좋았어. 기억 나.
2	나도 그랬어. 난 욕조가 좋았다고.
3	나도 씻는 거 좋아했어.
6	그런데 어느 날부터, 그래, 싫어졌어.
2	그래! 무슨 바이러스에 감염된 것처럼.
3	그치? 그래, 무슨 몹쓸 독감에 걸린 뒤로 몸이 달라져 버린 것처럼 그렇게 됐어! (4에게) 너두 그래?
4	난 어렸을 때 씻는 걸 싫어했어. 하지만 그게 물이 무섭단 건 아녔거든. 친구들하고 수영장은 자주 다녔으니까. 근데 정말 어느 순간부터 이상해졌어. 물이 무서워졌어. 내 몸에 닿는 게 너무 싫었어. 끔찍해! 으으~~.
1	전기 감전된 것처럼 끔찍하지. 우린 똑같아. 그렇군! 그랬어!

2	뭐가 그랬어?
1	이 방에 들어오는 사람들, 같은 증상을 가졌네. 적어도 물을 무서워하는….
3	하나 더 있네. 바나나를 좋아하는….
2	아 맞다! 나 지금처럼 변하기 전엔 바나나 잘 안 먹었어. 과일 자체를 잘 안 먹었어.
4	그렇네. 난 고기만 먹었어. 야채를 저주했지. 고기는 고기만 먹는 거야. 내가 바나나에 환장할 줄이야!
6	근데 다들 어떻게 잘들 참고 있는 거야? 저렇게 바나나가 매달려 있는데.
1	저 바나나에 손을 대면 물이 팍~~~~.
2	함정이지. 무서운.
6	와~~ 거짓말. 나 못 먹게 하려고….
1	…? (이 놈 뭐지?)
3	진짜야.
6	알았어.

다들 제자리로 간다.

6	내가 자고나면 니들끼리 먹겠다는 거지?
4	그러지 마라 진짜.
6	(일어난다. 태연하게 사다리로 간다) ….
4	(가로막는다) …!
6	비켜라 좋은 말은 여기까지다.

4	아니면?
6	(선빵을_주먹을 휙 1처럼 휘두르는데)
4	(피했다) ….
2	와우! 학습했어! 아이큐가…!!
4	(2를 향해 손가락 V를 그려 보인다)
6	(그 사이 4를 때린다) !
4	아야!
2	딱 거기까지.

6의 힘이 의외로 세다. 4가 점점 밀리는데, 그러다 4를 뒤로 밀쳐내고, 사다리로 오르려는데, 1이 먼저 나가서 붙잡고, 2와 3도 가세하여 6을 패기 시작한다.

이제 집단구타가 시작된다. 폭력적으로 보일 필요는 없다. 하지만 아프지 않은 소재를 이용한 도구를 쓰더라도 6을 향한 단체 폭력은 진하게 보여줄 필요가 있다. (맞는 배우는 아프지 않아도 보는 관객 눈엔 그가 아파야 한다)

폭력이 끝이 난다. 6은 녹초가 되어 쓰러졌다.
때린 이들도 지친다. 숨을 헐떡댄다.

6	치사한 것들, 떼로 덤비다니. 후아~~ 죽겠다. 아파.
3	우릴 믿어. 이렇게라도 널 말리는 게 나아. 물벼락은 정말 싫어.
6	거짓말 아냐? 진짜라구?

1	그놈의 식욕을 멈추면 안 돼? 니 이성을 흐리게 하잖아. 저길 봐, 물 나오는 구멍 보여…?
6	아아, 못 믿겠어. 다들 대단하다. 어찌 됐든 저걸 가만 두고 참고 있는 거 아냐. 어떻게 참니? 난 진짜 바나나 좋아하거든. 보면 미치겠는데.
2	난 이제 참는 거 아냐. 냄새도 안 나.
4	우리가 똑똑하다는 것은 같은 실수를 반복하지 않는다는 거야.
6	(다시 바나나를 올려다본다) ….
4	(다가와서 괜히 6의 머리를 툭 때린다) …!
6	아야. 왜 때려?
4	생각지도 마. 또 처다보면 또 때릴 거야.
6	(고개 숙이고 있다가 슬며시 아주 슬며시 들려고 하는데) …!
4	(다시 때린다) !
6	왜!! 안 봤어! 안 봤어! 안 봤어어!!!!
4	생각도. 하지. 말라고.
6	(절망) 아아….

6의 생쇼. 고개 숙이고 절망해 있다가 투정 부리듯 확 누워 버린다. 반듯이 누웠으니 당연히 바나나가 보인다. 에이! 하며 돌아눕는다. 그러다 반대쪽으로 뒤척인다. 보고는 싶지 볼 수는 없지, 아주 뒹굴뒹굴 생쇼를 한다. 그걸 보는 나머지 사람들은 참 여러가지 한다, 하는 표정을 짓는다.

잠시 후, 문이 열린다. 인기척이 없다.

3이 궁금해 다가가 문 밖을 슬쩍 본다.

그때, 소리 들린다. (스피커에서 들리는 소리처럼)

소리	핑크!
모두	…?
소리	핑크!
2	(그제서야) 예. 핑크 여깃어요.
소리	응, 핑크 나와도 돼. 이리 나오자.
2	(잠시 생각, 기뻐한다) ….
3	기뻐할 일일까. 정말?
2	집에 가는 거잖아.
3	집에 보낼까 정말?
2	너무 부러워 하지 마. 다들 순서대로 곧 돌아갈 거야.

2가 나간다.

그리고 이어 7(애플)이 들어선다. 왜소하다.

6이 7 앞에 다가간다. 7은 의아하단 표정을 짓는다.

6은 이상한 미소를 흘린다.

6	(7에게) 궁금하지?
7	응?
6	궁금할 거 아냐. 막 미치겠지?
7	응?
6	(눈짓으로 위 바나나를 가리킨다) ….

7   (서서히 올려다본다, 아, 바나나네?) …!

하는 순간, 6이 먼저 7을 팬다.

그러자, 자연스럽게 1, 3, 4도 다가와 7을 팬다. 구타할 때 그런 소리
들을 낸다. '생각하지 마' '궁금해 하지 마' '쳐다 보지 마' '그냥 맞어!
그러면 돼'

한참을 패고 그만두는 그들.

7은 역시 쓰러져 있다. 7의 신음소리가 남는다. 아이고, 아이고, 하는.

어두워진다.

3장_ 일상

같은 곳, 시간은 더 흘렀다.

멤버가 또 바뀌어 있다.

6과 7은 보이는데, 1, 3, 4 대신 8과 9가 보인다.

TV가 들어왔다. 브라운관 TV 같은 작은 옛날 TV.

모두는 TV 앞에 모여 TV를 보며,

6, 7, 8, 9는 스프 그릇을 들고 과일 스프를 먹고 있다.

일종의 식사시간.

8	맛 없다.
9	이건 과일이 아냐. 이걸 과일 스프라고 하면 안 돼.
7	과일이 들어있대. 1.4%.
8	우웩.
9	이걸 계속 주는 거야? 이런 걸 먹고 살았어?
7	먹을 만한데? (6에게) 침동아 그치?
6	신입이 왜 안 들어오지? 좀 됐지?
8	그러게…. (9에게) 너 들어온 게… 지난 주인 거 같은데?
6	마고(9)가 들어오고 바로 침순이(3)가 나갔단 말야. 그리고 아무도 들어오지 않았어. 지금 우리 넷이 일주일이 다 돼가는 거야.
7	힘드네.
8	나도 조금, 뭔가가 찜찜해.
6	규칙이 어그러지잖아. 여긴 규칙이 살아 있는 곳인데.
7	그래 뭔가 몸에도 이상이 올 거 같아. 이 느낌.
8	맞아. 우릴 괴롭히려는 건가? (어딘가를 올려다보며) 이봐, 넷으론 안 돼. 한 명을 더 보내줘야지.
9	나에게도 기회를 줘야지! 주먹이 간질간질해.

그 소리에 다들 서로를 보고 웃는다.
일종의 확인이다. 다들 그 구타를 위해 기다리고 있는 것이다.
심지어 때리는 시늉까지 그들은 장난처럼 해 본다.
일종의 연습인양 구타 시늉들을 맘껏 한다.

그때, 매달려 있던 바나나가 서서히 내려온다.

그들은 노느라 느끼지 못한다. 그들 머리 바로 위에 있는데도.

그때, 7이 잠깐 멈추고 무리로부터 떨어져 나온다.

이상한 기운을 느낀 것이다. 이게 뭐지?

하지만 찾지 못한다. 에이 뭐, 하며 무리로 돌아가려다, 바나나를 본다. 멈춘다.

무리도 노는 걸 멈추고, 7의 시선을 따라 올려다본다. 바로 위에 바나나! 모두 그냥 본다.

그때, 바나나는 더 내려와 그들의 가슴 정도까지 이른다.

모두 바나나를 피해 물러난다.

이제 누구도 바나나에 흥분하거나 덤비지 않는다.

6	거추장스러운데?
7	빙고!
8	진짜 왜 이러는 거야? (다시 위를 보며) 이봐요! 장난? 에이 하지 마요! 이거 치워, 다시 제자리에 둬요! 예?

바나나가 올라간다. 그러는 것 같더니 다시 내려오고, 또 올라가고 뭔가 장난처럼.

8	진짜 장난하네?
6	에이 우린 이거, 만지지 않아요. 알잖아요. 이러지 말고 신입이나….

하는데, 문이 열리고, 신입이 들어온다. 10. (여자)

9가 다가간다.

9   어, 잘 왔어! (손을 드는데, 환영하는 것 같더니 바로 선빵을 날린다)

음악과 함께 그들은 연습했던 대로 규칙적으로 매우 잘 두들겨팬다.

바나나는 제자리로 올라간다.

10은 아주 쉽게 제압되고 구석에 찌그러진다.

그들은 의기양양 전통 의식을 다 치렀다는 듯 물러난다. 뿌듯하다.

9   (구석에서 벌벌 떠는 10에게 다가간다) 잘 들어. 여기 들어오면, 니가 하고 싶은 건 다 잊어. 먹고 싶은 것도 다 잊어. 여기선 니가 해야 할 일을 찾아야 해. 이 방이 원하는 일.

10   그게 뭔데요?

9   (때린다) 질문 하지 마. 들어.

10   네.

9   니가 할 수 있는 일이 있을 거야. 천천히 찾아. 이 방의 규칙은 딱 하나야. 재미있어야 해. 재미 없음 안되잖아. 재미있자고. 응?

10   네.

7   (자기 스프 그릇을 들고 다가와 이름표를 보고) 미미?

10   네.

7   이름 예쁘다. 미미.

10   고맙습니다.

7	(스프 그릇을 내밀며) 이거 먹어. 내 건데, 진짜 맛있는 건데 너 주는 거야.
8	우웩~~!!

6과 9도 킥킥댄다.
10은 스프 그릇을 받아 몇 숟갈을 뜬다.

10	과일 스프네요?
9	과일 맛이 나??
10	과일 맛인데요?
7	거 봐, 나도 맛나다니까!
6	이런!
10	(몇 숟갈을 뜨더니 이내 다 먹어 버린다) ….
6	이런!
10	맛있어요. 진짜요. (자신에게 주목하는 이들을 보고) 왜요?
9	그거 참.
8	저기….
8,9	이건 과일이 아니자나!!!

그때, 바나나가 또 내려온다. 다들 느끼고 10은 못 느낀다.
스프 그릇을 숟가락으로 거의 긁고 있다. 악착같이 먹는다.
바나나는 더 내려와, 결국 10의 머리를 툭 친다. 10이 올려다본다.
그의 다음 행동을 모두가 주목한다. 10은 바나나를 보며 생각한다.
모두 폭력 준비를 하는 거 같다. 10의 손은 아직 움직이지 않는다.

10   거추장스러운데요?

다들 살짝 놀랐다. 당연히 기대하지 않았던 반응이다. 얘는 뭐지? 하는.

9   어떻게… 이렇지? 괜찮아? 이걸 보고 아무렇지 않아?

10   … 네.

8   (6을 보며) 대장… 이거 뭐지?

7   우리랑 다른 병인가? 넌 감염되지 않은 거… 아냐?

6   아니면 돈만 챙기겠다고 속이고 여기 들어온 거야?

10   아니요. 저 바나나를 보자마자 침이 솟았어요. 지금도 참기 힘들어요. 허벅지 꼬집고 있어요!

다들 일단 10을 주목한다. 지켜본다.
10이 바나나를 본다. 입에서 저도 모르게 침이 흐른다.

7   아 드러, 침 흘리는 거 봐.

6   그러면서 거추장스럽다고, 말을 했어?

10   사실은 이거 비밀인데요, 바깥에서 소문을 들었어요. 이 방에 대해서.

9   그게 뭐야? 여기 이 방서 어떻게 되는데? 무슨 소문?

10   (카메라를 의식하는 듯, 목소리가 작아진다) 연구소에 들어간 이후 사라져 버린 사람들이 있대요.

8   사라져? 어디로? 실험 끝나면 돈 받고 집에 가는 거 아냐?

10	그렇겠죠? 당연히. 그냥 소문이 그런 게 있었어요.
9	그렇겠죠는 뭐야?
10	저도 다 아는 건 아닌데 누가 여기 들어가면, '꼭 참아라. 그래야 산다?' 그랬겠죠. 전 보름 정도 똥도 참을까 작정하고 들왔습니다.
6	(무시한다. 돌아선다) ….
9	열나 집중했어. 에이 씨. 똘아이! (무시하고 돌아선다)

바나나는 다시 제자리로 올라간다.

이제 다들 일상으로 들어간다. 이 방에서의 각자의 일상.
누군 악기를 들고 연주를 하고 누군 책을 들고 외국어를 연습하며 누군 요가를 하고 누군 근육 운동을 한다. (두 사람이 짝을 지어 카드놀이 혹은 보드게임을 해도 된다)

10	(6에게 다가간다) 재미있나요? 저도 이걸 할까요?
6	도발할래?
10	아녜요. 그냥 물어본 건데요.
9	묻는 게 도발이야.
10	전 재미라는 걸 잘 모르고 살았어요 밖에서도.
6	금방 생길 거야. 누군가 나가고 누군가 새로 들어오면….

다들 그 소리에 킥킥댄다.

10	예? 그게 무슨···.
7	신입이 들어오면 또 패야 하니까, 너두 막 패고 싶잖아. 그치?
10	패는 게 재미 ·· 인가요?
6	재미라기 보단 사실은 전통이지!
10	전통요?
6	여긴 규칙이 있는데, 신입이 들어오면 그냥 팬다는 거지, 단체로, 전통!
7	사실 전통이란 단어 자체가 재미있진 않아···? (주변에 동의를 구한다)
6	전통은 우릴 편안하게 해주지.
7	패고 나면 마음이 편안해져.
8	신입이 들어왔는데 패지 않는다? 상상하기 힘들어.
9	내 생각인데, 다음부터 패기 전에 어떤 음악 같은 걸 튼다거나, 다 패고 나서 신입에게 뭔가를 준다거나 하는, 좀 기억할 만한 전통도 있었음 좋겠어.
8	와, 열나 똑똑.
6	신선하다. 왜 그 생각을 못 했지? 완전 재밌을 듯!
7	(6에게) 대장! 우리가 한번 초안 잡아서 컨펌 받을게!
6	오케이!

10은 잠시 생각한다. 그리고 재미를 찾아 둘러보다가, 9가 많이 남긴 스프 그릇을 본다.

10	이거···.

9	내 거야. 먹고 싶으면 먹어도 돼.
10	고맙습니다. (잘 먹는다)
9	진짜 맛있어 그게?
10	맛있어‥야‥ 할, 아니 맛있어야죠.
8	그건 무슨 말이야? 맛있으면 맛있는 거지, 맛있어야 할‥ 뭐라고?
10	아니에요. 이 방에 있는 한 이건 맛있어예요. (맛있게 먹는다)
8	진짜 또라이네.

그걸 지켜보는 나머지 사람들.
잠시 후, 다 먹은 10은 문 앞으로 간다.

9	뭐하는 거? 벌써 신입 기다려?
10	자연스럽게 그렇게 되는데요?
6	미미?
10	예.
6	넌 정말 이 바나나를 보고 괜찮아? 아무렇지 않아?
10	잘 참고 있죠.
6	와, 대단, 난 첨에 이거 봤을 때 진짜 참기 힘들었는데!!! (7에게 묻는다) 너두 그랬지 응?
7	‥ 미치는 줄!
8	아주 희미한 기억이긴 하지만, 좋아했었었지. 응!
9	그래 미미, 너 아무래도 수상해. 넌 뭔가를 알고 여기 들어온 거 같아!

10	소문. 아주 비밀스러운. 아주 조금. 진짜예요. 참아라. 그래야 산다.
9	그냥 그것만? 참으라고.
10	그래서 난 엄청난 바나나를 보자마자, 이 얘기구나, 했죠. 그래서 정말 반사적으로, 꾹 참은 거예요.
모두	…….
9	쉽지 않겠어.
10	(문을 살피며, 기다리며) 다음 신입 말예요. 만약에 저보다 센 인간이면 어쩌죠?
6	왜?
10	제가 제일 먼저 가서 때려줄 건데요, 이 규칙을 조금만 아는 애라면 그냥 참을 텐데…. 만약 얼뜬 바보같은 애가 들어와서는, 나 왜 때려? 하고 반항하면 제가 그 피해를 입게 되잖아요? 아님 반대로 너무 약한 애가 들어와서 적응을 못 하고 이 방 한가운데 똥을 싼다거나 그러면요. 결국은 그것도 제가 힘들어지는 거잖아요. 바나나를 바나나하면 안 되는데?
6	갑자기 왜, 바나나? 왜?
10	몰라요. 그냥 입밖으로 나왔어요. 바나나. 바나나를 바나나하면 안 되지.

정적.

9	우리 어떡하지? (다른 이들을 본다)

4장_ 용기

어둠 속에서 구타의 소리들이 경쾌한 음악(그들이 준비한 음악이다)과 함께 들린다. 전통이 조금 더 갖춰진 형태. - 잠시 이어지다가 조용해진다.

밝아지면, 이미 집단구타가 끝난 후, 신입11은 쓰러져 있다.
그 근처로 8이 안 보이고, 6, 7, 9, 10이 서 있다.
그런데 10은 최대한 11과 떨어져 눈치를 살핀다. 겁이 나서.

11   다 끝난 거야? 이 정도였어? 소문과 다르네. 그냥 의례적인 거군!

사이, 서서히 몸을 일으키는 11.
이제 9가 나서서 과일 스프 그릇 네 개를 모두 쟁반에 담아 11 앞에 준다.

11   …?

9   전통이야. 구타가 끝나면 우리 우웩 스프를 모아 신입에게 선물하지. 먹어. 맘껏. 부담 없이.

11   됐고. 이 정도로 내 욕망을 막을 수 있겠어?

6   정신 차려라.

8   더 맞기 전에.

11은 일어나더니 방을 둘러본다.

11   이렇게 생긴 방이었군! 참 별 거 아니네.

모두들   …?

11은 이제 한 사람 한 사람 나머지 사람들을 본다.

9   이봐 신입? 지금 뭐하는 거지?

10   저 친구도 소문을 들은 게야. 들었지?

6   넌 무슨 얘길 들은 거야?

11   (대수롭지 않게) 점점 늘어나고 있지. 연구소는 계속 참가자들에
                 게 비밀 엄수를 요구하는 거 같은데, 세상에 비밀이 어딨나!

6   뭐가 비밀인데? 우린 못 들었어.

11   여길 나갈 때 서약을 하고 나간다지 아마.

6   나갈 때? 그럼 사라진단 얘기는 뭐야?

11   이 안에서 죽기도 하나 보지 뭐. 감옥이나 실험실 뭐 정신병자
                 들 가둬 놓는 그런 곳에선 늘 있는 일이잖아. 난 그렇게 생각했
                 는데?

모두 충격!! 정적 잠시.

11   근데 이상한 건, 지금 밖에서도 이상한 일이 생겨나고 있어. 사
                 람들이 바나나를 싫어하기 시작해. 점점 거추장스럽다! - 라고
                 한다고. 왜지? 대부분이 이제 감염되기 시작해서 다들 바나나

에 환장해야 하는데, 점점 반대로 돼 가고 있다고. 바나나를 생각지도 않아. 이게 바로 이 방에 하는 짓 같단 말야! 이 방에서 만든 규칙들이 밖으로 바이러스처럼 퍼지고 있다고.

모두 더 충격.

7	다들 우리처럼 변하고 있는 거야? 왜?
9	우리 병을 낫게 하자고 이 실험을 하고 있는 거였잖아! 아니야?
10	우린 언제 나가죠? 언제 보내주죠? 계약이 몇 개월이었더라. 여긴 시계도 없고 달력도 없어. 언제야? 우리 언제 나가요?
11	나갈 필요 있어? 밖이 엉망이라니깐. 여기보다 더 해. 두들겨 패고 우왹 스프를 주지. 니들이 방금 나한테 했던 것처럼!

다들 충격!

11	더 다를 게 없는데 왜 나가려고 해? 여기서 주는 우왹 스프 먹으며 살아가자고.
6	가족. 가족이 밖에 있잖아.
11	가족? 아아! 가족… 이란 게 있어? 사람처럼 말하네?
6	뭐? 사람처럼이라니?
11	바나나에 환장하고 물을 그렇게도 무서워하는 니가… 사람이야?
6	말 같지 않은….
11	(버럭한다) 정신차려! 니가 사람 같아!

| 6 | (답을 못 한다) |

사이.

10	(원숭이걸음으로 11에게 다가가며) 우리, 사람이야.
11	너 움직이는 거 보고 좀 얘기 해. (흉내낸다) 이 원숭아!
7	(6에게) 내가 원숭이 같아?
6	… 모르겠다.

다시 그들은 무거운 침묵 속으로 빠져든다. 혼돈.
그들은 사람이었다. 근데 지금, 사람일까? 사람으로 살아가고 있는 건가?
아니, 내가 사람이 아니라면 도대체 뭐란 건가? 그들은 혼미하다.

11	날 봐. 그럼 난 사람이지? 맞지? 그렇게 보이지?
10	당연히. 넌 사람의 눈, 코, 입. 당연히!
11	좋아. 내 눈에도 니들은 사람으로 보여. 당연히! 병에 걸려 움직임이 그렇고 증상이 좀 원숭이적일 뿐이지.
7	그래 맞네. 딱 그거지.
11	그래. 그런데 날 봐!

11이 바나나를 본다.
각기 떨어져 있던 나머지가 소스라치게 긴장한다.
11은 이제 사다리로 간다.

6	그러지 마라.
7	죽인다 너!

순식간에 바나나에게 접근한 11, 나머지 인간들을 내려다본다.

10	뭘 하려는 거야?
11	니들이 믿고 있는 거. 그거. 단 한 번의 의심도 없이.

11이 순식간에 바나나를 덥석 잡아버렸다.
다들 비명을 지른다. 으악~~~~.

아무 일도 일어나지 않았다. 물이 쏟아지지 않았다.
모두들 말을 잃는다. 이 상황은 뭘까…?? 11은 미소를 짓는다.

11	원숭이가 바나나를 붙잡았어요. 그럼? 까야지. (깐다)
7	지금 저 녀석, 바나나나나 바나나를….
10	바나나를 바나나 하고 있어!!

11이 바나나를 우걱우걱 먹기 시작한다.
그리고 먹으며 노래까지 한다.

원숭이 똥구멍은 빨개 빨가면 사과 사과는 맛있어 맛있는 건 바나나
(마지막 구절만 반복) 맛있는 건 바나나 맛있는 건 바나나 맛있는 건 바나
나

11이 바나나를 다 먹었다. 다 먹어 버렸다.

모두들 이제 공포를 넘어 광기가 차오른다.

7   (위를 보며) 우릴 죽이려고. 그래 이렇게 규칙을 어기면 그들이
        우릴 죽이는 거야, 그들이 실종자가 되는 거야!

6   니놈 정체가 뭐야? 왜 우리한테, 왜!!

9   죽이자. 실험자들에게 우리의 충성심을 보여줘야 해. 우린 절
        대 이놈과 한패가 아니란 걸 보여줘야 해.

10   죽이고 싶어. 살의가 생겼어. 나 할 수 있어. 두렵지 않아.

        10이 가장 먼저 사다리로 올라가 11을 끌어내린다.

        6, 7, 9가 와서 무자비한 폭행을 한다. 결국 어느 순간, 11은 축 늘어
        진다.

        6이 다가와 팔을 들어본다, 놓자 툭 떨어진다.

        9가 다가와 다리를 들어본다. 놓자 툭 떨어진다.

        두렵고 두렵다. 침묵 뿐.

10   실종자는 바로 너야! 우린 집으로 갈 거야!

        모두 여전히 두렵다. 공포에 떠는 그들에게 안내방송처럼 소리 들린
        다. 웃음소리부터.

안내소리   수고많았어요. 많이 아팠어요? 크크크.

9	뭐야? 누구에게 하는 소리야?
안내소리	소지섭 연구원님, 일어나시고 얼른 나오세요. 크크. 진짜 아프겠다. 문 열게요. 그러니까 사다리를 잘 타야지… 크크크.

문 덜컹 잠금장치 풀리는 소리! 모두 기겁하고!

11이 일어난다. 그리고 아픈 여기저기를 풀 듯이 몸을 스트레칭하고 주무른다. 그리고 10에게

11	이봐, 사람? 사람이 사람을 죽이네. 그것도 단체로 덤벼서. 내가 뭘 잘못해서. 난 바.나.나를 먹었어. 근데 왜?

다들 대답을 못 찾는다.
그 무거운 방을 11은 서서히 벗어난다.

공허한 시간이 좀 흐른다. 그 답답함을 못 참고 결국은 7이 버럭!

7	아, 못 참겠다. 허무하다!

그때! 또 다른 신입이 벌써 들어온다. 12이다.
12는 아주 밝고 의욕적인 인상이다.

7	(12를 보고 웃으며) 안 허무하다.

12	안녕하십니까. 얘기 많이 들었습니다. 때리십쇼. 준비됐습니다. (기다린다. 아무도 나서지 않자) 아, 오늘 선배님들이 컨디션이 좀 안 좋으신 거 같습니다. (주머니에서 바나나를 꺼낸다)
7	헉! (놀란다) 뭐야! 이 새끼는 또 뭐야!!!!
12	아 예. 바나나. 밖에 계신 분이 들어가면 좀 위에다 걸어달라고 하시던데요?

12는 자연스럽게 사다리로 올라가 그 바나나를 제자리에 걸 듯 건다. 그리고 내려온다.

12	(부동자세로 선 채) 제 이름은 돌리, 돌리입니다. 막 돌리심 돼요. 천하게 다뤄 주세요. 전 아주 천~하니까요. 크크크. 자, 시작하시죠?

침묵. 그러다가 6이…

6	일단 음악은 틀어야지?!

그때 다시 들리는 해설자의 나레이션. (극의 서두에 나온 그 소리)

소리	연구소는 발표했다. 그들 실험에 참여한 모든 이들은 정상이었다고. 뇌 어디에도 감염 흔적이나 이상 조직은 발견되지 않았다고. 상상임신처럼 그들은 스스로를 원숭이로 착각하고 있다고 발표했다. 피실험자들은 자신들이 원하는 규칙을 스스로 만

들었다. 아니, 그들이 원했다기보다는 누군가에 의해 형성된, 그렇게 규칙은 유지되고 강요를 받았다. 그리고 그 규칙은 금방 전통이 되었다. 의심 없이 모두 그 전통을 수행했다. 그들은 이제 치료는 잊고 자신들이 만든 규칙 안에서 안정적이 되었다. 그들은 여전히 원숭이 행동을 하면서도 자신들은 사람이라고 체크했다.

음악이 강하게 나온다. 구타할 때 트는 전통적인 음악!

6   (강하게 외친다) 우웩 스프도 준비하고!!!

10   제가요. 그건 제 일이에요!

12   아, 이 안정적인 분위기! (만족스런 미소로 구타를 기다린다)

사람들 의심없이 12를 두들겨패기 시작한다.
그 속에서 강하게 외치는 12의 절규!

12   그런데! 도대체 맞는 이유는 알고나 맞읍시다!
당신들 날 왜 때리고 있는 거요? 이봐요. 아야! 잠깐만! 아야!

서서히 어두워진다.

엄브렐러

umbrella

---

* 2018 극발전소301 짧은연극전 참가작

일시 2018년 12월 20일~23일

장소 예술공간 오르다

제작 극발전소301

출연 리민, 신진호, 유명진, 박혜림, 이성민, 김정국, 최유진, 김은아

스태프 연출 김성진 조명 김광훈 무대 유다미 조연출 이새날 오퍼레이터 김채이

등장인물

금동	5학년. 은자의 오빠. 순하고 착한.
은자	2학년. 금동의 여동생. 착하고 여린.
아이 1	5학년 여자아이. 귀여운 순진한 구석이 많은 거 같은.
아이 2	5학년 여자아이. 정서적인.
아이 3	5학년 남자아이. 전형적인 까불이. 아주 밝은. 걱정 없는.
강아지	똥개. 발랄하기가 아주 저돌적인.
그 오빠	6학년. 되게 나빠 보이는. 근데 얼굴은 잘 생긴.
수위아저씨	평범한. 하루에 말 열 마디 이하 할 거 같은.

때, 장소

1978년, 초여름, 초등학교 건물 현관 앞, 그 앞 운동장

단막

(이야기의 시작은 1978년 초등학교에서, 예전엔 국민학교라고 했고, 지금의 시각에서 보면 그저 옛날 70년대 학교쯤으로 생각하면 되겠다. 하지만 80년대도 90년대도, 지금도…. 이 작품의 이야기는 있을 수 있다.)

초등학교 현관, 처마 아래. (비를 피할 수 있는 곳)
텅 빈, 빗소리만 빈 무대를 채우고 있다.

하교시간이 가깝다.
5학년 쯤 돼 보이는, (가방을 등에 맨) 아이1이 맨 먼저 나와서
비가 내리는 걸 본다. (신발주머니도 들었다)
아이1은 처마 위로 하늘을 올려다본다. 비가 온다.
처마를 벗어날 수 없다. 우산이 없으니.
조금은 난감한 시간이 흐른다.

역시 또래로 보이는 아이2가 나온다.
역시 우산이 없다.

그런 두 아이의 난감한 시간.

침묵을 깨고…

아이1   비가 내리네.

두 아이는 비가 내리는 하늘을 본다.
잠시 후.

아이2   비가 오네? (예보도 없었는데)

사이

아이1   비가 내리네. 비가 오네? (사이) 비가… 떨어지네.

아이2가 아이1을 본다. 그리고 다시 하늘, 내리는 비를 본다.
침묵.

아이1   비가 내려… 오잖아.
아이2   비가 오잖아.
아이1   비가 떨어…지는 건가? 오는 거야?

생각. 다른 건가?

아이1   비가… 떨어져서… 내려… 온다?
아이2   비가 나한테 오잖아.
아이1   비가 내려오거나, 비가 온다는 말은 무슨 비가 마음이 있어서
         지가 스스로 내려오거나 다가오거나 그러는 거 같잖아. 비가

무슨. 비는 그냥 떨어지는 거야. 수증기가 모여서 구름이 되고 그게 무거워져서 떨어지는 거야. 그걸로 하자. 비는 떨어지는 거야.

아이2는 생각. 그런가?

아이1   아니야. 비가 내려올 수 있는 거잖아. 비도 마음 있어.

아이2   저번에 버스 탔는데, 달이 나를 막 따라왔어. 내려서 집까지 걸어가는데 달이 막 나를 따라왔어. 달도 마음이 있어.

아이1   아닌 거 같은데?

다시 침묵.

아이1   자, 위를 봐봐.

아이2   응. (하늘을 본다)

아이1   비는… 떨어지고 있지?

아이2   … 응.

둘은 한참 보고 있는데, 아이 3이 나온다.

1, 2는 3이 나온 줄 모르고 비만 올려다보고 있다.

그때, 3이 하늘을 보더니,

아이3   비를 뿌리네.

1, 2가 동시에 아이3을 본다.

아이3   (1, 2에게) 안녕. 집에 안 가냐?

아이2   비가 와서. 우산도 없고. 너 우산 있어?

아이3   나도 없는데, 어쩌냐?

아이1   (아이2에게) 비가 온다고?

아이2   아차, 비가 떨어져서, 비가 떨어져서 우산도 없고….

아이1   (3에게) 야, 비를 뿌리다니, 그게 뭐야?

아이3   누가 위에서 비를 막 뿌리잖아! 아니다. 하나님이 오줌 싼다. 뿌
        우우우우~~~ 크하하하!!

아이1, 2는 순진하게 웃는다. 그냥 좋아한다. 그러다가 아이1은…

아이1   세상은 참 정확하지 않은 거 같아. 그치? 답이 있지 않을까?

아이3은 하나님 오줌 싸는 시늉하면서 더 까불고, 아이2는 재밌어한
다. 깔깔댄다.

아이1   천진하네?

그때, 2학년이지만 더 작아보이는, '은자'가 나온다. 우산을 쓰고 하나
는 들었다.
쓴 우산은 옛 비닐우산이었음 좋겠고, 든 우산은 살짝 좋은 천 우산
이었음 한다.

이제 아이들 은자에게, 사실은 쓰고 든 우산에 집중한다.

아이3   우산이다.

아이들 부러운 시선.

아이2   너 누구야?

은자   ….

아이1   누구 동생이야?

은자 머뭇한다. 바로 대답을 못 한다.

(이런 상황이 그들도 이상하지 않다. 대답 못 할 수 있는 것이다)

번개가 살짝 번뜩이고 천둥이 이어 살짝 하늘을 울린다. 꾸구궁.

아이들, 와~ 한다.

아이2   빨리 집에 가야지, 비 더 오겠다.

아이1   비 내리는‥ 아니, 비 떨어지는데 그냥 집에 가?

아이3   그냥 맞음 되지.

아이들   …?

아이3이 용감하게 현관 처마를 벗어나 운동장으로 나선다.

비를 후두둑 맞기 시작한다.

그리고 아이3이 비를 맞으면서 까분다.

덜렁덜렁 춤을 추기도 하고 비 맞은 머리를 이리저리 가르마를 타며 웃긴다. 아이들 그 모습을 보며 깔깔대며 즐거워한다. 이젠 놀이가 됐다. 한참 그렇게 놀다가‥

아이3   집에 가자 얼른. (손짓 하지만)

아이들은 아직 처마를 벗어날 용기가 없다.

은자   5학년 금동이 오빠 끝났어요?
아이2   아 너 금동이 동생이야?
은자   네. 은자에요.
아이3   웃긴다. 금동이 동생 은자. 동생은 동팔이냐? 으하하!
아이2   끝났어.
아이1   어떻게 알아?
아이2   우리 반이야.
아이1   아아….
아이2   (은자에게) 끝났는데, 당번이야. 청소하고 내려올 거야. 올라가 볼래?
은자   (고개 젓는다) 아니요.
아이2   여기서 기다릴 거야?
은자   네.
아이3   가자~ 나 먼저 간다 그럼!

아이1이 먼저 용기를 내어 나간다. 그리고 금새 뛰어나간다.

2도 웃으며 나와 비를 맞는다.

3도 그들과 신나게 장난치며 운동장을 벗어나 집으로 향한다.

은자 혼자 남았다. 은자는 우산을 접고 현관 처마 아래 선다.

그때, '그 오빠'가 나온다. 비가 내리는 걸 본다. 난감하다.

6학년인데도 성숙해 보인다. 속에 영감이 든 양, 그 노숙함이 나빠보

인다. 근데 얼굴은 되게 잘 생겼다. 목소리도 좋다.

그 오빠가 은자를 본다.

그 오빠   몇 학년이야?

은자   2학년이요.

그 오빠   누구 만나러 왔어?

은자   오빠 우산 줄려구요.

그 오빠   오빠가 누군데.

은자   금동이요. 5학년 10반이요.

그 오빠   우리 바로 아래네. 난 6학년 10반이거등.

은자   … 네.

그 오빠   5학년 10반 교실에 아무도 없던데?

은자   ….

그 오빠   내가 내려오면서 창문이 열려 있길래 보고 왔어. 아무도 없어.

은자   당번이에요.

그 오빠   아무도 없던데? 올라가 봐, 진짜야.

은자   …….

그 오빠   (다시 비 내리는 하늘을 본다)

난감한 시간이 좀 흐른다.

그 오빠	야, 우산 좀 빌려 줘.
은자	예?
그 오빠	우산 좀 잠깐만 빌려달라고. 우리집이 바로 교문 앞이야. 문방구 알지? 그 뒷집이야. 얼른 가서 우산 가져올게.
은자	…. (고민)
그 오빠	바로 앞이래니까. 금방 올게. 우리집에 우산 있어.
은자	….
그 오빠	나 못 믿어?
은자	…. (우산을 소심하게 내민다)
그 오빠	(받으며) 고마워. 금방 올게.

휙, 그 오빠는 우산을 쓰고 운동장으로 나간다.

사라지는 그 오빠를 은자는 본다.

그때, 강아지! 나타난다. 휙 나타나서 꼬리를 신나게 흔든다.

은자는 헉! 공포다. 얼어붙는다.

강아지가 조금 다가오는데‥ 은자는 거의 울음이 터질 지경이다.

강아지 더 거세게 꼬리를 흔든다.

은자는 그게 더 무섭다.

강아지 거의 코 앞까지 다가왔다.

은자는 으아아~~ 앙! 하고 터질 찰나,

금동	저리 안 가!

강아지는 벗어난다. 조금 거리를 두고 은자를 보고 있다.
여전히 꼬리는 흔든다.

은자	오빠아~~~. (운다)
금동	울지 마. 새끼잖아.
은자	으아아앙~~~.
금동	안 물어. 새끼야. 문방구집 개야. 해피야 해피. (이름 부른다) 해피!

강아지 꼬리가 떨어져라 꼬리를 흔들며 다가오려 한다.

금동	(저지한다) 저리 가!
강아지	(물러난다)
금동	완전 똥개야. 아무한테나 잘 가. 다 받아먹고. 저번에 누가 식초를 따라서 주니까 물인 줄 알고 핥아먹고 막 (흉내) 캑캑캑~~ (웃는다)
은자	(울음을 멈춘다) ….
금동	엄마가 우산 보냈구나? 근데 우산 한 개 가져왔어?
은자	….
금동	집에 가자. (은자의 비닐우산을 편다)
은자	(안 가려고 버틴다) ….
금동	(먼저 운동장으로 나가서는) 가자. 안 가?

은자	오빠. 우산이. 응, 우산을. 오빠가. 금방 온다고.
금동	무슨 소리야? 우산 여기 있잖아.
은자	아니, 6학년 오빠가 우산 잠깐 빌려달라고 해서 가져갔어. 집이 요 앞이라고. 금방 온다고 했어.
금동	우산을 빌려줬다고? 누구한테?
은자	6학년 오빠가.
금동	아는 오빠야?
은자	아니.
금동	근데?
은자	응, 자기가 집이 요 앞이라고 금방 가져다준다고 우산을 잠깐만 빌려달래서, 줬어.
금동	모르는 오빤데 그냥 우산 빌려줬어?
은자	응.
금동	에이 바보. 잃어버렸다. 어떡할래?
은자	금방 온다고 했어. 집이 문방구 뒷집이야.
금동	문방구 뒷집? (생각하고는) 문방구 뒤에는 교횐데. 거기 누가 살아?
은자	….
금동	바보야. 그 말을 믿음 어떡하냐?
은자	….
금동	(잠시 난감하고) 엄마한테 너 큰일났다. 우산이 얼마나 귀한데, 그걸 잃어버려? 아니 그냥 남을 줘버린 거잖아. 왜 그랬어 바보야! 나는 몰라, 니가 혼자 그런 거니까. 알았지?
은자	….

금동	빨리 집에나 가자.
은자	그 오빠 올 거야.
금동	….

둘은 잠시 기다린다.

강아지가 몇 바퀴를 맴돈다.

괜히 월! 하고 짖고, 응답이 없어도 여전히 꼬리는 흔든다.

비에 젖으니 몇 번 몸을 털기도 한다.

그리고는 다시 금동이를 본다.

금동이는 괜히 작은 조약돌을 강아지한테 던진다.

강아지는 피한다. 그러면서 또 꼬리를 흔든다. 그것도 장난인 양 좋아하며.

금동	가자아!
은자	오빠, 우산…
금동	잊어먹은 거라고. 안 와. 왜 와. 안 온다고. 집에 가. 늦게 가면 엄마한테 또 야단 맞아. 벌써 늦었어. 당번인데 걸레가 너무 더러워서 화장실에서 한참을 빨았다고. 그니까 늦었잖아 벌써. (은자 손을 끄는데, 버티는 은자) 야! 집에 가재두!
은자	우산….
금동	야아, (신경질 났다) 콱! 말 안 들어! 우산 잃어버렸다고!
은자	그 오빠 온다고 했어.
금동	왔으면 벌써 왔지! 요 앞이 집이라며? 왜 안 와? 왜애~~~.
은자	몰라.

금동	나 집에 갈 거야. 너 알아서 해.
은자	오빠….
금동	하나,
은자	오빠….
금동	둘….
은자	(울상) ….
금동	셋! (우산을 쓰고 야멸차게 나가 버린다)

강아지, 월! 짖고는 금동을 따라가 버린다.

혼자 남은 은자. 울지는 않는다.
생각한다. 어떡하지? 그래도 그냥 갈 수는 없다.
금동이 오빠가 다시 오겠지? 근데… 안 보인다. 금동 오빠는 교문에
나타나지 않는다.

그 오빠는 왜 안 오지? 요 앞이 집인데….
그래도 올 건데… 오겠지….

그렇게 시간이 간다.

수위아저씨가 나타난다. 머리까지 뒤집어쓴 비옷을 입고 있다.

수위아저씨	집에 안 가?
은자	….

수위아저씨 몇 학년이야?

은자   (손가락 두 개를 펴보인다) ….

수위아저씨 우산 없어서?

은자   ….

수위아저씨 집이 어딘데·· 데려다 주까?

은자   멀어요. 다리 건너가서 쭈욱 가야 해요.

수위아저씨 어딘데? 무슨 동?

은자   학2동이요.

수위아저씨 머네. (생각) 언제까지 있을라고?

은자   오빠가 올 거예요.

수위아저씨 아, 오빠가 오기로 했어?

은자   네.

수위아저씨 안 무서워?

은자   네.

수위아저씨 (그냥 간다, 그렇게) ….

다시 혼자 남은, 은자.

비가 그쳤다. 은자는 손을 처마 밖으로 뻗어 본다.

은자   비, 안 온다….

그때, 집에 가방을 두고 아이 1, 2 놀러왔다. 은자를 본다.

아이2	어, 너, 집에 안 갔어? 금동이 안 나왔어?
은자	아뇨. 나왔어요.
아이2	그런데? 집에 같이 안 갔어?
은자	….
아이1	잘 됐다. 고무줄 할 사람 한 사람 필요했는데. 같이 하자.
은자	네‥

은자와 아이1이 거리를 두고 마주 서서 고무줄을 발로 잡아주고, 2가
고무줄을 뛴다. 노래하며 뛴다. 옛날 고무줄 놀이.
발에 걸리면 차례를 바꾸어야 하는 놀이.
2가 얼마 뛰지 못하고 발에 걸린다. 1로 바꾼다.
1은 조금 잘 한다. 어느 정도 뛰면, 다음 단계 - 고무줄의 높이를 올린
다. 그게 고무줄놀이다. 아이1도 세 번째 단계에서 걸리고 만다.

아이2	(은자에게) 야! 너두 해 볼래?
은자	…. 네.

1과 2가 고무줄을 발목을 이용 낮게 잡아준다.
은자는 고무줄을 뛴다. 너무 잘한다.
단계를 높인다. 너무 잘한다. 계속 높이를 올리다보면 나중엔 옆돌기
처럼 몸을 돌려 발로 고무줄을 잡아 뛰는 고난이의 동작까지 나온다.
은자는 선수급이다.
1과 2는 놀라워하며 즐거워한다. 한참 놀 즈음, 그때!

아이3이 강아지랑 나타난다.

아이3은 면도칼로 고무줄을 끊는다. 도망간다.

아이2가 '야' 악을 쓰며 쫓아간다. 1도 쫓아간다.

모두 사라지고 또 은자만 남았다.

곧이어 강아지가 돌아온다. 무섭다 또. 은자는.

은자는 처마 아래 있고, 강아지는 조금 떨어진 곳에 아주 주저앉았다.

둘의 그런 긴장어린 시간. (물론 강아지는 긴장하지 않는다)

잠시 후, 강아지가 벌떡 일어난다.

금동이 온다. 비닐우산과 우산을 하나 또 들고 있다.

비가 안 와서 접고 있다.

은자	오빠….
금동	엄마 화 났어. 얼른 오래.
은자	….
금동	너 안 데려오면 아빠가 가만 안 둘거래.
은자	그래도 우산….
금동	나, 너 두고 왔다고 엄마한테 머리 한 대 맞았다고…. 빨리 가자.
은자	오빠 먼저 가. 나 조금만 더 있다 내가 알아서 갈게.
금동	너 죽는다.
은자	오빠 나 혼자 갈 수 있어. 혼자 왔잖아.

금동	(은자의 꿀밤을 한 대 때린다) ….
은자	(안 운다) ….
금동	오빠 말 안 들어?
은자	오빠 괜찮아. 나 조금만 더 있다가 갈게.
금동	(한 대 더, 은자에게 꿀밤을 먹인다) ….
은자	아야!
금동	빨리 가자. 또 때린다.
은자	오빠….
금동	(또 때린다. 꿀밤) !
은자	(안 울고 도리어 호소의 눈빛을 오빠에게 보낸다) …!
금동	으아아아앙!!!!! (자기가 운다)

금동이 도리어 운다. 걱정에 운다.

은자는 눈만 멀뚱하며 오빠를 걱정스럽게 본다.

은자가 금동의 어깨를 토닥토닥 해준다.

금동 좀 울다가 멈춘다.

은자	오빠 미안해.
금동	아니야. 괜찮아. 엄마가 괜찮대.
은자	뭐…? 뭐가?
금동	엄마가 그 우산 없어져도 괜찮대. 사실은 구멍이 난 거라서 버려도 된대. 진짜.
은자	진짜?
금동	응. 그러니까 너 꼭 데리러 오라고 했어.

은자	진짜? 엄마가?
금동	응, 그리고 너 저녁반찬 돼지고기 해준다고 빨리 들어오라고 했어.
은자	진짜? 돼지고기?
금동	응, 가자. 얼른. 은자야….
은자	응 오빠··
금동	아까, 먼저 가서 미안해.
은자	아니야, 오빠. 내가 미안해. 괜찮아.
금동	(손 내민다) 가자.
은자	응. 그래 그럼. (강아지 피하며 오빠랑 길 나선다)
금동	비 안 오니까 좋다.
은자	응. 안 온다.

둘은 그렇게 나가다가. 은자가 돌아본다.

아쉬움.

그리고 운동장을 벗어난다.

텅 빈 현관 앞 처마.

다시 강아지가 뛰어 들어온다.

그리고 괜히 짖는다. 월! 월!

그리고 지가 기다리듯 앉는다. 다시 한 번 월! 한 번 짖고 하품 하고 잠을 청한다.

강아지가 숨을 새근새근 쉬는데,

무대는 잠시 어두워진다.

어두워진 무대, 소리가 들려나온다. 은자의 소리. 일기를 읽는 소리.

은자(소리) 오늘은 비가 왔습니다. 엄마가 오빠 우산을 가져다 주라고 해서 저는 오빠 우산을 들고 학교에 갔습니다. 그런데 모르는 6학년 오빠가 우산을 빌려갔습니다. 금방 주겠다고 했는데 그 오빠는 오지 않았습니다. 그래서 좋은 우산을 잃어버렸습니다. 엄마는 아빠 우산이라고 비싼 거를 잃어버렸다고 화를 냈습니다. 그래서 엄마한테 야단을 많이 맞았습니다. 저는 많이 울었습니다. 그런데 엄마가 또 맛있게 저녁을 차려줬습니다. 후라이를 해줘서 아빠랑 오빠랑 맛있게 먹었습니다. 숙제를 다 하고 이불을 펴고 잠이 들었습니다. 잠을 자면서 생각했습니다. 제가 일찍 집에 가 버려서 그 오빠가 우산을 돌려주러 왔는데 제가 없어서 우산을 못 돌려준 거라고 생각했습니다. 저는 그게 아깝습니다. 오빠는 그 우산을 못 돌려주고 어떻게 했을지 생각이 안 났습니다. 그래서 다음 번에는 좀 더 오래오래 기다려야겠다고 다짐을 했습니다. 은자 일기 끝.

다시 밝아지는 무대,
컴컴한 밤이 되었다.
후레쉬 불빛, 수위아저씨가 나타나 여기저기 살핀다.
그러다 현관 처마 아래, 바닥에 떨어진 우산 하나를 줍는다.
은자가 빌려준 그 우산이다. 수위아저씨는 이게 누구 거야? 하고 고

개를 갸우뚱한다. 그러고는,

우산을 챙겨서는 다시 후레쉬를 비추며 더 건물을 돌아보려 사라진

다.

연극이 끝난다.

엄브렐러, 그 후

단막극 〈엄브렐러〉, 그로부터 20년 후, 5학년이던 아이들은 32살이 되었다. 은자는 스물 아홉이 되었다.

등장인물

금동	32살, 은자의 오빠. 아직 미혼이고 환경운동을 하고 있다.
은자	29살, 기혼, 아이가 초등학교 1학년인 우체국 9급 공무원.
박영서	32살, (아이1) 서울에서 7급 공무원 생활중이다. 미혼.
오미영	32살, (아이2) 이십대 서울 나가, 이혼을 하고 고향에 온.
최상렬	32살, (아이3) 아버지가 땅 투기에 성공한 이후, 딴 생각이 많은.
문종	32살, (강아지), 아버지를 이어 문방구집 운영, 본명 문종훈.
신서방	33살, 은자의 남편. (그 오빠) 사람 괜찮은데 되는 일은 없는.
수위아저씨	65살, 학교에서만 40년 근무한 초등학교의 역사와 같은 분.

때, 장소

1998년경, (하지만 구체적 연도 같은 시대 배경은 중요치 않다) 초여름, 초등학교 건물 현관 앞, 그리고 곁에 등나무 벤치

#세월의 흐름

1막 초등학교 5학년 시절 이후 시간의 흐름을 보여줄 수 있는, 막간장면이 필요하다.

경비아저씨가 계속 오가며 시간의 흐름을 보여준다.
손에는 늘 의자를 들고 다닌다. 부서진 의자, 그리고 고쳐진 의자.
적당히 부서진 의자, 어떻게 놀았는지 완전히 부서진 의자.
그리고 아이들의 소음은 처음엔 많은 아이들의 소리로 표현하다가,
점점 아이들의 숫자가 줄어든다.

이런 장면 위로, 은자의 목소리 (녹음된 소리) 흘러나온다.

은자(E) 여름이 지나가면 가을이 왔고 또 겨울이 왔습니다. 겨울은 늘 추웠고 그만큼 봄은 반가웠습니다. 화사한 꽃잎이 흩날릴 즈음이면 장대비 거세게 내리는 여름이 다시금 왔고 1년 또 1년…우린 학교를 졸업하고 누군 취업을 하고, 또 누군 결혼도 했습니다. 그렇게… 이십년이 지났습니다. 딱지치기 좋아했던 금동 오빠는 서른두 살 초등학교 선생님이 되었고, 줄넘기를 잘 했던 전 스물아홉 살 엄마가 되었습니다. 전 이제 일기를 쓰지 않습니다.

밝아지면, 운동장은 잘 말라 있다.

서른두 살, 금동이 혼자서 뭔가 준비에 한창이다. 혼자 분주하다.
초교 친구들을 간만에 불러 운동장 한쪽 등나무 아래에서 파티를 준
비 중이다.
바베큐 깡통도 있고 야외 테이블과 의자도 준비되었다. 삼겹살 고기
도 샀다.

그리고 현수막이 하나 뒤에 걸려 있는데, 〈우리 고장 생태자원 봉골늪
을 지켜내자〉 그리고 한쪽엔 걸리지 않은 현수막 두 개가 놓여 있다.

문쫑 - 나타난다. 금동과는 초교 동창. 학교 앞 문방구 집 아들 문종훈
은 친구들 사이에서 그냥 문쫑이라 불렸다. 이젠 아버지의 가업을 받
아 그가 문방구집 사장이 되었음에도 친구들 사이에서는 문쫑이었다.

금동	문쫑! 집도 코앞인데 이제 와!? 내가 좀 도와달라 했잖아.
문쫑	어 미안. 바빠서…
금동	장난해? 문방구 일이 뭐가 있다고…
문쫑	아냐. 와이프가 빨래 돌려서 널라고 했거든. 그걸 깜빡한 거야. 그래서 아차 싶어서 돌렸는데 또 피죤을 안 넌 거야. 그래서 다시 돌렸는데….
금동	돌렸는데?
문쫑	깜빡하고 빨래통에서 안 뺀 거야. 그게 오래 그 안에 두면 냄새 나거든.
금동	뭐 하느라 그거 깜박했는데?
문쫑	그게….

금동	손님도 없잖아. 넌 게임했잖아. 컴퓨터로 고스톱 쳤잖아 응?
문쫑	(착하게 웃는다) …!
금동	왜?
문쫑	어떻게 그렇게 다 아냐 넌?
금동	학교 선생님은 다 알아. (현수막을 집어든다)
문쫑	(도우며) 이게 뭐야?

금동은 문쫑과 함께 현수막을 건다. 현수막2 〈학교가 사라지면 마을이
사라진다〉

하나를 더 건다. 현수막3 〈역사 깊은 봉골초등학교 폐교 결사반대〉

문쫑	오늘 이것 때문에 친구들 모이는 거야?
금동	꼭 그건 아닌데, 우리 마을이나 학교에 중요한 문제니깐, 얘긴 해야지.

문쫑이 금동이 준비한 음식들을 본다.

문쫑	와, 이거 니가 다 준비한 거야? 그냥 고깃집에서 만나자고 하지….
금동	(신경 안 쓰고 현수막 마무리한다) 낭만이 없냐 넌…
문쫑	(하늘을 보고는) 오늘 비 온다 했는데…
금동	안 와.
문쫑	아침 뉴스에 나왔어.
금동	문쫑! 기상청 사람들 체육대회 하면 비 온대잖아.

문쫑	(웃는다) 근데 뭐 부족한 건 없어? 내가 집에서 가져올게.
금동	근데 오늘은 조금만 마셔라 응? 친구들 앞에서 실수하지 말고… 혹시 숯 있냐?
문쫑	…. (생각) 숯?
금동	다 준비한다고 했는데 그게 빠졌네. 난 내 차에 있다고 생각했는데.
문쫑	어떡해, 사 와?
금동	아냐, 신서방이… 가져올 거야. 내가 은자한테 얘긴 했거든.
문쫑	어어. 근데 그 형님 요즘은 어디 다녀? 어디 나간다고 했던 거 같은데‥
금동	그만 뒀어. 6개월을 못 버틴다. 6개월이 뭐야. 3개월을 못 버텨.
문쫑	회사 생활 힘들지. 나야 뭐 문방구 지키고 있지만….
금동	문방구는 쉬워? 초등학교 선생님은 쉬워? 아직 철이 없는 거야 그냥.
문쫑	그래도 형님한테 철없다고 하냐? (웃는다)
금동	매제야. 촌수로는 동생이라고. (시계 본다) 왜들 안 와?
문쫑	누구누구 와?
금동	서울에서 영서도 와. 걔가 내 얘기라면 꺼뻑하잖아!
문쫑	박영서? 진짜? 걔는 진짜 오랜만이다.
금동	왜 너도 영서 좋아했냐? 은근 영서 팬이 많더라.
문쫑	아냐. 난 미영이 좋아했지.
금동	거짓말… 야 양반 못 된다. 저기 영서랑 미영이 온다.

차 도착하는 소리. 문 여닫는 소리. 미영과 영서가 나타난다.

미영은 젊은 나이에 노래방을 한다. 크고 밝고 쾌활한 아가씨다.

영서는 서울 교육청에 다니는 7급 공무원이다. 아담하고 지적인 분위기다.

미영	문쫑! 한동네인데 이렇게 얼굴 보기 힘들어어!!!! 우리 노래방 한 번 와~.
문쫑	(영서를 보며) 안녕.
영서	안녕. 누구….
미영	뭐야·· 문쫑 몰라?
영서	문쫑··?
금동	문종훈이잖아. 문방구집 문종훈. 문쫑.
영서	… (진짜 생각이 안 나는 듯 바라보다가) 개가 한 마리 있었던 거는 기억나는데··
문쫑	해피!
영서	맞아.
미영	너무 하는 거 아냐?
금동	문쫑이 워낙 조용했으니까. 학교 오면 얘는 말 한마디 안 했어. 그리고 미영이 넌 이 동네인데 왜 늦게 와? 미리 와서 상 차리는 거 도와달래니까.
미영	영서랑 같이 올라고. 서울서 내려오잖아. 버스정류장에서 픽업해서 왔어.
금동	(영서에게) 통화는 맨날 했는데, 보기는 정말 오랜만이다. 몇 년만이지?
미영	얘는 중학교 때 서울로 전학 갔으니까… 근데 둘이 계속 통화는

했구나?

영서	거의 20년 됐겠다… 나 많이 변했지?
금동	그대로야! 정말 그대로‥
영서	(웃고는, 학교를 둘러본다) 학교도 그대로다….
미영	바뀔 게 뭐 있겠어 시골학교가. 참, 금동이 이 학교 선생님이야.
영서	알지.
미영	뭐야 근데 먹을 거 준비 안 했어? 불 피우고 고기 굽고 있었어야지 뭐야!
문쫑	숯이 없어. 다 준비한다고 했는데 숯을 깜빡 해서…

이때, 누군가의 목소리가 나타난다. 은자의 남편, 신서방이다.
밝고 잘 생긴 청년. 탤런트 같은. 한 손에 은자가 챙겨준 반찬통을 들었다.

신서방	와, 오랜만이다아!!!

신서방을 맞이하는 일행들.

문쫑	형, 안녕하세요. (신서방은 문쫑을 지나쳐 미영에게 가다)
미영	오빠, 안녕~ 여전히 개미남 오빠…!!
신서방	어, 개미녀‥ (그리고는 영서를 본다) 가만‥ (기억하려 한다)
미영	오빠는 모를걸… 얘는….
신서방	박영서!
미영	대~~박!! 오빠 어떻게 영서를 기억해요? 기절초풍!

신서방	똘똘하고 공부 잘 했잖아. 쪼꼬만 귀염둥이. 영서야 난 알지?
영서	죄송해요….
신서방	뭐야! 나 봉골 조승우잖아.
미영	뭐래… (웃는다)
신서방	잘 봐 봐. 있잖아, 조승우.
금동	신서방, 신(辛)소리 그만 하고 그 가져온 건 뭐야….
신서방	아아… 형님 이거 애엄마가 챙겨줬어요. 언니오빠들이랑 먹으라고. (반찬통을 연다. 생새우를 버터에 절인 요리가 담겨 있다)
미영	대박! 이거 버터새우? 역시 은자다. 은자 너무 짱 멋있어 우리 은자!
영서	와, 나 새우 좋아하는데! 은자, 맞아 은자 잘 있어?
금동	잘 지내지….
영서	지금 뭐해?
미영	우체국 다니잖아. 걔 9급 공무원이야.
영서	그래 들었던 거 같다. 잘 됐네.
미영	니가 더 잘 됐지. 넌 7급이잖아. 그것도 서울 교육청.
금동	우리 학년 중에 영서가 제일 출세한 거 같은데….
미영	빨리 꿔먹자. 아 맞다, 숯이 없지.
금동	내가 전화했는데, 숯 좀 가져다 달라고. 신서방, 은자가 얘기 안 하든가?
신서방	아니요.
금동	분명히 얘기했는데, 핸드폰 봐봐.
신서방	핸드폰요? (확인한다. 문자 본다) 문자 와 있네요. 아아. 이거 못 봤어요.

금동	아 참….
문쫑	내가 얼른 사올게.
신서방	아냐 아냐, 내가 갔다 올게.
금동	아냐 아냐, 상렬이 오는 중이니까 전화하께.
미영	상렬이도 와?
금동	어. 왜….
미영	아아… 걔 오면 불편한데….
영서	그 고무줄 맨날 끊고 다니던 그 상렬이?
미영	어어. 완전 쓰레기.
영서	쓰레기? 왜애…
미영	그냥 쓰레기야 그 자식, 그 자식 온다고? 그냥 갈까 부다.
금동	야아…. (전화한다) 어어 상렬아 어디쯤이야? 어어… 들오는 길에 숯 좀 사와. 어, 큰 거 사 와. 하나면 돼, 어…. (끊는다)
문쫑	상렬이 어디 갔어?
금동	군청 사람들하고 점심 한다고 나갔는데…. 벌써 취했는데?
문쫑	낮술했네….
금동	상렬이만 오면 바로 고기 굽자. 다 왔대.
영서	(신서방에게) 오빠, 은자는 뭐해요? 집에 있어요? 오랜만에 얼굴 보고 싶다….
신서방	애 보느라고.
영서	애가 몇 살인데‥
신서방	1학년이야. 올해 입학했어.
미영	우리 애하고 같은 반이야. 반이 하나잖아. 1학년 한 반. 두 명.
영서	그럼 금동이가 담임?

금동	난 고학년. 4, 5, 6학년 함께 맡고 있어. 그래 봐야 3명.
미영	우리 학교. 사라질 판이야.
신서방	(영서에게 다정하게) 근데 영서는 아직 결혼 안 했어? 애인 없어?
문쭝	(신서방에게) 형, 볼 일 보셨으면 이제 가세요. 오늘은 우리 학년 뭉치기로 한 날이에요.
신서방	은자가 나더러 술 한 잔 같이 하고 들어오라고 했어.
문쭝	오늘은 우리끼리 놀게요. 그냥 가세요.
신서방	그래 내일이 총동문회 날이니까 또 보면 되지. 우리 내일 보자….
미영	그래요‥
신서방	(가다가 할 말이 있어서 금동쪽으로) 형님.
금동	어.
신서방	은자한테는 여기 계속 있었다고 해주세요.
금동	왜, 집에 안 가?
신서방	오늘 게임이 있어서. 조금 큰 판이라. 잠깐만 들렀다 갈게요.
금동	알었어. 날 새지는 말고. 우리 어두워지면 들어갈 거야.
신서방	그래요 형님. 자 잘들 놀다 가고, 내일 보아. (간다)
문쭝	학교 선배인데 그래도 손 위 형님이라고 깍듯이 해주네.
금동	착하지.
미영	착하긴. 헐랭이, 완전 헐랭이지. 은자가 아까워. 저런 헐랭이가 뭐가 좋다고.
금동	말을 해도….
미영	은자가 얼마나 야무지고 생활력도 좋고 한데, 저 신랑이란 사람은 허구헌날 당구장에서 사니….

문쫑	(영서에게) 이 동네 당구왕이잖아. 허슬러. 돈 다 따. 형이 한 3천 치던가.
미영	그 실력으로 다른 일을 했으면…. (술병을 가져온다) 놀면 뭐해·· 한잔 시작하자··
금동	그래 그러자.

잔들을 돌리고 술을 따른다.

미영	근데 고기 말고 다른 안주는 없어? 과자라도 사지.
금동	그 생각을 못 했네.
미영	아 너는 남 생각을 못 하냐? 뒷산 늪은 지키자고 맨날 부르짖는 사람이…. 에이 그럼 안주 없이 마셔. 건배! (혼자 주욱 원샷 들이 켠다)
문쫑	(자기도 마시고는 미영의 잔을 채워 준다)

침묵, 뭔가 이제 할 말들이 없다. 안주도 없고, 고기도 못 굽고.
야채 좀 집어먹고, 그런 어색한 침묵이 좀 흐른다.

미영	내일이 총동문회 날인데 왜 모이자고 한 거야, 우리 학년만?
금동	어, 내일 다 같이 모이면 우리끼리 얘기도 잘 못 하잖아. 그래 서….
미영	우리끼리 무슨 얘기 할 건데…?

또 사이. 침묵,

미영	(문득 현수막을 본다) 이거 얘기하게?
금동	어… 그것도 잠깐 얘기하고, 상렬이 오면.

또 사이. 문쫑이 술을 권해, 문쫑과 미영만 또 마신다. 서로 술을 따라준다. 문쫑은 혼자 두 잔 정도를 괜히 연거푸 마신다. 금동이 그걸 본다. 째려본다.

미영	화장실 열렸나? 가도 돼?
금동	어 교무실 옆에, 알지?
미영	영서야 너두 갈래?
영서	응. (따라나선다)

두 사람 사라지고 나자,

문쫑	의외네. 둘이 같이 오다니.
금동	응?
문쫑	미영이가 영서 완전 싫어하는데.
금동	그래? 왜?
문쫑	미영이 남편이 영서랑 바람 나서 미영이 이혼하고 고향 내려온 거잖아.
금동	진짜?
문쫑	몰랐어? 우리 동창들 다 아는 얘긴데. 미영이가 서울살이 할 때, 미영이가 영서랑 워낙 친하니깐 자주 함께 보고 그랬나 봐. 그러다 바람 난 거지.

금동	난 몰랐어. 난 그냥 남편이 바람둥이라서 이혼했다고만 들었지.
문쫑	아냐. 미영이 말로는 남편은 순진하고 착했대. 영서 저것이 꼬리 쳐서 꼬신 거래. 그래놓고 저렇게 태연하게 같이 다녀. 사람 속은 진짜 모르겠다.

카오디오 소리 요란하게 차소리 들리며. 상렬이 도착하는 소리.
조용히 들어오는 상렬. 양복차림. 꽤 점잖다.

상렬	둘이만 있어?
문쫑	(공손하게 맞이) 어, 회장님 오셨습니까.
상렬	무슨 회장님이야.
문쫑	너 동문회장님이잖아.
금동	미영이 영서 와서 화장실 갔어.
상렬	(음식들 보고) 시작도 안 한 거야?
금동	다 준비 했는데 하필 숯이 없어서··
상렬	넌 그게 문제야. 허술해. 항상.
금동	내가 언제 허술했어….
상렬	이런 간단한 음식준비를 못 해서. 여깃다. 숯. (가져온 비닐봉지를 건넨다)
문쫑	어어 역시 회장님. 두 개 사 왔어. 두 개.

문쫑이 숯을 받아 금동에게 준다. 금동 숯을 꺼내고 바비큐 통에 넣어 불 피울 준비를 시작한다. 그때 미영과 영서 들어온다. 미영은 불편하

고 영서는 상렬이 반갑다.

영서	상렬아!
상렬	이런! 박영서! 이 귀요미! (가서 다짜고짜 안는다)
영서	뭐야 왜 이래… (떼어내고) 어디 보자…. (살피는데)
상렬	완전히 다른 사람 아니냐? 나 초딩 때 완전 찌질이였잖아.
미영	지금도 그래.
상렬	뭐어?
영서	그대로야. 키도 그대로인 거 같아.
상렬	키는 그대로지. 나 초딩 때 키가 지금 키야. 야, 넌 성숙해지니까 뭐랄까 좀 섹시하다야.
미영	또또….
영서	결혼은 했어?
상렬	넌?
영서	난 아직.
상렬	난 애가 둘이야.
영서	진짜?
상렬	나 고등학교 졸업하고 바로 애기 낳았지. 5학년 3학년. 아들 딸.
영서	야아 그랬구나.
상렬	자 내가 숯도 가져왔으니 이제 친구들끼리 고기 한번 궈 볼까?
문쯩	버터새우도 있어.
영서	은자가 보냈어.
상렬	우체국 은자. 아주 참하지. 금동아 왜 불 안 피워?

금동	토치가 없네. 내가 토치도 안 챙겼구나. (난감하다)
미영	뭐야 진짜… 나 배고파‥
상렬	(웃는다) 참 허술해.
금동	야아 그 허술하단 얘기 그만해. 니가 날 얼마나 안다구….
상렬	이제 어떡할 거야? 친구들 모아놓고!!
금동	내 책상에 있어. 기다려. 있을 거야. (학교 안으로 들어간다)

금동이 가고 나면.

상렬	큰일이네, 언제 불 피워, 고기 구워 한 잔 하냐? 이건 아닌데….

문쫑은 또 한잔을 더 마신다. 벌써 취할 거 같은 분위기다.

미영	회장님, 이미 많이 드신 거 같습니다?
상렬	오늘 군청 과장 국장들이랑 간단히 했어.
미영	음주운전?
상렬	나 베스트 드라이버잖아. 천천히 왔어.
미영	그래서 니가 쓰레기야. 어디서 음주운전이나 하고 다니고….
상렬	미영아 말 조심.
미영	너나 조심해라 응?
상렬	그나저나 나 오기 전 금동이가 헛소리 안 하대?
미영	뭘?
상렬	(현수막 보며) 이거! 허구헌날 마을 일에 시비나 걸고. 동창이지만. 좀 심각해. 어렸을 때 금동이가 아냐. 저거 빨리 이 마을 떠

	야 해. (간다)
문쫑	어디 가?
상렬	내 차에 캠핑 도구 있어. 토치 가져올게.
문쫑	키 줘. 내가 가져올게.
상렬	아냐. 넌 조금만 마셔라. (나간다)

미영, 문쫑에게 한잔 더 따라준다.

미영	문쫑 니가 훨씬 인간적인 놈이야. 저 놈한테 뭘 그렇게 굽신거 리냐?
문쫑	회장이잖아.
미영	개뿔.
영서	왜, 무슨 일 있었어?
미영	저번 날 노래방 와가지고 노는데 은근슬쩍 내 가슴을 만지잖 아. 미친놈이.
영서	진짜…?
미영	한두 번이 아니야. 저번 날은 귀에다 대고 같이 자자고 했다니 깐.
영서	미쳤다! 왜 그래?

밖에서 상렬의 소리. '미영아, 이리 좀 와 봐.'

| 미영 | 왜애! |
| 상렬소리 | 와 봐! 빨리! |

| 미영 | 미친놈이 왜 오라 마라야? (하고 나간다) |

문쫑과 영서만 남았다.

문쫑	(자기 잔에 술을 따르며) 미영이가 너 완전 걸레라고 했는데?
영서	어?
문쫑	미영이가 여기 내려와가지고 니 욕 많이 했다고. 친구들은 다 알어. 근데 어떻게 같이 다녀? 니가 미영이 남편 꼬셨다며? 살림도 차렸댔나? 그래서 미영이 이혼했고. 근데 어떻게 여길 태연하게 나타나냐고.
영서	뭐? 미영이가 그래?
문쫑	왜 아니야?
영서	말을 말자.
문쫑	왜 뭔데 왜 말을 못해?
영서	(사이) 미영이가 7년 사귄 내 남친하고 바람 난 거야.
문쫑	뭐? 미영이가?
영서	처음엔 나도 미영이 미워했는데, 바람 난 내 남친도 똑같은 사람이고…. (참고) 그래서 이제 막 미영이랑 다시 연락하기 시작한 거야. 뭘 알고 말해.

상렬이와 미영 돌아온다. 미영의 손에 와인이 몇 병이 들려 있다.

| 미영 | 영서야 이거 완전 비싼 와인이야. 상렬이가 선물이래. 친구들 다 돌린대. |

상렬	(문쫑에게도 한 병 준다) 넌 이거.
미영	(자기 병 꺼내 보며) 이건 나도 한 번인가 마셔보고 완전 반했는데. 맛 완전 고급져. 와아….
영서	(받으며) 이런 준비까지 했네.

금동이 내려온다. 빈손이다. 신문을 잔뜩 들고 내려온다.

금동	토치가 분명 있었는데, 없다. 일단 신문으로 불 지펴볼게….
상렬	여깃어, (토치 보여준다) 내 차에 있어.
금동	아 그래? 잘 됐다, 내가 얼른 피울게. (토치 받아서 피우려다가 가스통을 확인하는데) 가스가 없네…. (흔들어본다) 가스 더 없어?
상렬	가스가 없어? 왜 없지? 차에도 가스는 없는데….
금동	문쫑 집에 부탄가스 없니?
문쫑	(생각한다) ….
금동	있어 없어? 집에서 쓰는 거 하나쯤 있을 거 아냐. 얼른 가서 찾아보고 있음 가져와. 친구들 배고프겠다.
문쫑	(일어난다. 갑자기 빈 가스통을 뺏어서 들고 나간다)
금동	그건 왜 가져 가?
문쫑	똑같은 거 가져와야지. 그게 규격품이잖아. 안 맞으면….
금동	뭐라는 거야… 그건 다 똑같은 거야….

그리고 문쫑이 자기가 받은 와인을 본다. 돌려 따는 와인이다. 갑자기 병째 마신다. 문쫑 그렇게 나발을 불며 나가고…

상렬   야, 그거 오란씨 아냐! (문쪽 나가자) 쟤 거만 좀 싼 거 주긴 했어.
            쟤는 와인 마실 줄 모르잖아. 크크….

            그때! 비가 오기 시작한다.

미영   어우, 웬 비야?

            다들 등나무 그늘 밑으로 피한다. 하지만 비는 샌다. 다들 차갑다.

영서   우산 안 가져왔는데.
미영   오늘 비 예보 있었나? 아 쓰발….
상렬   어떡하냐… 여기서 안 돼…. 일단 저 학교 처마 밑으로 피하자.

            등나무 아래서 학교 건물 처마 밑으로 피한다.
            빗줄기가 거세진다. 엄청!

미영   와! 미쳤다!
영서   어떡해….
상렬   세차 어제 했는데 쓰발! 그것도 손세차 맡겨서, 왁스도 바르고!!

            사이.

금동   빨래 마당에다 널어놓고 왔는데….

사이.

금동   이불빨래도.

천둥 소리 우르릉, 빗소리 거세고 거세다.

괜히 금동은 토치를 만지작만지작 한다. 아쉬워서.

그때, 비에 쫄딱 젖은 문쫑이 나타난다. 빈 가스통 여전히 든 채.

문쫑   없다. 문방구에는 가스가 없다.

미영   뭐래…. 얼른 이리 들어와. 왜 우산은 안 가져왔어?

문쫑   (버럭) 문방구에는 가스 없다구!!! 없어! 없다고!

상렬   큰일났네.

문쫑   (금동에게 다가간다) 비 안 온다며?

금동   뭐라고?

문쫑   (버럭) 기상청이 체육대회 하면 비 오면 안 되냐!

금동   이리 들어와. 비 맞잖아.

문쫑   오늘 기상청에서 비 온다고 했어. 비 오잖아!!

금동   알았어.

문쫑   (친구들을 하나씩 째려본다. 그러다가 웃는다) 으하하하.

미영   문쫑 왜 그래 무서워.

문쫑   니들 꼭 초딩들 같다. 크크크. 월월월!!!

상렬   뭐야 아이 씨…

문쫑   우리 해피가 옛날에 니들 진짜 좋아했잖아. 월월월월!!!!!!

미영	아 생각난다. 겹쳐진다! 미치겠다!!
문쫑	월월월월! 우리 해피 생각난다. 해피야! 난 니가 다리 밑으로 끌려간 날을 기억한다! 우리 해피 잡아먹은 아저씨들, 나 니들 다 기억한다! 그 명랑한 아이를 어떻게! 해피는 개가 아니었어! 사람이었어!!!!!!

천둥소리 엄청 크게 울린다. 빗소리 거세다. 그리고는 빗소리가 줄어든다.
문쫑은 친구들이 있는 처마로 자리를 옮기고 조용해진다.

미영	진심 배고프다.
상렬	우리 그냥 다른 데 가서 저녁 먹자.
금동	내가 친구들한테 한마디만 해도 될까.
미영	뭐….
금동	우리 학교 뒷산이 봉황산이잖아. 그래서 우리 동네가 봉골이고. 우리 초등학교 내가 32회니까, 이번 졸업생들 52회야. 이렇게 쉽게 없어져선 안 돼.
상렬	애들이 없잖아. 내년에 신입생 0명이야.
금동	여튼 폐교는 학부형들하고 학교 운영위원들이 찬성을 해줘야 해. 여기 상렬이, 미영이, 문쫑, 다 학부형이잖아. 상렬이는 심지어 학교 운영위원이고. 그래서 우리 학년 친구들 뜻이라도 좀 모았으면 한다.
상렬	야, 금동아.
금동	봉골늪은 우리 동네만 모르지, 진짜 멋진 생태자원이야. 람사

르협약에 등재할 수도 있어. 람사르협약이라고 71년 2월 2일에 이란 람사르에서 만들어진 국제협약인데 우리나라는 97년에 가입했어. 세계적으로 습지를 보호해야 한다는 필요성을 느끼고 만들어진 거야. 우리 봉골늪은 그 람사르협약에 등록할 수도 있는 그런 곳이야. 학교 폐교되면 분명 여기 개발될 거야. 그럼 봉골늪도 다 사라져. 난 못 견디겠어 그걸! 니들은 그게 상상이 돼! (사이) 반대로 이 숲을 살려서 생태공원도 조성하고 방문자센터도 만들고 하면 진짜 우리 마을 다시 살아나고 사람들 다시 찾아오고 우리 학교도 살아날 수 있어.

상렬 꿈꾸냐? 무슨 꿈이야?

금동 최상렬! 너는 꿈이 아니라 할 수 있잖아!

상렬 뭐?

금동 너희 아버지 하실 수 있잖아. 봉골늪을 파묻지 말고 생태공원으로 개발하자고! 씨발 넌 그런 거 할 수 있는 사람이잖아!

사이. 침묵.

상렬 오늘은 나가서 밥 먹고 2차로 미영이네 노래방 가서 놀자.

금동 (한쪽에 둔 가방에서 서명지를 꺼낸다) 이거 봉골늪을 지키자는 서명지야. 여기다 우리 친구들 사인 좀 해줘. 내일 동문들한테도 다 받을 거야.

다들 조금 불편해진다.

미영	금동아 오늘은 그냥 놀자…

문쫑이 금동에게 가서··

문쫑	볼펜 줘….

금동, 모나미 펜을 꺼내서 문쫑에게 건네는데, 상렬 다가와 그 펜을 쳐서 바닥에 떨어뜨린다. (약한 빗소리는 계속되고 있다)

상렬	친구들끼리 모이자고 한 게 겨우 이런 것 때문이야? 넌 이래서 문제야, 애가 순수하지 못하고 정치적이야 맨날….
금동	숲을 지키자고 하는 게 무슨 정치적인 거야?
상렬	학교 선생이 폐교한대니까 싫겠지. 근데 다른 학교 전근 가서 계속 근무하면 되잖아. 우리 고장의 발전을 막지 말고.

문쫑이 떨어진 볼펜을 들고 다시 돌아와 서명지를 받으려 한다. 상렬은 다시 볼펜을 뺏어 던진다. 조금 멀리. 문쫑은 그걸 착하게 줍기 위해 간다.

금동	영서야 저번 주에 전화로 한 얘기 다시 한번 해 봐.
영서	(불편하다. 상렬의 눈치를 본다) ….
상렬	뭐… 괜찮아. 해 봐.
영서	여기 교육청 장학사가 아는 선생님인데 여기 폐교 결정되면 상렬이 아버님이 폐교 인수하실 거라고….

금동	상렬아, 아버님이 폐교 인수한 다음엔 뭐 하실 건데?
상렬	우리 아버지한테 물어 봐. 난 농기구 판매업 하잖아.
금동	우리 여기서 태어나고 자랐잖아. 봉골늪에서 맨날 개구리 잡고 놀았잖아.
상렬	마을사람들이 아직도 다 개구리 잡고 놀았으면 좋겠냐? 금동아, 정신 좀 차려! 이 마을 없어질 판이야. 둘러 봐, 사람이 있어야지. 응? 우리 아버지가 자기 돈 들여서 마을 살리자는 거야.
금동	마을을 살린다고? 몇백 배 이익 나는 건 어쩌고? 우리가 다 바보들이니?
상렬	금동아, 너는 정말 이 동네 암덩어리야. 알아?
금동	…!!!
미영	야아, 최상렬 그건 아니다. 무슨 말을 그렇게 해….
상렬	이 새끼가 사람들 서명 받아가지고 여기 개발 중지 소송도 준비 중이라고. 내가 동창들한테 들었어. 마을 사람들이 이 새끼 얘기하면 아주 치를 떨어요.
금동	….
상렬	영서가 니 이런 얘기 듣고 싶어서 일부러 서울서 내려온 줄 알아? 니가 영서랑 제일 친한 거 같지? 나 보러 온 거야. 영서 서울 가서 어려울 때 내가 도와줬거든. 그 빌려준 돈 이자 몇 년째 안 보내도 내가 아무 말 안 하거든.
영서	상렬아‥
상렬	이 새끼는 인생을 좀 알아야 해. 나이를 어디로 먹은 거야?
문쭝	(볼펜 들고 다가와서) 금동아 난 서명한다.
상렬	문쭝!! 너도 이제 그만 좀 해!

상렬이 문쫑의 볼펜을 아주 멀리~~ 보이지도 않게 던져 버린다.

문쫑이 허망하게 바라본다. 그 볼펜 찾아 또 나간다.

상렬	밥 먹으러 가자!
미영	어디로 가?
상렬	봉골 삼겹살로 가. 거기 고기 맛있어.
미영	2차는 내가 오늘 다 쏠게.
상렬	야 헛소리 하지 마. 오늘 고기, 술 내가 다 산다. 영서 방도 내가 읍내에다 예약해 놨어. 택시 불러줄게. 금동이 너도 같이 가. 내 차 6인승이야. (먼저 나간다)
미영	금동아 오늘은 친구들끼리 그냥 한 잔 하자. (나간다)
금동	(말 없다) ….
영서	금동아··
금동	가.
영서	나 오랜만에 왔잖아. 아까 상렬이 말은….
금동	그래 난 너한테 도움 준 적이 없는 거 같다.
영서	금동이 니 맘 알아. 나도 동의해.
금동	부모님까지 서울 다 가셨으니, 명절 때도 여기 올 일 없을 거고. 봉골에 뭐가 생기든, 학교가 폐교되든, 넌 이 마을 잊어먹겠지 금방….
영서	(가려다가 문득 비를 본다) 산성비 주룩주룩 오는데 우산이 없네. (나간다)

금동 혼자 남아 있다.

그때, 은자가 우산을 들고 나타난다. (쓰고 들고, 두 개를 가지고 있다)

은자   오빠….

금동   웬일이야.

은자   애기 아빠 여기 있지 않았어?

금동   친구들 모임 있다고 먼저 갔어. 애는?

은자   엄마. 옥수수 딴 거 준다고 집에 왔어. (휴대폰 걸어본다) 이 사람
        은 전화도 안 받고 또 어디 간 거야?

빗소리 다시 굵어진다.

은자   일기예보에 이렇게 비 많이 온댔나?

금동   3에서 5미리 온댔어. 기상청은 또 오보를 낸 거라고….

은자   손에 든 그거 뭐야?

금동   서명지.

은자   아아, 친구들 거 다 받았어?

금동   (갑자기 슬픔이 밀려와 운다) ….

은자   왜애… 안 해줘?

금동   내가 우리 동네 암덩어리냐?

은자   누가 그래…?

사이. 금동은 '내가 잘못하는 걸까?' 생각하고 은자는 고립된 오빠의 처
지가 딱하지만 그래도 이런 오빠가 좋다.

금동	우체국 가져간 서명지는 좀 받았어?
은자	응. 두 명.
금동	두 명? (실망) 누구 누구?
은자	나하고 명자 언니하고.
금동	엄마 아빠는?
은자	응, 내가 잘 설명해 드렸는데….
금동	서명하신대?
은자	안 하신대.
금동	…. (소매로 눈물을 훔친다)
은자	아빠는 하신대.
금동	진짜? 아부지 마음 돌리신 거야?
은자	응. 오빠 때문에 하는 거래. (웃는다)
금동	우산 좀 줘 봐.
은자	우리 오빠 줄라고 가져온 건데?
금동	야아, 친오빠가 중요하지.
은자	우리 애기 아빠가 중요하지.
금동	신서방은 친구들 모임 갔다니깐.
은자	당구장 간 거 다 알아. (전화가 온다, 확인한다) 가만, 오빠다. (전화 받는다) 어 오빠? 어디야? 나 여기 학교지. 오빠 줄라고 우산 가지고 왔잖아. 어 온다고? 아냐 그냥 집으로 가. 나도 바로 들어 갈게. 어? (듣고는) 별 일. 알았어. (끊는다. 우산 건넨다) 이거 가져 가. 울 오빠가 우산 챙겨서 이리 오는 길이래.
금동	니가 여깃는 줄 어찌 알고.
은자	엄마가 전화했나 봐. 참 오빠 지금 나랑 집에 가자. 햇옥수수 짱

맛이잖아.

금동 친구들한테 갈 거야. 오늘 저녁에 다 서명 받을 거야.

은자 알았어.

금동 (나가다가) 엄마 한 번만 더 설득 해 봐.

은자 (웃는다) ….

금동 왜?

은자 서명했어. 아빠가 손을 이렇게 빌어서, (비는 시늉한다) 크크.

금동이 울음을 꾹! 참고, 의지 가득 떠난다.

문쫑이 나타난다. 볼펜 들고.
은자는 문쫑이 나타나자 긴장한다. 문쫑 서서히 은자를 향해 다가가
는데….

은자 안녕하세요….

문쫑 응….

완전 어색.

문쫑 오빠는?

은자 친구들한테 간다고.

문쫑 (볼펜을 만지작거린다) ….

은자 무슨‥ 볼펜이에요?

문쫑 이거? (볼펜을 보여주며) 모나미.

은자	알죠. 뭐 하시려고…
문쭝	모나미가 무슨 뜻인 줄 알아?
은자	볼펜?
문쭝	몽나미. 불어로 내 친구란 뜻이야. 몽, 나미.
은자	진짜요?
문쭝	나 고등학교 때 불어했잖아.
은자	와아… 똑똑하시다.
문쭝	(잠시 은자를 본다) … 상렬이가 그러더라고. 폐교돼야 내가 산다고. 문방구는 어차피 망했는데, 땅은 우리 거니까 여기 개발되면 우리집 대박난다고. 그런데 친구가, 내 친구가 하는 일인데. (사이) 난 서명할라구. (일어난다) 친구들한테 가봐야겠다.
문쭝	너는?
은자	애기아빠 온대요 지금.
문쭝	(우산 받으며) 난중에 우체국으로 가져다줄게.
은자	네. 고마워요 오빠.

문쭝은 우산을 받아들고 간다.

혼자 남은 은자, 비를 바라보고 있다. 노래 하나 중얼거린다. 레인 드롭스 킵 폴링 온 마이 헤드~♬♪ 앤 져스트 라이크 더 가이 후즈…. (의외로 가사를 끝까지 안다!)

그러다 문득! 노래를 멈추고 일어나는 은자.
천천히 이젠 머리에 흰머리가 뚜렷한 수위아저씨가 나타난다. 오늘도

우의를 입으셨다. 투명 비닐 우의. 그리고 수리한 의자를 들고 있다.

은자   안녕하세요?

수위아저씨   … 학부형이신가?

은자   학부형은 맞는데요, 저 은자예요. 여기 학교 나온….

수위아저씨   아…. (기억 안 난다)

은자   맨날 인사드렸었는데. 인사 잘한다고 이뻐해 주셨는데….

수위아저씨   … 누구 기다려요?

은자   남편요. 오기로 했어요.

수위아저씨   (가려는데) ….

은자   의자 고치신 거예요?

수위아저씨   응.

은자   와아 맨날 아저씨 손에는 의자가 들려 있었던 거 같아요. 지금
             까지 몇 개나 고치셨을까요?

수위아저씨   (생각) 하루에 두 개만 고쳤어도. (사이) 모르겠네. (간다)

은자   네… 건강하세요.

수위아저씨   (가다가 문득) 애들 보는 낙으로 살았는데. (떠난다)

은자   (아저씨의 뒷모습을 바라본다) ….

은자 또 혼자 남았다. 전화해 본다. 안 받는다.

은자   왜 안 받아… 아 진짜….

은자 기다린다, 기다리다가 문득 옛날 일이 떠오른다. 2학년 때, 오빠

처음 만난….

녹음으로 흘러나온다. 아련한 추억.

그 오빠(E) 몇 학년이야? 누구 만나러 왔어? (사이) 우리 바로 아래네. 난 6학년 10반이거등. 우산 좀 빌려 줘. 우리집이 바로 교문 앞이야. 문방구 알지? 그 뒷집이야. (사이) 나 못 믿어? 얼른 갔다 올게.

그리고 또 줄넘기 노래가 생각난다. 소리가 들린다.
초교 운동장에 내리는 비를 보며 은자는 그런 생각들에 미소가 지어진다.

그리고 신서방이 나타난다. 은자가 본다. 화가 난다.

신서방 (괜히 딴전, 반찬통 쪽으로 가서) 얼라? 다들 두고 어디 간 거야? (가져온다) 이 맛있는 것을. 내 애기가 정성 들여 만든 이것을 여기 두고…

은자 그만 해.

신서방 응. 좀 늦었지? 이제 갈까?

은자 아냐. 조금만 더 있다 가자.

신서방 장모님 집에서 기다리시는데…?

은자 오랜만에 학교 오니까 좋네. 오빠랑 이렇게 둘이 있으니까 좋구.

은자와 그 오빠(신서방)는 함께 내리는 비를 본다.

은자	(신서방의 팔짱을 끼며) 중학교 때 데이트할 때도 여기 왔었던 거 같은데….
신서방	우리 중학교 때부터 만났었나?
은자	오빠는 중3, 난 초6이었어. 나빴어.
신서방	뭐가…?
은자	초등학생 꼬시고말야.
신서방	아니잖아. 니가 나 죽자고 따라다녔잖아.
은자	(사이) 그랬지….
신서방	나 빵집에서 미팅하고 있으면 너 나타나서, 이 오빠 제 거거든요! 그랬잖아.
은자	그랬지.
신서방	난 너 땜에 이 외모를 가지고도 학창시절 연애 한 번 제대로 못 했어.

사이. 비가 더 거세진다.

신서방	참… (주머니에서 십만원 가량 만원짜리 꺼내준다) 오늘 딴 거.
은자	(잘 접어 주머니에 챙긴다) 이게 다야?
신서방	시간이 얼마 없었잖아. 오늘 날 샜으면 걔네들 돈 다 털어 오는 건데…. 으….
은자	(다시 남편의 팔짱을 끼고 비 내리는 하늘을 본다) 좋다, 남편이 반찬 값도 벌어다 주고. 이걸로 내일 우리 애기랑 맛난 거 해먹어야 지!
신서방	(잠시 있다가, 주머니에서 5만원 더 꺼내 건넨다) ….

은자   (남편한테 만원 주고 남은 돈은 다 챙긴다) ….

신서방   … 가자 이제.

은자   오빠, 이 세상에서 제일 큰 우산이 뭔 줄 알아?

신서방   … 어? 파라솔?

은자   (다시 노래한다) Raindrops keep falling on my head….

신서방   (따라서 어색한 영어로 흥얼거린다) ….

은자   And just like the guy whose feet are too big for his bed

        Nothin' seems to fit Those raindrops are fallin' on my head

        they keep fallin~~.

        자연스럽게. 원곡 팝송이 흐른다.

        비는 오고…. 밤은 평화롭게 깊어간다.

화평시장 CCTV

* 국립아시아문화전당 ACC 창작스토리 희곡개발사업 공연작

일시 2023년 7월 18일~22일

장소 예술극장 통

제작 극단 청춘

출연 한중곤, 박영국, 윤미란, 김진희, 표정화, 김은미, 장지선, 강현구, 최시영, 김호성, 한창현

스태프 연출 오설균 홍보디자인 채희영 드라마투르그 김재석 조명/음향 전도연 기획/홍보 정관섭

등장인물

형님	화평분식 신씨 성, 신사장, 70대 후반.
상인회장	화평시장 상인회 회장. 정육점하는 박사장. 60세.
총무	화평시장 상인회 총무. 어물전 진사장. 40대 후반.
전사장	화평시장 건어물집 사장. 다음 상인회장을 노린다. 40대 초반.
제니	20대 중반, 베트남 여인. 월남쌀국수집 사장.
남편	제니의 전 남편, 40대. 무능력자.
또이	20대 초반. 베트남 총각.
80대	여, 화평분식 단골.
60대 아짐	여, 화평분식 단골.
뽀글이정	커피 손수레를 끄는 시장 커피장사. 37세 정씨 총각.
순이	화평분식 주방에서 일하는 조선족 여인. 40대.

때, 장소

현대.
광주광역시 가상의 전통시장, 화평시장 국밥골목, 화평분식 앞.

이 극은 실시간으로 진행된다. 끝날 때까지 암전이 없다.

화평분식집 앞에서, 오후 7시경부터 저녁 8시 20분경까지 80여분(혹은 90분) 동안 벌어지는 이야기다. 실제로 화평분식의 벽에 붙은 벽시계가 그 시간의 경과를 보여주게 된다.

광주 (가상의) 전통시장. 화평시장.

50년 가까이 됐지만 이제는 쇠락한 전통시장이다.

화평시장 내 먹자골목도 빈집이 늘어가고 있다.

그 가운데 77년 개업한 45년 전통 '화평분식'이 여전히 자리를 지키고 있고, 그 오른쪽엔 '다낭쌀국수' 왼쪽엔 '삿뽀로 라멘집'이 보인다. 오래된 화평분식 간판과 비교해, 두 국수집은 현대적이다.

화평분식 (떡볶이, 오뎅 등을 파는) 가판대 뒤로 출입구가 있고, 식당 안에 들어가면 의자와 테이블이 3개 정도 있는 작은 가게이다.

43년생, 신사장은 늘 가판대에 서서 손님들을 상대하고, 식당 안엔 조선족 아주머니 '순이'가 주방과 서빙을 맡아 한다.

신사장은 시장상인회 회원들 사이에선 '형님'으로 주로 불린다. 화평시장의 큰형님뻘이어서 그렇다.

〈다낭쌀국수〉는 제니라는 23세 베트남 이주여성이 사장이다. 어리지만 당차고 한국말도 잘한다. 역시 베트남 총각 '또이'가 서빙을 한다.

베트남어로 토이(또이)는 '그만'이란 뜻으로, 아들을 7형제를 둔 아버지가 막내 이름을 또이라고 지었다.

〈삿뽀로 라멘집〉은 주인이 나간 빈 가게다. 닫힌 문 밖에 의자가 하나 있어 아무나 앉을 수 있다.

화평분식 안에 60대와 80대로 보이는 아주머니 두 사람, 국밥과 찰순대를 시켜 놓고 소주를 마시고 있다.
가판대 신사장(형님) 앞엔 상인회장과 총무가 역시 찰순대를 시켜 놓고 소주를 마시고 있다. (가판대 앞에 앉을 수 있는 긴 의자가 'ㄴ' 자 형태로 있다.

상인회장   (B5 용지 크기의 파일집을 열어 디자인을 보여주며) 이게 그거예요. 어제 나왔어요. 송아지. 굉장히 심플하고도 강력해요잉. 송아지가 김밥을 물고 있는 이 동상! 이게 신사장님과 저의 콜라보예요. 우리 정육점과 화평분식의 콜라보. 이렇게 나는 굉장히 가속페달을 밟고 있는데, 우리 신사장님은…. (총무쪽을 본다, 이어달라는 듯)

총무   우리 신사장님이 응원하고! 도와주지는 못할망정! 반대운동을 했어요!

형님   내가?

총무   내가…요? 아아 이러심… 그렇습니다.

상인회장   … 머여, 끝이여? 뭔 말이 뒤에 안 붙냐고…

총무   (술병을 딴다) …!

상인회장	술 쫌만 묵어라이. 너 그러다 취한다.
총무	안 묵어요. (하며 자기 잔에 따르고 회장도 따라준다)
상인회장	상인들이 여기 우리 형님, 신사장님 입만 보고 있는디, 맨날 '난 이 시장자리 안 떠난다' 뚝 잘라 말해불면 여파가 크다 이말이예요. 아니, 저랑 술 자심서 한 소리가 있는디. 왜 자꾸 말을 바꾸냐 이것이예요.
총무	회장님이 지금… 누가 뒷통수를 야무지게 쌔레부럿다(때렸다) 이런 감정이 들고 있어요….
상인회장	(총무를 보다가) 너 여기 오기 전에 술 묵고 왔지?
총무	안 묵었어요.
상인회장	너는 술만 조금 묵으면 진짜 양반이여. 화평시장 젤로 점잖고 일 성실히 하고, 교회 집사지 너? 교회도 잘 댕기고….
총무	성가대도 해요.
상인회장	근디 먼 술을 그렇게 많이 묵냐. 안 묵을 땐 입도 안 댔다가 한 번 대믄 중단이 없어.
총무	형님도 맨날 묵잖아요.
상인회장	나는 맨날 묵어도 맨날 점잖하지. 언제 나 술 취한 거 봤냐.
총무	….
상인회장	술은 나처럼 묵어야 써.
형님	국그릇 줘 봐. 국물 식었겠네. 더 주께.
상인회장	(건네준다) 가만 뭔 얘기 하다가 일로 와부럿제? (생각이 안 난다)
총무	송아지가 김밥 문다고….
상인회장	그건 아까 얘기고….
총무	(술을 또 따른다) ….

상인회장	내가 뭐 중요한 얘기를 할라고 했는디…. (총무보고) 아따, 신경 쓰이네. 너 글지 말고 그냥 집에 드르갈래(들어갈래)?
총무	(고개를 젓는다) ….
상인회장	살짝 불안하네잉.

쌀국수집에서 제니가 나온다. 문이 열리며 안에서 큰소리가 나온다. 남편과 또이 총각의 싸우는 소리.

남편	니가 제니 서방이야? 니가 뭐세요? 니가 뭐시여?
또이	돌아가세요. 장사 안 돼요,
남편	니가 뭔디! (큰소리로) 니가 뭔디! 나보고 가라 마라여!
또이	제니 사장님 힘들어요, 돈 없어요. 그냥 가세요.
남편	내가 너 시붕한테 물어보셨어요? 왜 니 시붕이 대답을 하냐고 요. 니가 뭔디!
또이	나는 또이에요.
남편	뭐라고?
또이	내 이름 또이라구요, 시붕 아니고. 가세요 너는.
남편	이 시키 말이 통해야 뭔 말을 허제. 한국말도 못한 시키가 여그 서 돈 번다고. 너 불법체류자 아니냐? 신고해부까?
또이	나쁜 놈아.
남편	뭐 이 시키야!
또이	욕하지 마.
남편	욕은 니가 했지. 이 시키 봐라.
또이	욕하지 마.

남편	제니야! 들어와 봐. 이 시키 말이 안 통한다. 얼른.
또이	나가요. 다시 오지 마세요.

제니가 가게 문을 닫는다. 안에서 남편의 '니가 뭔디!'라는 고함이 가끔 들린다.

형님	(제니에게) 또 행패야? 하여간 썩을 인간이다··
제니	괜찮아요. 월례 행사예요. 한 달에 하루만 참으면 돼요.
상인회장	한국말 잘 하네. 월례행사라는 말도 알고.
제니	홍어도 먹었어요.
상인회장	(웃는다) 그래 그래. 저번 날 보니까 잘 묵드라.
형님	아니 박회장이 어떻게 알아? 같이 홍어 묵었어?
상인회장	오해하지 마쇼잉. 먹자골목 상인들 모타갖고 홍어 한 번 쐈소. 신사장님 안 오신 날.
형님	아아, 제니 갔었어?
제니	네, 총무님이 꼭 오라고 해서요. 홍어를 묵을 줄 알아야 전라도 사람이라고.
형님	그래? 묵을만 했어?
제니	맛있었어요. 삼합으로 먹었어요.
형님	대단해. (오뎅 국물을 컵에 따라서 제니에게 준다)

제니 받아마시며 한숨을 쉰다. 그러고는 어디로 가려는지 벗어나려 한다.

형님	어어! 어디 가?
제니	화장실요.
형님	어, 미안.

제니 나가면,

상인회장	진상도 저런 진상이 없네.
총무	네? 나요?
상인회장	진상은 사장님 말고요, 저그 제니 남편이 진상이라고.
총무	…내가 진상은이에요.
상인회장	네, 진상은씨 천천히 드셔. 난 그만 드셨음 쓰것고.

화평분식 안, 아주머니 두 사람,

60대아짐	언니 국물이라도 잡숨서 술을 자셔. 취해 그란다.
80대	묵었어야.
60대아짐	거짓깔 좀 하지 마라. 한 개도 안 묵는 거 다 봤시야.
80대	묵었어… 너도 잠 묵어. 아줌마 짐치(김치) 잠 주쇼. 아따 맛나요.
60대아짐	음마! 술은 내가 다 묵었그만!
80대	거짓깔은 니가 헌다. 뭔 술을 묵어, 말만 하믄서.

주방서 일하는 (조선족) 순이 아주머니, 김치를 가져다준다.

60대아짐	아이고, 넉잔 묵었어 벌써. 바바. (술병을 들어 보여준다)
80대	그래, 농장 일은 할 만허냐?
60대아짐	대우를 잘해 준게. 돈도 제때 주고.
80대	쓰것다.
60대아짐	오래 했으믄 쓰것는디, 손목이랑 무릎이 시원찮아서. 어찔랑가 몰라.
80대	내가 말한 데 가서 침 맞아 봐. 잘 들어야. 거기.
60대아짐	댕기고 있어. 할매나 일 좀 그만혀 인자.
80대	순대가 맛나다야.
60대아짐	딴소리는. 인자 일 좀 그만하라고.

순이가 이야기에 끼어든다. 그녀는 연변 말씨를 쓴다. (대사는 연변말투에 맞게 수정 요함)

순이	사람 몸이 참 대단해요. 기계를 50년 쓰면 다 망가질 텐데. 사람 일하는 거 보면 기계 저리 가라예요.
60대아짐	다 고장나잖아요 그래서. 안 아픈 데가 없어.
80대	젊은 것이 어디가 아파야….
60대아짐	음마! 나도 할매여.
80대	나는 니 나이 때 잠도 안 자고 일했어.
60대아짐	긍게 골병 들제‥
80대	(순대를 더 먹으며) 이 집 순대가 맛나. 차꼬(자꾸) 생각 나.
순이	이 집 순대 유명하지요. 병천순대, 암뽕, 전주 피순대 뭐 그런 거 있어도 사람들이 여기 찰순대가 맛나대요.

60대아짐	그려. 보믄 잡채 들어간 거밖에 없는디. 이 집 거는 희안해. 글
	제 잉?
80대	어찌게 이렇게 맛나까?
60대아짐	이따 갈 때 내가 더 사주께, 싸갖고 가.
80대	안 묵어!
60대아짐	냉장고 됬다가 낼 낮에 뎁혀서 묵음 돼.
80대	그럼 안 맛있어.
60대아짐	맛있어.
80대	안 맛있어야.

바깥에 가판대 쪽은, 다시 상인회장이 파일집을 펼쳐보이며, 신사장(형님)에게 홍보와 설득을 하고 있다.

60대아짐	저번 달에도 내가 사준 게 잘 먹었다고 해 놓고 또 거짓깔 허네.
80대	아니여 믳 칠을 냉장고에 있다가 버렸어.
60대아짐	음마? 왜 또 그걸 버려야. 묵어야제.
80대	맛이 없당게.
60대아짐	아따 맛이 없어도 곡기를 너야제, 밥도 잘 안묵음서 잘 묵는 순
	대라도 한 개씩 입에 너야제.
순이	냉장고에 너 두면 마르니까 맛이 없어요. 다음날 된장국이나
	특히 곰탕 국물 있으면 거기다 순대 너서 잡숴 봐요. 맛나요.
80대	(술을 쭈욱 마신다. 김치를 집어먹는다) ….
60대아짐	(버럭) 순대 묵어!
80대	오메 가시내 애기 떨어지것다.

60대아짐	염병허네, 할매가 뭔 애가 떨어진디야! 호호호. (웃는다)

요란한 노래소리 다가온다. 트로트 한 곡을 따라하며,
손수레 커피장사 뽀글이정이 등장한다.
쾌활하고 발랄한, 하이톤의 30대 후반 남성. 화평시장의 명물이다.
정씨 성에 늘 뽀글이 파마를 하고 다녀서 '뽀글이정'이다.
손수레에도 〈CAFE 뽀글이정〉라고 인쇄가 되어 있다.
노래 다 부르고 나서, 인사가 순서이다.

뽀글이정	(형님 쪽으로 요란한 인사) 화평시장 큰형님, 안녕하세요. 상인회 불철주야 박공수 회장님도 안녕하시고요, 어물전 진상은 총무님도 안녕하시고요 잉. (분식집 안을 보며) 화평동 잉꼬자매님들 오늘 계 추리는 날? 많이 잡사! (쌀국수집 문도 퍽 열고) 어머, 제니 서방님? 안녕하세요. 또이총각~ (베트남어로 인사한다) Tạm biệt! Kiếm thật nhiều tiền nhé! (안녕, 돈 많이 벌어!)
남편	제니 밖에 없어요?
뽀글이정	없는디요? 아니다, 저기 온다!

이때, 제니 돌아온다.

뽀글이정	(똑같이 인사한다) 제니! Tạm biệt! Kiếm thật nhiều tiền nhé! (안녕, 돈 많이 벌어!)
제니	Oppa kiếm được nhiều tiền lắm ạ. (오빠도 돈 많이 벌어요.)
뽀글이정	커피 주까?

남편	세 잔. 내가 계산하께요. (지갑에서 만원짜리 꺼낸다)
또이	돈 없다면서 커피값은 어디서 난대?
남편	사주면 그냥 먹으세요.
또이	난 블랙. 제니 사장님도.
뽀글이정	(이미 커피 타며) 내가 다 알지. 다방 하나, 카누 블랙 둘. (빠른 손놀림으로 커피를 타며) 우리 회장님은 커피 안 묵어요?
상인회장	술 묵잖아,
뽀글이정	안주로 먹어요. 달달하니 좋아.
상인회장	담에.
뽀글이정	총무님은?
총무	코코아 있어?
상인회장	뭔 코코아야? 애기도 아니고··
뽀글이정	왜 없어? 뽀글이정 카페는 없는 거 빼고 다 있어. 근디 없는 거시 없어. 다 있어. 시키기만 해 봐.
형님	난 드립으로 한 잔.
뽀글이정	긍게 우리 멋쟁이 신사장님은 항상 드립지. 드립으로 한 잔. 브이아이피 서비스로 오케이. (일단 먼저 주문받은 커피를 쌀국수집에 배달하고 와서, 휴대용 커피콩 가는 기구를 꺼낸다. 커피콩을 능숙하게 간다)
총무	드립이 돼?
뽀글이정	몰랐구나. 개시한 지 얼마 안 되는디, 드립을 시작했지. 우리 상인들의 입맛이 변하고 있다는 현대적 물결에 발을 맞추어서···.
총무	죽이네.

뽀글이정	이거슨 특별히 신 맛, 울 신사장님은 신맛 좋아해서.에티오피아 예가체프. 기가 맥혀브러잉! (보온병의 뜨거운 물을 부어 드립한다)
상인회장	그거슨 얼마여 그럼?
뽀글이정	3천원, 거저지요. 거저. 드리픈디.
총무	비싸.
뽀글이정	오매 촌시러. 드리프라니까. 이 정성을 봐 봐….
상인회장	맞다, 아까 할라고 했던 얘기. 변화 그래 변화, 우리 시장이 변해야 한다고. 그 얘기 할라고 했다. 신사장님 보쇼. 지금 시장 리어카에서 드립커피를 파는 세상이요. 우리 시장 봐 봐요. 50년이 되믄 뭐해, 다 망해붓으요. 어물전 채소전 건어물전 다 빠져나갔고 뭐가 남았어. 인자 시민들은 화평시장 안 와요. 우리부터 이걸 먼저 인정을 하고 가야 됩니다. 예?

뽀글이정이 드립커피와 코코아를 배달한다.

뽀글이정	(전사장을 발견하고) 오매 언제부터 있었어? 전사장님.
전사장	째깐한 게 보이지두 않냐? 아까부터 앉아 있었지.
뽀글이정	호호호! 못 봤어 정말. 난 딴사람인 줄 알았어. 다른 손님. 등이 너무 젊다. 요새 운동해? 난 청년이 앉아 있는 줄 알았어, 진짜.
전사장	연설하네.
뽀글이정	진짜라니까.
전사장	나도 드리프 한 잔 줘,
뽀글이정	신 거?
전사장	난 구수한 게 좋은데.

뽀글이정	돼제. 우리 뽀글이정 카페는 없는 거시 없당게.
총무	커피가 신 게 있고 구수한 게 있어?
뽀글이정	전사장님! 콜롬비아 수프리모! 어찌까?
전사장	(놀란다) 수프리모가 있다고?
뽀글이정	아따, 까페 뽀글이정이여!
전사장	난 수프리모 진짜 좋아하거등. 군고구마 비슷한 향이 나잖애.
총무	아따매 먼 커피에서 고구마 맛이 나? 그리고 신 맛도 난다고? 커피가 신김치여? 웃겨 블구만.
상인회장	니가 커피를 안 묵어 봐서 그러제, 다 그런 맛이 있어.
총무	회장님도 모르잖아요.
상인회장	알제 왜 몰라? 나는 알아도 믹스커피가 좋은게 그냥 묵는 것이고.

분식집 안에서 80대 아주머니가 나온다. 화장실 가는 길.

80대	(신사장에게, 식당 안 60대 아짐을 가리키며) 저것헌티 카드 받지 마쇼잉, 저번처럼 미리 받으면 다시 안 올랑게.
형님	네. 알웃어요.
80대	진짜로. 계산은 내가 할 것잉게.
형님	예. 얼른 화장실 다녀오쇼.
80대	내가 현금으로 할 것잉게. 카드 받으믄 안 돼요잉.
형님	예.
80대	(담배를 꺼낸다) ….
형님	담배 요 앞에서 피면 안 되고, 저기 흡연장이 따로 있어요. 저리

가서 피셔야 돼.

80대 저번 달에도 역서(여기서) 피었는디?

형님 이달부터 바꾸자고 해서, 바꿨어요. 애기들도 여그 서서 떡볶이랑 오뎅 먹고 하니까, 인자 여그서 담배 피면 안 돼요.

80대 한 대만 피믄 안 돼요?

상인회장 가셔야 돼요. 담배는 꼭 거그서만 피워야 돼요. 법이 그래요.

80대 (버틴다) ….

뽀글이정 가요, 내가 안내해 드리께. 저 앞이에요.

80대가 뽀글이정을 따라 느린 걸음으로 가게 앞을 벗어난다.
60대가 나온다.

60대아짐 (카드를 들고 나온다. 신사장에게) 계산해 주쇼. 소주 한 병 더 해서.

형님 안 돼요, 아짐이 계산하지 말라고 했어.

60대아짐 아따! 그냥 받으쇼 얼릉.

형님 안 돼요….

60대아짐 음마! 받으랑게.

형님 안돼.

60대아짐 (카드를 가판대 위에 두고) 나 몰라. 이걸로 계산하쇼잉. 나 줬오. (하고 는) 나 화장실 갔다 올게라. (80대가 나간 반대편으로 나간다)

형님 아따, 성가시네 잉.

상인회장 뭐가요?

형님 저 아짐들 한 달에 한 번씩 우리집 오는디 계산할 때마다 싸워.

서로 낸다고. 웃기지도 않어.

상인회장   맨날 와요?

형님   안 거르제. 달에 한 번은 꼭 둘이 와서 묵어. 국밥에 찰순대 시켜 놓고 소주 세 병.

상인회장   많이 자시네.

형님   더도 덜도 없이 딱 세 병.

80대가 뽀글이정이랑 돌아온다.

80대가 들어가다가, 가판대 위 카드 본다.

80대   (가게 안도 보고는) 어디 갔대?

형님   화장실요.

80대   요 카드 그 가시내 거제라? 오살년이 꼭 이 짓거리여. 허지 말래도.

형님   내가 안 받는다 했어요. 그냥 카드 두고 가부렀어요. 나 손도 안 댔소.

80대   (카드를 들어서, 60대 나간 쪽으로 던져 버린다. 무대 밖으로 던졌다)

형님   오매 카드 잊아 뿔라고.

80대 가게 안으로 들어간다.

전사장   내 커피 까묵어 붓지?

뽀글이정   오매 내 정신. 수프리모. 언능 해주께요잉. (수프리모 콩을 꺼내며) 내가 신맛 구수한 맛 두 가지를 다 갖고 댕길라믄 성가신디. 사람이 취향이 다 달라서 하나만 갖고 댕길 수가 없으요. 내가 성가셔도 커피 팔아 묵을라면 어쩔 수가 없어. 불편을 감수해야제.

상인회장 그거시랑게. 뽀글이가 제대로 말을 했네 방금. 사람들 취향이 달라졌으니까 우리 장사하는 사람들은 무조건 거기 발을 맞춰야 해요. 화평시장의 대표상품이 뭐여? 읊어 인자. 암것도 없어. 여그 골목 바바. 옛날에는 화평분식을 필두로 국밥집이 많았지. 명물이었지. 근데 광주 시내에 국밥집 맛난 데가 얼마나 많은디. 쌔고 쌨어. 인자 사람들 안 온다고.

60대가 돌아온다.

60대아짐   카드 주쇼.
형님   그게….
60대아짐   내 카드.
형님   저기 아짐이….
전사장   아짐이 저기다 던져 부렀어요.
60대아짐   내 카드를? 어째서?
전사장   들어가서 물어보쇼.
60대아짐   언니! 내 카드~~ (들어간다)

60대 아주머니는 들어가서 80대와 실랑이를 한다.
뽀글이정은 전사장에게 드립커피를 배달하고 다시 트로트 노래를 틀고 따라 부르며, 이동한다.

상인회장   내가 말을 이어서 하면, 긍게 이 국밥거리가 인제 다 망했다, 오

죽하면 장사도 안 되는 희안한 쌀국수집, 일본 라멘집까지 들어

와가지고, 우리 전통의 화평시장이 완전히 정체불명이 돼 가고

있는 형국이다.

전사장   아이고 그 말씀은 완전히 틀린 말씀이네….

상인회장   뭐가? 뭐가 또 틀려야?

전사장   라멘집이 나가기 전에 얼마나 장사가 잘 됐는데요. 젊은 사람

들 오지도 않던 화평시장에 이 라면집 생겨서 젊은 사람들이 드

글드글 했는데. 그 바람에 이 쌀국수집도. 이 쌀국수집 낮에 장

사 엄청 잘 돼요.

60대가 나온다.

60대아짐   어디다가? 어디다가 던졌냐고? 사장님 봤소?

형님   저쪽, 나주국밥집 쪽 같은디…

60대아짐   아따 사장님은 그걸 말려야제. 카드를 던져 븐디 보고만 있었

오? (가지러 나간다)

형님   어? 뭘…?

전사장   아무튼! 일본 라멘집도 그렇고 여기 쌀국수집도 줄 서서 먹어

요. 알잖아요. 다 알면서 어떻게 침도 안 바르고 그렇게 얘기하

세요. 화평분식은 10년 전에 건어물점 어물점 다 다른 시장으

로 빠지면서 이미 글러 브렀어요. 새벽같이 장사치들이 오고

손님들이 오고 했을 때 말이제. 그리고 화평초등학교도 이사가

버려서 인제 애기들 장사도 못 해요. 안 그래요 형님?

형님	….
전사장	여기서 벌어가지고 살림 못 해요. 글고, 일본 라멘집이 왜 나간 줄 알아요? 다 회장님 때문이에요.
상인회장	뭐? 내가 왜 거기서 나와?
전사장	내가 지지난달에 상인회의서 뭐라 그랬어요? 우리도 야시장 하자, 했죠.

60대가 돌아온다.

60대아짐	없어! 없당게! 안 보인당게!
형님	왜 나한테 그래? 내가 어뜧게 알아?
60대아짐	(안에 80대에게) 언니! 언니가 찾아 봐. 어따 던졌어?

80대가 나온다.

80대	넌 벌써 눈이 골았냐? 그거이 안 뵈냐? 저그다 던졌어. 있것지.
60대아짐	언니가 찾아 봐. 눈 씻고 봐도 없어.

80대가 간다. 60대도 따라간다.

상인회장	난리도 아니네. 자 여튼 내가 말을 이어가면, 우리 시장이 변화해야….
전사장	잠깐만요. 내가 말하고 있었는데 왜 또 회장님이 말을 이어가요?

상인회장　안 끝났어?

전사장　안 끝났어요.

상인회장　뭔 허나마나한 소리 자꾸 길게 해?

전사장　허나마나한 소리요?

상인회장　다 쓰잘데기 없는 소리제. (술을 따라 마신다)

총무　(조용히 혼자 마신다. 술 또 가지러 간다) ….

상인회장　영양가 한 개도 없는 소리를 뭘 주절 주절….

전사장　음마, 이 양반 말하는 좀 봐야.

상인회장　이 양반? 이 양반? 어따 대고?

전사장　어따 대고요? 내가 뭐시라고 했간디 어따 대고요?

상인회장　너는 빨갱이여.

전사장　미치것네이. 저놈의 소리.

총무　(술을 가지고 와서 자기 잔에 따른다) ….

상인회장　(총무에게) 술 쬠만 묵으라고 했다잉. 아가. 아가. 말 들어야.

총무　(고개는 끄덕이고, 따라 마신다) ….

전사장　지금 회장님이 상당히 실수를 하고 있어요. 말씀 그리 막 하시
　　　　면 안 되죠. 상인회 회장이 뭐 벼슬이에요? 그거 상인들 발전을
　　　　위해 일하라고 한 봉사직이에요. 벼슬이 아니고!

상인회장　아야. 너도 그만 해. 술 취했으면 집에 들어가 자고 내일 오징어
　　　　폴아야제.

전사장　나 술 한 잔도 안 했어요. 여그와서 커피 묵고 있어요.

상인회장　긍게 넌 남의 장사집 와서 국밥은 안 묵고 커피를 묵냐?

전사장　시킬라 헌디 자꾸 말이 안 되는 말씀을 하시니까 타이밍을 놓쳤
　　　　잖아요.

60대, 80대가 허망하게 돌아온다.

60대아짐   어찌까잉? 없어. 귀신이 곡을 하것네. 바닥에 떨어진 것이 없는

디. 다 빈디 (보이는데) 못 찾것어.

80대   진짜 읎네. 그새 누가 집어가 븟으까?

60대아짐   (신사장에게) 봤을 거 아니에요?

형님   몰라. 그쪽 어디였어.

60대아짐   귀신이 곡을 하네. 그거시 금새 어디로 날라 붓으까….

80대   내가 힘아시도 없어서 포도시 요 앞에다 던졌는디. 안 비네. (안

보이네)

술 먹던 총무가 벌떡 일어나더니, 카드 던진 쪽으로 간다.

다들 벙~ 바라볼 뿐.

잠시 후… 돌아온다. 손에 카드를 들고 온다. 60대에게 준다.

60대아짐   오매….

80대   금매.

60대아짐   어쩨 거 가 있었으까. 거그도 분명 봤는디.

60대와 80대는 기뻐하며 들어간다. 들어가다가, 60대 아주머니 다시

잠깐 나와서.

60대아짐   장사 맷씨 (몇 시)까지 하지요? 아홉 신가?

형님   여덟 시요….,

60대아짐	아홉 시였잖아요….
형님	장사가 안 되니까 8시면 닫아요.
60대아짐	소주 한 병만 더 묵으께요. 시간 되면 남기고 갈게라. 소주는 내가 꺼낼게요.
순이	아니요, 내가 드릴게요.

60대는 들어간다.

상인회장	(총무를 빤히 보고) 진짜 눈은 귀신이여. 야가 뭐 찾는 것은 진짜 귀신이여. 희안하대니까, 잘 찾어 뭣을….
총무	(전사장에게) 전사장, 왜 우리 회장님 때문에 라멘집이 나갔다는 거시여? 얘기를 해 봐.
상인회장	음마, 취한 줄 알았는디 다 듣고 있었냐?
총무	전사장은 문제가 있어. 말이 많은데 쓸 말이 없어. 자꾸 사람을 뒤에서 험담을 하고 패를 나누고 그거시 문제야. 왜 그래?
전사장	뭐시라? 또 이 형님 없는 소리를 하네? 내가 뭔 험담을 하고 패를 나눠요?
총무	내가 오늘 얘기 다 꺼내 부끄나 여그다가?
상인회장	허지 마세요.
전사장	해보쇼. 없는 소리 한 번 해 봐. 미치것네 진짜.
상인회장	아녀 아녀. 밥만 묵고 가자 얼른. 곧 문 닫어 이 집.
총무	잠깐만요 회장님. 이 사람은 또 다른 데 가서 말을 퍼뜨리니께 사전에 차단을 해야 해요. 전사장! 여그 당사자 계시니까 말을 해 보라고.

전사장	좋아요 잉. 내가 그랬죠. 이 국밥골목에 어느 날 일본 라멘집이 들어와서 장사가 잘됐어요. 첨에는 다들 전통시장에 무슨 일본 라멘이냐, 쳐다도 안 봤는디 어디서 몰려오는지, 젊은 사람들이 막 와 부러. 사진 찍고 어따가 올리고 해서 명물이 되아 붓어요. 방송에서도 오고. 다들 알잖아요….
상인회장	그래 봐야 고까짓 거 얼마나 폴았다고….
전사장	고까짓거요? 여기 화평분식 열 배는 벌었을 거예요. 열 배가 뭐여….
상인회장	그래서? 그렇게 잘 되면 천년만년 해묵고 있어야지 왜 임대 기간 끝낭게 연장도 안 하고 나가 부렀대? 그거시 보는 거하고 틀려….
전사장	건물주가 장사 좀 된다고 세를 너무 세게 올려부렀잖아요! 근디 따지고 보믄 가능성이 없으니까 이 화평시장이….
상인회장	내가 그 말을 했잖아. 우린 가능성이 없다고, 바꿔야 한다고….
전사장	어떻게 남의 말을 자기 말인양 가져가가꼬….
상인회장	뭐다? 내가 말했잖아… 여그 앉자마자 나는 화평시장의 변화를 외치고 있었어! (총무에게) 들었냐 안 들었냐? (신사장에게) 신사장님 내가 그랬죠잉? 화평시장 변해야 한다. 송아지가 김밥을 물고 있어야 한다. 디자인도 다 나왔어. 볼래?
총무	잠깐만요 회장님. 일단 들어보게요, 이 전사장이 뭔가 하고 싶은 말이 있는 거 같아요. 어디 해 봐.
전사장	사장님 나 소주 한 병 주세요.
형님	(벽시계 보고) 곧 끝난디? 한 병 다 묵것어?
상인회장	(자기 잔을 내밀며) 내 꺼 주께. 한 잔 해. 노나 묵자.

전사장   냅둬요, 그거 노나주고 뭘 또 유세를 할라고요. (일어난다)
형님   내가 갔다줄게.
상인회장   너는 건어물을 팔지 말고 꽈배기를 팔 걸 그랬어….

형님이 잔을 챙겨준다. 그 앞에 국물이랑 순대 몇 개 썰어서 가져다준
다.
상인회장이 전사장에게 술을 따라준다. 전사장은 바로 마셔 버린다.

상인회장   안주도 묵어라. 국물 하나 시켜주까?
전사장   (순대를 집어먹는다) ….
상인회장   …. (이야기를 기다린다)
총무   (이야기를 기다린다) ….
전사장   (잔을 내밀며) 안 따라주요?
상인회장   응응…. (따라준다)
전사장   순대가 진짜 맛있어. 비법이 있을 거 같은데. 어떻게 이렇게 부
         드럽지?
상인회장   ….
총무   ….
전사장   형님 진짜 비법 좀 알려줘요. 절대 그냥 순대가 아니야. 이런 맛
         이 없다니까. 내가 어디 가서 찰순대 먹어 봐도. 이런 맛이 없어
         요. 말 좀 해 봐요. 사오는 데는 똑같을 것이고 형님이 분명 어
         떤 조치를 할 거 같아.
형님   아니야. 한 것 없어.
전사장   절대 아니여 이것은… 진짜….

상인회장   얘기 좀 듣자. 순대는 나중에 얘기하고….

전사장   예‥ 그거요 잉. 그러니까 어디까지 했죠?

총무   일본 라멘집에 젊은 사람들이 몰려들었다….

전사장   예, 그니까 이 화평시장 국밥골목에 느닷없는 외국 국수집들이
        한 세 개 생기더니 장사가 다 잘 됐어요. 참 희안하다. 내가 몇
        달을 보고 있다가, 우리 형님 아들 통해서 문화기획 한다는 젊
        은 사람들을 만나서 우리 시장 활성화 방안을 논의를 했어요.

상인회장   너는 그거시 문제여. 건어물 파는 놈이 오징어, 육포나 잘 팔면
        되제, 뭔 시키지 않는 쓸데없는 짓을 하냐고! 그 젊은 것들 맨날
        데모나 하는 그런 것들 아니여?

전사장   데모가 거기서 왜 나와요? 문화기획 한다고요‥

상인회장   그러믄 사기꾼들이냐?

전사장   술 많이 자셨네….

상인회장   멀쩡한 전통시장 들어와서 아시아 국수가 어쩌고 쓸데 없는 기
        획을 한다고 나서는 그것이 사기꾼들이지. 나랏돈 빼먹을려
        는!! 안 그래?

전사장   (웃는다) ….

상인회장   음마! 웃어? 왜애?

전사장   회장님, 사람이 다 자기 기준으로 생각을 허믄 안되요.

상인회장   그것이 뭔 말이야?

전사장   사기꾼 눈에는 사기꾼만 보인다고‥ 나랏돈 좀 잡숴보셨어요?

상인회장   (벌떡 일어난다) 이 시키가 진짜! 뚫린 주둥이라고 말을‥. (전사
        장에게 가서 멱살을 잡는다) 요 시키가, 버르장머리 없이 어디서‥
        사기꾼? 사기꾼~!!!!

형님과 총무가 말린다.

전사장   놔요, 노라고요…!

상인회장 할 말이 있고 안 할 말이 있지! 니가 어따대고 사기꾼?!!

전사장   놓고 얘기하세요. 저도 뿔딱지 나면 가만 안 있어요, 저 고등학
         교 때 복싱부예요.

상인회장 복싱부? 아나, 쳐 봐라 어디 쳐 봐 이눔아!

쌀국수 가게에서 제니와 남편, 또이가 나온다.

남편   아이고 점잖은 분들이 왜 그런대요…. (말린다)

제니와 또이까지 가세하자 수그러든다.
상인회장이 제자리에 앉게 된다.

상인회장 전사장, 니 형님이 내 고등학교 후배야, 알아? 다툼이 있고 갈등
         이 있어도 얘기를 가려 해야지. 응? 어따가 사기꾼이라니….

전사장   회장님, 작년에 소방공사 쁘라스(+) 차양막 공사한다고 국비 받
         아서, 예? 업체들하고 무슨 말이 오가고 돈이 오갔는지 제가 다
         까요? 그 업체 사장들 다 내 중학교 동창들이에요. 내가 다 들
         었어.

상인회장 (일어난다) 아주 협잡을 해라. 모함이야 임마. 증거 있음 가져와
         봐. 니가 그렇게 떠들고 다니는 거 다 알고 있었고, 니가 왜 그
         러는지도 알지. 왜 이 자리가 그렇게 탐나냐? 다음 달 니가 상

	인회장 선거 나오면 될 거 같아? 그렇게 상인들한테 떠들고 다니면 다들 니 편이 돼줄 거 같아? 택도 읎어 임마!
전사장	저번 주에 상인들한테 육포 돌리셨죠 잉? 전부 다 돌린 것도 아니고 콕콕 집어 골라서요. 물론 저도 빼고.
상인회장	니 집에도 육포 많잖아. 그래서 뺏다. 왜? 그게 그렇게 서운하디? 너희 집 육포 안 팔아줘서 뿔났냐?
전사장	근데 육포 안에 왜 5만원짜리가 세 장씩 들어 있냐고요. 그건 뭐다요?
상인회장	(또 일어난다) 야 이 자식 진짜, 큰일날 놈이네….
전사장	흥분허지 맙시다. 팩트잖아요…. 쫀쫀하게 15만원은 또 머여? 30만원도 아니고….
상인회장	(잠깐 사이) ….
전사장	뭐요, 말을 해 보쇼··
상인회장	내가! 울 막내아들 결혼식 때 축의금을 좀 많이 한 사람이 몇 있어서 돈을 돌려준 거야 임마.
전사장	웜매! 말도 아닌 소리 하시네….
상인회장	니가 누구헌티 뭣을 주워들은 거 같은디. 모함하지 마라잉.
전사장	회장님, 지금 시상이 그런 시상이 아녜요. 왜 다시 재임을 하실라고 하는진 모르겠지만 큰일 나요. 나랏돈 잘못 손대면 징역 가요. 예?
상인회장	아가. 니도 사람 되긴 애시당초 글러부렀다.
전사장	예, 울 아부지가 맨날 그 말씀 했어요 나헌티. 그려요, 내가 썩을 놈인께 시상 좀 제대로 돌아가게, 내가 거름이 좀 되불라요.
상인회장	말 잘허네. 빨갱이들이 꼭 그렇게 얘기헌단다, 알긋냐?

총무	(갑자기 큰 소리) 그러니까!

모두들 갑작스런 그의 고함에 놀라고 정적!

총무	전사장! 얘기를 끝까지 해야지. 왜 자꾸 다른 말을 해.
전사장	예? 뭐라고요?
총무	니가 그랬잖아. 우리 회장님 때문에 라멘집 사장이 나간 거라고. 그 대답을 지금 안 했어. 왜 그런 말을 했는지. 그니까 다른 말 말고 그 얘기부터 딱 부러지게 해 봐.
전사장	다시 얘기 합니다 잉. 내가 우리 다 죽어 가는 화평시장 살리고 싶어서, 다른 시장들은 다 변신을 하고 또 발전을 도모하고 있는데 우리만 가만 있는 거 같아서, 문화기획하는 청년들하고 기획안을 만들었어요.
상인회장	사기꾼들 집합소?
전사장	회장님!
총무	회장님 가만 있어 봐요.
전사장	다들 그때 회의 때 보시고 들으셨지만, 화평시장에다 '화평의 거리'를 만들자! 아시아 각국의 국수들이 모이고 각국의 문화가 모이는, 화평의 거리! 을마나 멋지냐고요! 난 건어물을 하지만 시장이 활성화돼야 사람들이 오징어도 사 먹고 할 거 아닙니까. 사람이 오지를 않는데 어디다가 포를 팔아요, 예? 그니까 제가 화평의 거리를 앞장선 거라 이말이에요. 그리고 야시장도 하자고 했어요. 그래야 이 국밥골목이 또 살아나니까. 주차장 자리에 가수도 부르고 각설이도 부르고 마당극도 하고….

상인회장	전사장, 오메 오메. 시끄라. 얼마나 시끄럽것어. 여기 화평시장은 어른들이 많이 살고, 건물주들도 다 노인이야. 밤에는 자야 돼.
전사장	세 든 사람들이 돈을 잘 벌어야 세도 안 거르고 내는 거 아닙니까.
상인회장	아침에 벌고 낮에 벌면 되지….
전사장	사람이 없잖아요.
상인회장	밤에 시장 연다고 낮에 안 오는 사람들이 온대?
전사장	오죠, 젊은 사람도 오고, 직장인도 직장 끝나면 오고. 관광객도 오고!
상인회장	택도 읎는 소리! 나도 여기서 장사한 지 30년이다. 야시장? 옛날에 다 해 봤어.
전사장	뭐만 하자고 하면 다 해 봤대!!!
상인회장	다 해 봤다니까. 야시장? 한 일주일 잘 돼. 그러고 나면 도루아미타불이여. 여기는 사람이 오지를 않는 동네여.
제니	근데요, 우리 손님들이 다들 그래요, 저녁에 했음 좋겠다고. 퇴근하고 와서 술도 한 잔 하고….
상인회장	왜 술을 팔라 그래? 낮에 국수 팔아도 충분하잖아. 술 팔면 시끄럽다니까.
전사장	회장님, 시장이 시끄러워야죠. 아니 잠 좀 자자고 사람들 장사를 안 시켜요? 세를 받아먹으려면 돈을 벌게끔 해줘야죠.
상인회장	야시장은 안 된다니까. 그래서 결론은, 이 시장터는 냅두고, 저기 큰 도로 옆에 현대식 시장 건물을 올리고, 송아지가 김밥 문 동상 세우고, 화평시장의 새 역사를 쓰자 이거야. 신화평시장!

지금 70프로 이상은 다 찬성했어. 국내건설사 100대 기업 안에 있는, 약진건설이 우리랑 손잡고 일을 하겠다는 거 아니냐. 상인들이랑 건물주들 100% 동의서만 받아가면, 저 대로변에 시장을 싸게 지어준다고. 2층으로!!! 반대헐 것을 반대해야제.

총무   그러니까 전사장 말은 야시장 건의가 묵살돼서 일본 라멘집이 나간 거라고?

전사장   그것뿐만 아니라 발전 방안을 내놔도 상인회장님이 다 묵살해 버리니까, 희망이 없다 이거지요. 왜 꼭 옮길 생각만 해요. 여그 전통의 자리에서 더 전통적으로, 레트로 열풍도 있고 하니까, 해 보면 좋잖아요!!

총무   말이여 방구여 그게? 야시장 못 하게 했다고 잘 되는 집 버리고 나갔다는 말이 그게 무신 헷소리여! 니가 그래서 잘못된 거야. 없는 말을 억지로 만들어낸다고! 그런 놈이 무신 화평상인회장을 노리고, 시껍떡 죽껍떡 다 벳겨 불랑게!

상인회장   (놀람) 뭐라고? 잠깐만. 요거 신호가 오는디?

총무   야 씨껍떡아 일어나 봐. 주탱이를 돌려부러!

상인회장   내가 못 산다. 술 묵지 말랑게, 그만 해라 잉! (총무를 붙잡는다)

총무   나보쇼. 나 봐. (봐달라는 뜻)

상인회장   그만 해야~

총무   노라고오~~ (손을 뿌리치는데 상인회장 넘어진다)

형님이나 남편이 상인회장을 부축하여 일어난다.

총무는 소주병을 든다. 그리고 전사장에게 다가간다.

상인회장	나 말고 저것을 말려. 사건 나. 언능 말려.
총무	(사람들에게) 내 몸에 손대지 말어. 대가리 뽀살 블라니까. (총무 앞에서) 너는 종자가 못됐어. 사람이 종자가 글러불면 평생이 고상이다 잉. 맨날 어디 가서 뚜들겨 맞고 댕기는 것이여, 어쩔래? 대가리 한 번 터져 불래?
전사장	까부러. 들엇응께 까부러야지! 까부러야!!
형님	진사장!!
총무	(무시하고) 오냐. 내가 오늘 니 못된 대가리 뽀개 불고 징역 가 불란다. 이 씨껍딱아!
형님	(총무를 붙든다) 하지 말어. 이 사람이. 내려 놔,
총무	(형님의 먹살을 잡고 쓰러뜨리려고 한다. 버티는 형님. 의외로 세다)

사람들 두 사람을 말리려 하고. 총무를 떼어 놓으려고 한다.

그때, 60대, 80대 아주머니들 나온다.

60대아짐	오매 오매 먼 난리다요. 시끄롸서 얘기를 못 하긋네.
형님	(총무와 붙잡고, 사람들과 말린다고 붙잡혀) 왜 가시게? 별 일 아니여.
60대아짐	이 와중에 뭘 묵것오? 언능 돈 받으쇼. (카드 내민다)
80대	(현금 삼만원을 건네며) 삼만원이제라? 이거 받으쇼.
60대아짐	언니! 내가 낸다고.

이 와중에도 형님과 총무 일행은 몸이 이리 밀리고 저리 밀리고.

80대	저번 달에도 니가 내고, 저저번달에도 니가 내고, 나는 호구냐? 국밥 하나 못 사는 빙신이여?
60대아짐	아따 언니! 내가 그냥 내께. 내가 돈 번께 내가 내야제.
80대	나도 벌어야.
60대아짐	내가 더 많이 번께….
80대	안 돼. 오늘은 내가 낼 것이여. 아자씨! 돈 받으쇼. (형님 주머니에 너준다)
60대아짐	(그 돈을 다시 꺼낸다) 안 돼요. 다시 언니 돌려주쇼.

형님 주머니의 돈을 넣고 빼내고, 이젠 두 아짐들까지 붙어서 실랑이 하는 덩어리(?)가 더 커졌다.

총무도 자기 싸움 잊어먹고 80대 아짐을 '엄니~ 아따 엄니~' 하며 말린다. 아주머니들이 쓰러지려고 하면 총무가 몸으로 막아주기도 하고. 유독 아주머니들 앞에선 양이 되는 면모를 보이는 총무.

총무	(참다 못해) 그럼 내가 낼게. 내가 낸다고! 내가!
60대아짐	아따 왜 아자씨가 낸다요? 말도 아닌 소리!

실랑이 끝에 60대아짐은 자기 카드를 꺼내서 카드단말기에 직접 긁으 려 한다.

60대아짐	3만원 내가 긁어 불라요, 이거 어떻게 한다요?
80대	오매 저 미친년, 아야, 너 왜그냐 진짜. 얼릉 이 돈 잠 받으쇼!
총무	형님! 돈 받으라고오~~ 받어!!!!

형님	오매, 받으께… 받어. (60대아짐에게) 아주머니가 이번 달은 참으쇼.
60대아짐	오매오매… 참말로… 울 언니는 어째 그까이….

형님이 80대의 돈을 받는다. 이제 실랑이하던 덩어리가 풀린다.
60대와 80대 아주머니도 이제야 떠난다.

총무	인자 다 해결됐으니까 앉아, 다들 앉으라고. 일어서지 마. 죽애부러잉.

상인회장 자리에 앉고 전사장도 앉는다.

총무	(형님에게) 당신도 앉으라고….
형님	난 장사해야제….
상인회장	앉으쇼….
형님	(앉는다) ….
총무	(제니 일행을 보고) 느그들은 뭐여? 안 앉아?

제니 일행들은 다시 가게 안으로 슬그머니 들어간다.
60대아짐이 혼자 다시 나타난다.

60대아짐	삼만원 얼른 주쇼. 이 카드로 긁고. 얼른이라우.
형님	아따 참말로…!
60대아짐	울 언니 돈 없어, 병원비로 다 들어감서도 저렇게 나만 만나면

밥을 살라고 해. 울 언니 사는 게 말도 못해요. 언니 화장실에서 나오기 전에 얼른!

형님   (삼만원 주고, 카드 긁는다) ….

60대아짐   수고하쇼 이. (간다)

다들 허탈하다.

전사장   징하네. 친 자매도 아닌디….

형님   친 자매보다 더하제. 저 동생 되는 이가 옛날에 다리 건너서 이불집을 했고 그 언니 되는 아짐이 가게 앞서 채소를 팔았는데, 동생이 사정이 있어서 곗돈을 띠어묵고 도망갈라고 했대. 근디 저 언니가 붙잡았어. 도망갈 것을 눈치 채고 한밤중에 가게 문 닫고 나오는디 딱 붙잡고 그랬대, 그라지 말라고. 평생을 도망 다님서 살아야 되게. 대체 돈이 얼마가 필요하냐고….

전사장   진짜요? 그 할매가 돈이 어딧어서….

형님   평생을 요 다리서 노점을 했응게, 모아 논 돈 다 줬다는 거 같 어.

전사장   친 자매도 아닌디요이? 참 기맥히네요 인연이….

형님   매달 와서 둘이서 저렇게 술 묵고 계산함서 싸우고 그래. 오매 성가서.

남편이 나온다. 오만원짜리랑 만원짜리 한 주먹을 챙겨 나온다. 주머니에 쑤셔넣는다. 그 길로 떠난다.

형님	일수쟁이도 아니고, 썩을 인간이다. 저러고 또 도박하러 갈 것이다. 아이고야. 술 묵는 귀신은 봐줘도 노름하는 놈은 안 되야.
총무	뭐라고요…?
전사장	제니 남편 맞제라?
형님	나도 최근에 알았는데 이혼했등만. 응, 제니가 그때 위자료 받은 돈으로 이 가게 차렸다고 하드라고. 남편 놈은 허구헌날 찾아와서 뜯어가고….
전사장	위자료를 많이 뜯겼는갑네요.
형님	뜯긴 게 아니지, 제니 온몸이 흉터래. 여름에도 긴 팔 긴 바지 입잖아.
전사장	에애?
형님	남편이란 자가 술만 먹으면 행패 부리고 그랬나 봐. 그 시어머니가 나서서 이혼을 시켰다고 하드라고. 며느리 짠하다고…. 재산 좀 떠어준 것도 어머니고. 가끔 오서서 제니 사장이랑 인사도 하고 밥은 우리집서 먹고 가셔.
전사장	따지고 보면 편하게 사는 사람이 없네요.
형님	이제 여기도 정리합시다. 시간 다 됐는디.

순이는 식당 안 아주머니들 자리를 치운다.
총무는 또 술을 따른다.
그때, 쌀국수집 안에서 제니의 비명 들린다. 절규 같은 악을 쓴다.

| 상인회장 | 뭐여? |

총무	(스윽 일어나려 한다) ⋯.
상인회장	(앉힌다) 앉어라 와.
총무	(앉는다) ⋯.

또이가 제니를 진정시키려 한다.

또이	(베트남어로) 진정해요, 제니.
제니	(베트남어로) 너 집에 가. 퇴근해. 집에 가라고!
또이	(베트남어로) 제니가 진정되면 갈게요.
제니	(베트남어로) 내버려 둬, 집에 가라고! 아아악!!!

화평분식 안에서 순이 나온다.

형님	그래, 순이씨가 들어가 봐, 내가 안에는 치울 테니⋯.
순이	다 치웠어요. 설거지 한꺼번에 해야 하니까 손대지 마요.

순이가 쌀국수집으로 들어간다.

제니	(베트남어로 욕도 한다) ××놈, 죽어 버려라. 죽어 버려. 아아악.
순이	제니, 또 왜 그래? 응? 제니야⋯. (안아주려고 한다)

몸부림하면서도 순이의 품안에서 안정을 찾게 된다.

형님	(상인회장에게) 제니, 고향 엄마가 순이씨를 닮았대나봐. 딴 사람

은 안 통한디, 순이씨가 들어가면 좀 안정이 되더라고.

또이가 나온다. 담배 피우러 가려 한다.

형님	또이!
또이	예.
형님	왜 또? 남편이 돈 뜯어가서 그래?
또이	애기를 못 만나게 해요.
형님	뭐라고? 일주일에 한 번씩 제니가 아이 만나기로 한 거잖아.
또이	돈을 적게 준다고, 엄마가 아니라고. 오지 말래요.
형님	썩을 놈. 말종이다 진짜.
총무	죄송합니다.
상인회장	…. 주무서.
총무	(고개를 숙인다)

제니의 절규가 들린다.

제니	우리 베트남 고향집 가면 구남매가 한 집 살았어요. 집이 작아도 솥 한 개 걸어 놓고 다 함께 먹고 너무 행복했어요. 그런데 난 애기 하난데. 왜 그 아들도 못 봐요? 법원에서도 그러라고 했는데, … 신고할 거야.
순이	그래, 내일 신고하자. 그럼 돼. 그 인간이 정말 개아들놈이다. 에그.
제니	내가 아들 키울 수 있는데, 내 아들 뺏어가고. 내가 잘못 한게

아니고 남편이 나 때리고 그래서 근데 왜 아들을 나한테 뺏어가

요? 아아아 (운다)

순이 아이고 나빴다. 나빴다.

화평분식 쪽.

형님 회장님 이제 들어가셔야지?

상인회장 내일 올 테니 도장 찍읍시다잉, 급해요. 사업이 진척이 안 되잖

아.

형님 (담배 피우러 간다) ….

상인회장 형님? 어어?

커피 파는 뽀글이정이 다시 온다. 음악도 끄고 장사도 마친 상태.

뽀글이정 저녁 묵을라고 왔는디 사장님 담배 피러 가부리네? 끝나 붓나

벌써? (노래가락으로) 잠깐만~ 잠깐만 내 국밥은 말고 가세요~.

전사장 커피 구수하니 좋드라.

뽀글이정 뽀글이정인디 그럼. (쌀국수집 상황보고) 또 제니가 난리가 났구

면. 그 남편이란 놈, 상녀러 새끼. 재수 없어. 나중에 길거리서

죽을상이여.

전사장 그런 것도 볼 줄 아냐?

뽀글이정 모르는구나. 나 신 안 받을라고 커피 수레 끄는 거야….

전사장 뭐랴….

뽀글이정 아이구 성은 얼굴에 딱 조실부모 써 있어.

전사장	디질래?
뽀글이정	맞잖아! 난 성(형)이 안 갈쳐줬을 때 맞췄잖어.
전사장	씨… 누가 일러줬겠지….
뽀글이정	아니라고….
상인회장	그나저나 뽀글이는 시장 이전하는 거 찬성이지?
뽀글이정	당근 찬성이죠. 나야 뭐 권리도 없지만은 표만 있으면 무조건 찬성! 여기나 거그나 커피 팔아줄 사람 없으까?
전사장	간나구!
뽀글이정	똥자루!
전사장	디진다이!
상인회장	(뽀글이정에게) 느그들 형님 설득 좀 해 봐. 찬성 좀 강하게 해 달라구. 내가 신화평시장 열면 커피는 독점할 수 있게 도와주께….
뽀글이정	아이고, 됐고요, 지는 지 알아서 잘 살 테니깐…. 신사장님 찬성 하는 걸로 아는데?
전사장	뭔 되지도 않는 소리여? 형님은 무조건 반대지.
상인회장	아직도 아들 땜에?
전사장	당연하죠, 두 말 하믄 숨가쁘지.
뽀글이정	글쎄.
총무	죽은 아들이 어떻게 다시 찾아 와? 택도 없는 소리!
전사장	그래도 사람 맘이 못 떠나죠. 5.18이 원제여. 40년도 넘었는디.
뽀글이정	신사장님 저번에 얘기할 때 보니까 아들 죽은 거 다 안다고. 인 정한다고.
전사장	어디다 묻어 붓으까이? 아침에 놀러 나간다고 나가서 집을 안

	들어오냐고…. 시신도 못 찾고….
뽀글이정	그런 사람이 그때 한 둘이여?
전사장	저번에 뉴스도 나왔잖아요. 외곽에서 생매장한 시신들이 나왔어요. 그때 군인 시끼들이 외곽으로 나가는 차들 보믄 막 총을 쏴부렀으니까. 지들 퇴각함서도 아무 데나 갈겨 불고, 애기들 죽고 동네 할배들도 죽고….
총무	또 헛소리 한다 새끼….
전사장	뭐가 헛소리요? 티비 뉴스에도 나오고 군인들이 증언도 하고 했는데. 참, 회장님! 저번 날 홍어 묵는 날 그랬담서요? 광주는 5.18을 그만 팔아 묵어야 한다. 우와, 난 귀를 의심했어. 어떻게 광주 사람이 그런 말을 해요?
상인회장	아가, 그런 말이 아니었다, 그만 해라잉….
전사장	회장님은 가만 보면 완전 전두환이여. 의식 자체가 깡깡하니 굳어 부렀어. 이명박 찍고 박근혜 찍었잖아요!
상인회장	아가, 성은 니가 전씨고. 우리나라는 민주주의고 비밀투표여. 내 투표를 니가 어찌게 아냐. 이 빨갱아.
전사장	아따 귀에서 피 나것네! 딱지 않것어.
총무	우리 회장님이 전두환이여? 니 말 다 했냐?
상인회장	않어라….
총무	(또 병을 든다) 이 새끼는 없는 말 만들어내는 제조기여 제조기. 너는 그 주뎅이를 뒤로 확! 돌려놔 부러야 돼. 헛소리 못 허게.
전사장	아따 쳐부러. 병만 들었다 놨다 뭣허요? 까부러~
상인회장	그러지 말어, 전사장 너도 야를 자극하지 말라고. 취한 거 모르냐? 내일 아침만 돼 봐. 바로 부처님이랑게. 야는 술이 문제여.

총무	내가 왜 문재인이요?
상인회장	문재인이 왜 거기서 나와? 문제라고, 술이 문제라고 너는!
총무	(갑자기 악을 쓴다) 아아아악! 문재인이 문제라고. 내가 아니라! 아요? 문재인이 노무현이를 죽인 거라고!
전사장	오매 환장하것네!!!
총무	너, 내가 한 시간 동안 얘기해 보까? 왜 문재인이가 노무현이 죽인지.
상인회장	개한테 똥을 묵지 말라고도 못하고. 큰일이다 큰일, 어째 화평시장인디 화평이 읎어! 화평아, 어디 갔냐! 화평아!

형님이 돌아온다.

형님	또 왜! 화평시장이 왜!
총무	(전사장 쪽으로) 이 시키가 문제여, 이 시키 갈아 불면 화평이 오제라!
형님	술 좀 곱게 먹어라. 그만 집에 가!
총무	음마? 어째 나한테 머라 하요? 내가 어쨌는디? 언능 도장을 찍어요.
형님	집에 가라고 언능.
총무	아들 인자 잊어 뿔고 도장 찍고 이사 가라고~!
형님	(갑자기 손바닥으로 총무 머리를 팍 친다. 꽤 세게 때렸다) 새끼가 말을 해도, 가 이 새끼야. 집에 가!
총무	(맞았다. 어쩌지) ….

다들 긴장한다.

상인회장 (카드 내민다) 계산….

형님 내일 와서 하고!

상인회장 예… (총무에게) 가자. 집에. 워매… 챙피스롸서….

총무 나는 노무현이를 진짜로 사랑합니다잉. (울려고 한다)

상인회장 가자고 얼른!

총무 송아지가 김밥을 왜 물어요! 송아지가 병들었어? 김밥을 물고 있게?

상인회장 가자고….

총무 (상인회장에게) 그리고! 회장님! 입이 비뚤어져도 말은 바로 하라고. 회장님 아부지가 빨갱인 거 내가 다 아는데 누구 보고 자꾸 빨갱이라고 해?

상인회장 (콱 때리려다가, 참는다) 너 내일 아침에 나랑 얘기 좀 길게 하자 잉….

총무 왜, 오늘 죽애 브러! 내 인생은 억압의 가시밭길 그 자체여.

상인회장은 총무를 억지로 부축하고 나간다. 총무는 얌전히 따라 나간다.

뽀글이정 (조심히 형님에게) 사장님! 근디 나, 밥을 안 묵었는디, 어찌까요?

형님 꼭 여기서 먹어야 돼?

뽀글이정 문 연 데가 없어요.

형님 (전사장 쪽을 보고) 니는?

뽀글이정　저도 한 그릇만. 얼른 묵고 갈게요.

제니 데리고 순이가 나온다. 집에 가는 분위기. 또이도 나온다.

순이　들어가. 그냥 잘 자면 돼. 딴 생각 말고. 응?
제니　예.
또이　내일 봬요.

제니와 또이는 집을 향한다. 순이는 두 사람 밥차림을 해주러 들어간
다.
형님은 반찬을 들고 나와, 뽀글이정과 전사장 앞에 차려준다.

전사장　총무 성 말대로, 송아지가 김밥을 왜 물고 있냐고… 풀떼기를
　　　　물고 있다면 몰라… 뭐가 연관성이 없잖아…
뽀글이정　회장이 서울 종로5가 광장시장 갔다오더니, 마약김밥 히트한
　　　　거 보고, 그러고 육회 골목도 잘 되는 거 보고, 그때부터 그걸
　　　　벤치마킹 하자, 노래를 해. 베끼기지 그냥. 영혼이 읎어. 여그는
　　　　전통의 화평시장인디!
전사장　난 그래. 우리 광주만 해도 시장들 가면 다 똑같이 생겼잖아. 구
　　　　조가. 전국이 그래. 천정 동그래갖고 똑같애. 화평시장도 그렇
　　　　게 또 만들면 머시 차별성이 있냐고….
뽀글이정　좋은 생각 있어?
전사장　우린 전통시장이니까 더 전통적인 시장을 만들자 이거지. 옛날
　　　　구한말 때 보면 그 옛날 전통적인 장이 선 모양이 있어. 인터넷

보믄 다 나오거든. 그렇게 모양 만들어서 하믄 더 인기다 이거지, 민속촌처럼, 타임머신 타고 온 것처럼. 그리고 나는 박회장이 대로변 나가자고 하는 거 아무래도 100프로 순수성을 믿을 수가 없어.

뽀글이정   왜, 그건 뭔 얘기?

순이 아주머니가 국밥 두 그릇 가져다준다.

전사장   오매! 순대 빼고 달라는 거 깜박 했다.

형님   넌 순대국 좋아한다믄서 순대는 꼭 빼달라 하드라.

전사장   물에 빠진 순대는 싫어라.

형님   순이씨 언능 퇴근해요, 늦어서 미안요.

순이   예애~.

두 사람은 배고픈지 순대국밥을 잘 먹는다.

형님   대로변 나가자고 하는 게 뭐가 어때서…. 당연히 도로변으로 나가면 시장이 접근성도 좋아지고 잘 되는 거 아냐?

전사장   그건 그건디요, 이 위에 산에 아파트 짓는 약진건설 있잖아요, 현장 소장이 내 중학교 동창이에요. 그 자식이 저번 날 글더라고….

형님   니 중학교 동창들은 없는 데가 없다 잉?

전사장   우리 중학교가 명문이어요. 광주서 제일 잘 나가.

순이 아주머니 인사하고 퇴근한다.

순이   수고하셨어요. 다들.

형님   요거…. (순대 남은 거 좀 싸준다) 내일 봐요!

순이   네, 고마워요. (받아서 간다)

형님도 가판대를 치우기 시작한다. 가게 안으로 음식들을 들인다.

전사장과 뽀글이정은 맛나게 국밥을 먹고…

형님이 대략 치우고는 그들 앞에 와 궁금한 걸 묻는다.

형님   뭐라 허디?

전사장   (몇 숟갈 먹고 김치도 묵고) ….

형님   말을 해 봐야….

전사장   아따 맛나네. 순이 아줌마는 조선족인디 어찌 이렇게 전라도식
         순대국밥을 잘 끓이지?

형님   내가 다 전수했지 멍충아.

전사장   아닌디, 이건 형님 맛도 아녀. 내가 묵어봐서 알제.

형님   딴디로 가지 말고 언능 얘기해 봐. 느그 중학교 동창이 머라개?
         (뭐라 해)

전사장   아파트에서 요 대로변으로 길을 내자면 우리 시장 자리가 딱 직
         선인디, 우리가 막고 있으니까 진출입이 외곽으로 이렇게 돌아
         서 간다 이 말이요. 그래서 우리 시장을 인수할라고 했다드라
         고요. 직선으로 내려오믄 아파트 값이 다르다나. 대로변 시장
         자리를 제시한 것도 약진건설이라드라고요. 이미 사 놓은 그

대로변 상가부지를 주면서 우리 시장자리 비켜달라고, 딜을 했다 이 말이에요, 상인회장이랑.

뽀글이정 오마이갓, 사실이면 허벌 챙겼것다. 도둑놈!

전사장 우리 중 누구 하나라도 거부해 불고 알박기 해 불면 차도가 생기니까 100프로 동의서를 가지고 맞거래를 하자 했대요. 완전 신빙성 있는 얘기 아니요?

형님 시장 상인들도 그런 사정 모르면 거부할 일이 없제. 여기는 어차피 망해 가는 옛날 시장이고 대로변에 좋게 새로 지어준단디, 2층으로. 아귀가 맞네.

뽀글이정 그러고 보니까 우리만 비켜주면 아파트에서 대로랑 직접 닿아 불것네.

전사장 우리가 어중간하게 끼겨 있었던 거지. 육회 골목이랑 김밥도 다 사기여. 우리 시장서 육회 파는 사람이 누가 있고 김밥 유명한 데가 어디 있어? 형님도 김밥은 다 받아다 파는 거 아뇨?

형님 그치. 김밥은 안 만들지.

전사장 아무 연관성이 없다니까. 다 그런 식이야. 생각을 안 해. 상인회장은 온통 이상한디로만 머리를 쓰는, 불여우에요. 변화고 개혁이라고 해도 개념이 있어야지. 우리 시장하고 아무 연관성이 없는 그런 것을 들고 와서…. 이건 무조건 야로가 있어요.

두 사람은 이제 국밥을 다 먹었다.

전사장 야~꺼랑 같이 계산해줘요. (카드 내민다)

뽀글이정 아니야 형, 오늘은 내가! 사장님 제 거 받아요…. (자기도 카드를

꺼낸다)

전사장　가만 있어 봐, 현금 있겠다 나 현금 있어.

뽀글이정　이 양반이, 현금은 나지. (현금을 꺼내 계산한다)

형님　느그들은 레슬링 하지 마라….

전사장　나는요 맘이 진짜 안 좋아요. 우리 시장이 밑으로 내려가는 거,
　　　　이건 정말 아니다 싶은 거예요. 근디요 막을 수가 없어요, 저 회
　　　　장 기세를….

형님　가 쉬어라.

전사장　형님도 내일 도장 찍어줄 거예요?

형님　….

뽀글이정과 전사장이 떠난다.

형님, 그들이 먹은 자리를 치운다. 형님이 가게 안으로 들어갔을 즈음,

50대 초반의 한 남자가 점잖은 차림으로 화평분식에 찾아온다.
가게 간판도 보고 안도 슬쩍 들여다본다.

형님이 퇴근하는 모양으로 나온다. 50대 남자를 본다.
잠시 두 사람은 서로를 본다.

형님　왜요?

50대　아닙니다.

형님　가게 여덟 시에 닫아요.

50대	네.

남자는 가지 않는다. 형님이 잠시 의아해하는데…

50대	초등학교 때 중학교 때… 여기 다녔습니다. 그대로시네요.
형님	아아… 화평초등학교 다녔어요?
50대	예. 화평중학교까지.
형님	아아… (잠깐 가판대 앞 벤치에 앉는다)
50대	(문 닫은 일본 라멘집 앞 의자에 앉는다)

두 사람의 이상한 침묵.

하지만 두 사람은 자리를 뜨지 않고 지키고 있다.

50대	아저씨 떡볶이가 최고였는데….
형님	우리 아들도 화평중학교 다녔는데. 신동근이라고.
	80년에 중학교 1학년였어요.
50대	…. 저도요.
형님	여그 말투가 아니네요…?
50대	중학교 졸업하고 학교를 서울로 갔어요, 근 40년 만에 온 겁니다.
형님	아아….
50대	이거…. (주머니에서 5만원을 꺼내 건넨다) 받아주십쇼.
형님	뭐다요….
50대	제가 친구들하고 떡볶이 먹고 돈 안 내고 도망간 적 있습니다.

그때 돈으로 천원이었던 거 같습니다.

형님   4만 9천원 내주라고요?

50대   (웃으며) 아니요. 그냥 5만원 드리고 싶습니다. 제 어린 시절 최
          고의 맛집 사장님에게 감사 인사 드리는 마음으로요.

형님   (돌려주며) 그럼 받은 걸로 합시다, 고맙소, 내일이나 모레나 국
          밥 먹으러 오쇼,

50대   아닙니다, 이 돈 받아주십쇼….

형님   아따… 오늘은 성가신 일이 많네요. 알았어요. 꼭 다시 오쇼, 오
          셔서 순대도 묵고….

형님이 떠난다.

혼자 남은 50대 남자. 형님이 떠난 그 벤치에 앉는다.
그리고 생각에 잠긴다. 누구와의 기억이라도 떠올리는 듯.

그때, 간 줄 알았던 형님이 돌아온다.

형님   혹시 우리 아들하고 친구 아니었나? 영 얼굴이 익네.

50대   (조심히) 아. 아닙니다.

형님   그려? 종욱인가 우리 아들 단짝 친구가 있었는디 영 닮았네. 아
          니여?

50대   예.

두 사람은 잠깐 앉아있다. 누구도 말을 못 꺼낸다.

형님, 마른 세수를 한다.

형님   한 잔 할란가?

50대   예?

형님   우리 아들 동창이 왔응게…. 한 잔 하고프구만. 어뗘?

50대   (웃는다) 문 닫으셨다고….

형님   열믄 되제. 우리집 순대 묵어봤으까?

50대   아니요, 그때는 떡볶이만 먹었어요.

형님   그려? 우리집은 찰순대에 소주가 예술이여.

50대   ….

형님   내가 금방 갖고 나오께. 쫌만 하세 이. (들어간다)

형님이 소주와 순대접시를 들고 나온다.

형님은 50대 남자에게 잔을 따라준다.

형님   우리 아들은 애기 때도 순대를 좋아했어.

50대   네.

형님   순대도 잘 묵고 허파도 잘 묵고. 볼이 투실투실 했는디….

50대   드십쇼…. (건배를 청하고)

형님   응 묵세. (마신다)

50대   (마신다) ….

다시 서로 잔을 나누고.

형님	순대 묵어 봐. 빌 것은 아닌디 다들 맛나다 해.
50대	예. (먹고는) 뭐죠?
형님	응?
50대	이거 그냥 찰순대잖아요, (다시 하나 먹는다) 왜 이렇게 부드러‥ 워요?
형님	순대가 다 순대지 머.
50대	아니에요 진짜… 이건 심하게 부드러운 맛이 있는데요….
형님	비법이 있제.
50대	우와… 비법이 있어요?
형님	… 얘기가 길어. (50대 남자를 빤히 본다)
50대	… 왜요‥
형님	살아 있으믄 울 아들도 이렇게 늙었을 것인디. 아니네. 젊어. (깊게 50대 남자를 바라본다) … 아직도 초등학생 같구만….
50대	…. 예? (웃는다)
형님	들세.

형님이 건배를 권하고, 두 사람은 잔을 부딪치고 마신다.
뭔가 말없는 대화가 계속 두 사람 사이에 이어질 거 같은 분위기…
천천히 어두워진다.
화평시장 CCTV는 여기에서 끝이 난다.

부록

초연 연출가 초대석

선욱현에 대하여 _강영걸

허난설헌, 다시 보고 싶은 우리 모두의 꿈입니다! _권호성

대본에 숨겨놓은 작가의 선물 _김성진

작가가 재밌으니 그의 희곡도 재밌다 _오설균

선욱현 작가 인터뷰

배우로 무대에 설 때가 휴가입니다 _김건표

선욱현에 대해서

강영걸* _〈아버지 이가 하얗다〉 초연 연출가

　나는 선욱현 작가보다 작품을 먼저 만났다.

　아마 2000년 봄쯤일 거로 기억된다. 그때 나는 문예진흥기금 지원의 희곡심사위원 7명 중 한 자리를 차지하고 있었는데 작가의 작품 '고추말리기'가 신청 작품들 중에 포함되어 있었다. 30여 편의 희곡작품을 심사한 결과 작가의 작품과 또 하나의 작품이 끝까지 남아 심사위원들의 입방아를 탔는데, 원만하게 결론이 나오지 않아 무기명투표까지 하게 되었고, 결론적으로 말하면 선욱현의 작품이 탈락하고 말았다. 재미있는 것은 당시 심사위원 7명 중 4명은 평론가들이고 3명은 현역 연출가들이었는데 연출가 3명은 모두 선욱현의 작품에, 평론가들 4명은 다른 작품을 지지하여 대조를 이룬

* 　연극연출가.
　주요 수상 경력: 한국연극예술상 최우수 연극인상(한국연극협회 주관, 1990), 대한민국연극제 대상(한국연극협회 주관, 1990), 한국백상예술상 연극연출상(한국일보 주관, 1991), 올해의 좋은 연출가상(국립극장 주관, 1993), 한국예총 문화상 대상(한국예술문화단체 총연합회 주관, 2005), 대한민국 옥관문화훈장(대한민국 정부 주관, 2010).
　연출작품: 〈피고지고 피고지고〉, 〈누가 버지니아울프를 두려워하랴〉, 〈작은할머니〉, 〈하늘텬 따지〉, 〈아름다운 인연〉, 〈불 좀 꺼주세요〉, 〈넌센스〉, 〈사막의 꽃이 되리라〉 등 다수.

것이다. 두 작품 모두 드물게 잘 써진 것이어서 별다른 유감은 없었으나 연출가 3명 모두가 선욱현을 선택했던 것은 분명한 이유가 있었다. 그것은 작품의 문학성이나 논리성 등을 떠나더라도 연극 현장 작업으로서의 매력과 여러 가능성을 가졌으며, 실제 무대 작업을 했을 때 부가적으로 풍부해지는 연극의 현장성 때문이었다. 유독 내가 그 작품에 빠져든 이유이기도 하다.

그 후에도 그 작품에 미련을 버리지 못했던 나는 극단 '민예극장'이 정현 선생 연출로 서울연극제에서 공연했던 이후, 사물놀이 김덕수 선생과 의논하여 당시로서는 새로운 공연 형태의 대형 프로젝트를 구상하여 장충동체육관을 대관하고 여러 준비를 하였으나 제작 프로덕션과의 안 좋은 일로 무산되고 말았다. 이후 극단 '배우세상'(대표:김갑수)에서 '아름다운 인연'이란 제목으로 여러 차례 공연을 가진 바 있고, 생활연극협회(이사장:정중헌)에서도 공연을 하여 연극적인 여러 가능성을 무대화하였으나 아직도 끝까지 다 파먹지 못한 욕심이 있음을 고백한다.

왜 서두부터 '고추말리기(아름다운 인연)' 얘기를 두서없이 꺼냈는가 하면 선욱현 작품들이 가진 특이성 때문이다. 내가 읽거나 연출한 선욱현의 작품들은 대개 하나의 강력한 주제로 여러 개의 연극적인 흐름을 형성하고 있다. 그렇다. 그것만으로도 충분히 작품의 향기와 가치는 빛날 수 있다. 그러나 여기서 중요한 사실은 작가가 생각하는 또 다른, 겉으로 잘 드러나지 않는 보편성의 테마가 숨겨져 있다는 것이다. 사실은 드러난 현상보다 드러나게 하는 보편적인 얘기들 속에 더 원천적인 가시가 숨어있는 것이다. 그런 것의 연극적인 변형은 하는 이에 따라, 보는 이에 따라 연극으로의 무한한 상상력과 환상의 세계를 꿈꾸게 한다. 이것은 연극을 만드는 희열의 근본이기도 하다. 작가가 의도적으로 숨겨논 것이 아닌데도 불구하고 쉽게 발견할 수 없는 것은 워낙 작품이 그 자체로서 단단하여 다른 틈을 볼 수 없기 때문일 것이다. 그것은 서양의 희랍극이나 고전작가 셰익스피어, 몰리에르나 현대작가들의 작품들이 새로운 시각, 혹은 동양적인 시각으로 끊임없이 재해석되고 재공연되는 것과 같은 이유이기도 하다. 물론 이러한 여러 가능성이나 새로운 접근성의 탁월함으로 선욱현 작가를 좋아하는 것이기도 하지만 사실은 그 사람이 가지고 있는 사람스러움과 작품이 가지고 있는 어린아이 같은 성정, 삭막한 세상을 감싸주는 뭉클한 휴머니즘과 넉넉한 인심이 좋은 것이다. 날카로운 지적과 비판도 좋으나 터무니없는 듯한 풍자와 해학은 작가의 따뜻한 심성 때문이리라.

이러한 개인적인 사유를 품고 계속되는 다음 작품들을 기대한다.

허난설헌, 다시 보고 싶은 우리 모두의 꿈입니다!

권호성* _ 〈허난설헌〉 초연 연출가

그해 겨울 전주에서 불세출의 명배우 선욱현 아우님과 공연을 하고 있을 때였습니다. 뮤지컬 춘향전이었고 그 작품에서 그는 당연하게(?) 변학도 역을 맡아 신 내린 연기를 보여주고 있었습니다. 우리는 오랜만에 연출자와 배우로 만나 낮에는 신나게 연습하고 밤이면 전주의 정취에 취해 흐뭇한 시간을 살아가고 있었더랬지요. 부러울 게 없었습니다. 그는 천성이 배우라는 것을 다시 한번 체감한다며 이곳에서 계속 변학도로 살아가고 싶다며 소박하면서도 원대한 꿈을 피력하던 시절이었습니다. 그러던 어느 날 그런 소박하고 행복한 일상 속을 파고들며 그에게 전화가 왔습니다. 그 내용은 거절하기 어려운 제안이었습니다. 강원도립극단이 새로이 창단되는데 첫 번째 예술감독으로 선임되었다는 연락이었습니다. 얼마 후 공연

---

* 연출가, 현재 수원시립공연단 예술감독. (재)서울예술단 예술감독 역임. 극단 모시는사람들 상임연출. 2023년 고마나루 연극제 '대상, 연출상', 2021년 한국연출가협회 '올해의 연출가상' 등 수상. 대표작) 뮤지컬 〈블루사이공〉, 〈윤동주 달을 쏘다〉, 〈메밀꽃 필 무렵〉, 연극 〈심청전을 짓다〉, 〈허난설헌〉 등 다수.

이 끝나고 그는 연극 속에서 그토록 애정하던 남원 고을 원님이라는 공직을 내려놓고 현실 속의 공직을 맡으러 강원도의 겨울로 떠났지요. 참으로 춥고 눈도 많이 내렸던 겨울이었습니다.

그렇게 떠난 그는 가끔 혹은 종종 강원도의 겨울 소식을 전해주었습니다. 그 소식은 바로 얼마 전까지 소소한 일상을 살며 소박한 일상에 행복해하던 배우 선욱현이 아닌 관립단체 예술감독의 진중하고도 묵직한 고민을 담은 소식이었습니다. 강원도립극단의 미래를 튼튼하게 세우려는 진정성과 함께 새로운 시간과 공간을 열어가려는 그 고민의 흔적이 여러 경로를 통해 나에게 타전되었고, 그러한 시간이 빚어낸 결과를 들고 선감독은 강원도립극단 창단 첫 작품의 연출을 맡아달라는 말과 함께 나에게 원고를 내밀었습니다. 희곡 허난설헌이었습니다. 연출로서 매우 기쁘고 영광스러운 제안이었습니다. 선욱현 작가는 그 작품을 위해 허리만치 눈 쌓인 강릉 허난설헌 생가를 찾아 400년 전 그녀의 깊은 울음을 들으려 했고, 매서운 추위 한가득 머물던 그녀의 무덤 앞에서 허초희-그녀의 마음을 읽으려 했습니다. 경번-그녀의 소리를 올곧게 풀어내기 위해, 난설헌-그녀의 인생을 온몸으로 써내기 위해 그해 겨울을 하얗게 불태우며 써낸 작품이었습니다. 번득이는 영감으로 어렵지 않게 작품을 써내던 다른 작품과는 달리 큰 고통과 무게감과 책임감으로 쓴 작품이기에 나 역시 큰 사명감과 부담감으로 그 작품을 받았습니다.

내가 연극 허난설헌을 위해 제일 먼저 한 일은 서울 집에서 춘천까지 매일 운전하고 다닐 승용차를 사는 일이었습니다. 경차를 한 대 샀고 이름도 지었습니다. "아침 해." 잠시만 운행하리라 생각했던 그 차를 작년 3월까지 10년을 함께했습니다. 그리고 서울과 춘천 연습장을 매일 오가며 힘든

줄도 모르고 연습을 했습니다. 당시는 도립극단 전용 연습실이 없어서 '백령아트센터' 연습실을 빌려 연습을 했습니다. 너무 추웠지만 감기도 심하게 걸렸지만 그런 것은 아무 문제도 되지를 않았습니다. 희곡이 좋았고 함께하는 배우들이 좋았고 춘천 가는 길 앞으로 매일매일 봄이 차오르는 풍경을 보는 일이 너무도 행복했습니다. 허난설헌을 만나러 가는 길은 아름다웠고 연습장에서 마주치는 그녀의 혹독한 삶과 치열한 시 세계는 날마다 감동 그 자체였지요.

2014년 4월 25일 춘천문화예술회관에서 그렇게 첫 공연의 막을 올릴 수 있었던 허난설헌! 내년이면 공연한 지 벌써 만 10년이 됩니다. 커튼콜의 열기가 아직도 식지 않은 듯한데 10년이라니 '시간이 참으로 빠르구나'라는 것을 새삼 느낍니다. 그리고 10년이 지나 선욱현 작가의 새로운 희곡집에 허난설헌이 출간된다고 하니 초연에 함께 했던 연출로서 참으로 기쁘기 한량 없습니다. 참으로 부지런하고 멋진 작가입니다.

나는 지금도 연극 '허난설헌'이 다시 무대에 오르는 꿈을 꿉니다. "다시 또 보니 이렇게 좋구나"하는 말을 선욱현 작가와 함께 나누며 무대를 향해 힘껏 박수를 보내는 꿈입니다! 전국을 누비며 못다 이룬 난설헌의 꿈과 이상을 세상 사람에게 전하고픈 그런 꿈입니다. 공연 끝나고 우리 아우님과 막걸리 한잔 걸치며 10년 전 채 못다 한 전주살이의 흥취를 다시 한번 느끼고 싶은 꿈입니다. 허난설헌, 다시 보고 싶은 우리 모두의 꿈입니다.

선욱현 작가의 새로운 희곡집 발간을 진심으로 축하합니다.

대본에 숨겨놓은 작가의 선물

김성진*_⟨엄브렐러⟩, ⟨바나나⟩ 초연 연출가

  사실 그 당시 나 같은 신진 연출이 선욱현 작가의 신작을 만나는 일은 쉽지 않은 일이었다.

  그의 신작을 기다리는 연출들은 물론이거니와 그간 선욱현 작가와 연이 있던 연출들이 꽤 많았을 것이었기 때문이다. 그런데 우연히, 아주 우연히 선욱현 작가와의 인연은 시작됐다. 극단 극발전소301에서 매년 진행하는 ⟨짧은 연극전⟩이라는 레퍼토리가 있다. 이 레퍼토리는 극단에서 단막을 지속적으로 개발하고 올리는 작업이며, 주로 신진 연출들에게 기회를 주는 장으로 쓰였다. 극단의 대표인 정범철 대표님과 연이 깊었던 선욱현 작가는 단막 신작을 넘겨주기로 약속했고 그 당시 아주 신진 연출이었던 나에게 운 좋게 기회가 주어진 것이었다. 나는 그 당시 선욱현 작가의 신작을

* 극작가, 연출가 / 2020 대전창작희곡공모 우수상 ⟨탄내⟩, 2021 대한민국연극제 명품단막희곡 수상 ⟨마리모에는 소금을 뿌려주세요⟩, 2022 제13회 LA웹페스트 작품상 대상 ⟨짠내아이돌⟩. 대표작 : 대화의습도, 물고기남자, 엄브렐러 외 다수.

연출한다는 생각에 작품이 나오기 전 며칠간 설레었던 기억이 있었다. 그리고 그의 작품 〈엄브렐러〉가 내 손에 쥐어진 날, 나는 솔직히 말해 약간 당황했다. 12페이지 정도 되는 다소 짧은 글에 한 여자아이가 그 오빠의 우산을 기다리는, 단순하다면 지독하게 단순할 수 있는 구성이며, 어디 하나 웃음을 줄 순간도 없었고, 결말 또한 그저 알고 봤더니 우산을 빌려줬던 그 오빠가 여자아이의 우산을 가져간 것이 아니라 다시 가져다 놨더라… 하는 해프닝 정도로 보였었기 때문이다. 나는 그 당시 그 대본을 받아들고 배우들에게 무슨 말을 전해야 할지, 그리고 이 작품을 전해준 작가에게는 무슨 말을 해야 할지 순간 막막했던 기억이 있었다. 작품 연습이 시작되고 대본을 리딩하기 시작할 때 배우들도 모두 의아해 했다. 역시나 내가 작품을 읽었을 때의 느낌을 모두가 느낀 것이었다. 어쩌면 선욱현 작가가 신진 연출과 하는 아주 간단한 작품이라고 생각하고 가볍게 작품을 줬을까? 라는 순간적인 의구심마저 들었으니 말이다. 그런데 선욱현 작가의 마법은 우리 배우들이 일어서고 나서부터 시작이 되었다. 극 중 은자라는 여자아이는 오빠에게 줄 우산을 이름 모르는 다른 오빠에게 빌려주고 나서 그 오빠를 기다리는데, 대본상에는 그저 그 오빠를 하염없이 기다려야 한다고 적혀 있었고 우리는 대본대로 그 오빠를 기다려 봤다. 그랬더니 그 잠깐의 시간 동안 알 수 없는 기분이 느껴지는 것 아닌가! 이 기분은 나뿐만 아니라 우리 팀원 전체가 느낀 감정이었다. 그날 나는 집으로 돌아와서 내가 느꼈던 기분이 무엇인가 고민해 보았다. 그리곤 나는 선욱현 작가가 사람에 대한 믿음의 이야기를 이 작품에 숨겨두었다는 것을 발견했다. 그 발견에 흥분한 나는 늦은 밤 대본을 다시 펴 보기 시작했고 대본에 상당 부분에 크고 작은 시간의 기다림이 존재한다는 사실을 찾아냈다. 선욱현 작가는 이 작품의 핵심을 아무도 모르게 숨겨 두었던 것이다. 작가가 곳곳에 숨겨둔 선물을 발견하고 나는 그날부터 선물을 하나하나 까 보기 시작했다. 하여 공연 때는 무려 30초를 넘도록 오빠를 기다리며 아무 말 없이 학교 밖을 쳐다보는 은자를 그리기도 하였다. 공연은 성황리에 끝났고 어린 연출에게 과분한 칭찬도 받았다. 다들 연출이 좋다고 이야기하였지만, 사실 이 공연에서 연출의 몫은 없었다. 그저 작가가 숨겨둔 선물을 찾았을 뿐. 어쩌면 극중 은자처럼, 선욱현 작가도 나라는 연출을 믿어줬는지도 모르겠다. 가끔 연습실에 와 아무 말 없이 묵묵히, 그가 준 믿음이 이 작품을 만들어냈다.

선욱현 작가는 〈엄브렐러〉라는 작품이 꽤나 마음에 들었는지, 어린 연출이 열심히 하는 모습이 보기 좋았는지 이후 장막으로 작품을 개발해 나에게 넘겨주었다. 한참을 고민하던 선욱현 작가가 나에게 전해준 〈엄브렐러, 그 후〉는 〈엄브렐러〉에 나왔던 어린 아이들이 어른이 되고 나서 때 묻은 현실 속에서도 믿음을 잃지 않는 이야기로, 앞에 〈엄브렐러〉 뒤에 붙는 이야기였다. 작가는 잔인했다. 앞에서 어린 아이들의 순수한 믿음을 이야기하고는 그들이 커 가면서 덕지덕지 묻어 버린 현실의 때에 대해서 이야기하고 있었다. 그럼에도 그 믿음을 잃지 않는 친구가 있었으니 그 친구가 바로 오빠의 우산을 기다리던 은자였다. 작가는 우리 모두가 은자 같은 마음을 가지고 살았으면 좋겠다고 이야기했다. 말미에는 절대 그러진 못할 것이라 이야기하긴 하였지만, 어쩌면 작가의 이상적인 바람이었던 것 같다.

역시 바람이 이상적이었기 때문이었을까. 결론부터 말하자면 〈엄브렐러, 그 후〉는 공연으로 올라가지 못했다. 코로나로 인해 공연 직전 공연이 취소되었기 때문이다. 나는 이 공연을 억지로라도 진행시키려고 일부 배역을 바꿔서라도 공연을 진행하려 하였지만 하루가 지나고 이틀이 지나자 코로나는 우리 모두에게 퍼져 있었다. 극장 대관도 다해 놓고 소품과 무대까지 다 준비한 상태에서 우린 그렇게 〈엄브렐러, 그 후〉를 보낼 수밖에 없었다. 선욱현 작가는 자신이 낸 희곡집에 실린 희곡 중 이번 〈엄브렐러, 그 후〉가 공연되지 않은 최초의 희곡이라고 이야기했다. 뭐 그 당시에는 공연이 취소돼서 말도 못하게 힘들었지만, 여튼 최초라는 타이틀을 달았으면 된 것 아닌가. 나는 아직도 〈엄브렐러, 그 후〉를 하게 될 그날을 기다리고 있다. 은자가 말없이 한참을 그 오빠를 기다렸던 것처럼.

그 후 얼마 시간이 지나지 않아 선욱현 작가의 차기작 〈바나나〉가 노작 홍사용 단막극제에 선정이 되었고 〈엄브렐러〉 이후 극성팬, 이른바 선빠(선욱현 작가의 애칭)가 되어 버린 내게 선욱현 작가는 또 한 번의 연출을 맡겼다. 〈바나나〉는 선욱현 작가가 예술감독 등 강원도에서 행정업무를 하면서 느낀 생각을 실험실 속 바나나를 원하는 원숭이들로 비유하여 인간들의 군상과 사회에 대해서 이야기하는 철학적인 작품이었다. 원숭이의 말로 작품의 전반적인 텍스트가 표현되었기에 우리는 원숭이의 단순하고도 간단한 언어를 분석하고 관객들에게 어떤 식으로 전달할까 고민하는 한편, 원숭이의 몸동작에 대해서도 고민이 많았다. 그런데 뜻하지 않게 노작 측에서 코로나가 염려되었는지 영상 촬영 낭독공연으로 이를 대체하라고 통보가 내려왔고, 우리는 온전히 텍스트에만 집중해서 공연을 촬영하게 되었다. 사실 지나고 나니 아쉬움이 좀 많았다. 분명히 좋은 희곡이었고, 노작

홍사용 단막극제 같은 경연에서도 충분히 승부를 볼 수 있는 작품이었는데 경연 자체가 사라지게 된 것이었다. 지금 생각해 보면 〈엄브렐러, 그 후〉부터 〈바나나〉까지 선욱현 작가도 코로나를 피해 가진 못했고 그 두 작품을 함께한 독특한 인연이구나 싶다.

늘 선욱현 작가의 작품을 맡게 되면 내가 그의 작품세계를 온전히 이해할 수 있을까, 연출이 작품에 누를 끼치면 어쩌지라는 생각에 걱정이 많았다. 하지만 선욱현 작가는 늘 이 어린 연출을 믿고 모든 걸 맡겼다. 공연이 성공적으로 나오고 팀 내부 분위기가 좋았던 것은 팀 내 가장 연장자인 선욱현 작가가 나를 믿어주며, 기다려준 것이 컸다. 작품을 만나는 건 운명과도 같은 거라 내가 언제 또 선욱현 작가의 작품을 연출하게 될지는 모르겠다. 다음번에 선욱현 작가의 작품을 만나게 된다면 그땐 내가 그간 받은 선물에 대한 보답을 해보고 싶다.

그날이 오길, 간절히 기도한다.

작가가 재밌으니 그의 희곡도 재밌다

오설균* _ 〈화평시장CCTV〉 초연 연출가

늘 인간의 인간들의 인간관계에 관한 고민을 하게 만드는 선욱현 작가의 희곡들은 연출로서 대할 때마다 희곡의 깊이와 고뇌를 함께 느끼게 한다.

오래 전 타 극단에서 제작한 〈의자는 잘못없다〉에 배우로 출연할 때는 동향이지만 일면식도 없었다. 그 후에 〈절대사절〉을 연출하면서 참 재밌는 작가라는 생각을 하고, 22년도에 〈버꾸 할머니〉를 공연하면서 그동안 공연을 제작, 연출하면서 가졌던 내 호기심과 연극관과 통하는 어떤 부분을 발견했다. 그동안 본인도 인간, 가족, 세상에 던져진 삶의 고민, 희망 등에 대해 무대화하는 데 많은 시간들을 보냈었다. 작가의 희곡을 대하면서 작가가 제시한 우리네 인생사에 대한 고민과 삶의 지향점들에 대한 동질감

---

*   극단 청춘 / 예술극장 통 대표. 2002 광주예총공로상 / 2006 광주연극상 수상 / 2015 자랑스런연극인상 수상 / 2018 광주예총예술문화상 / 2021 광주연극제 연출상. 연출작품 〈아버지와 나와 홍매와〉, 〈안티고네〉, 〈32일의 식탁〉, 〈버꾸할머니〉, 〈화평시장CCTV〉 등 50여 편.

은 희곡을 무대형상화하는 과정에서 내적인 충족감을 채우며 동시에 삶에 대한 많은 공부가 되었다. 선욱현이라는 작가를 만나면서 인간을 무대에 올리며 스스로도 많은 사고의 과정을 거치며 정돈되어지는 어떤 부분이 생겼다.

〈화평시장CCTV〉는 창작을 위한 준비 단계부터 알고 있었다. 광주시립극단 공연을 준비하는 과정에서 어떤 시장에서는 같이 식사도 하면서 시장을 배경으로 하는 희곡을 집필 중이라는 이야기를 들으면서 어떤 모티브를 찾고 있는 작가의 눈빛과 말속에서 재밌는 희곡 한 편이 나오겠구나, 라는 생각과 어떤 인간 군상들이 나오는 희곡을 쓰려고 하는 것일까? 라는 호기심 가득이었다.

모 기관에서 의뢰받은 원고라 보여주고 또 볼 수는 없지만 기회가 된다면 본인이 연출하고 싶다고 의사를 던졌었다. 그 후로 소식을 전할 때마다 언제 할 수 있냐고 채근했었고 어느 날 코로나로 인해 모 기관에서 자고 있던 희곡을 공문을 주고 받고 기다림의 시간을 보낸 후에 내 품에 안을 수 있었다. 자료를 채집하는 과정에서 얻은 힌트들이 있어서 호감이 가는 희곡이었지만 막상 뚜껑을 열어보니 참 재미가 있었다. 배경은 시장이지만 사람들 사이의 다툼, 기다림, 아픔이 들어 있었다. 인간사를 시장이라는 사람들이 모이고 흩어지는 특정한 공간에 모아 놓았을 뿐이었다. 대사 하나하나를 뜯어 보면서 주위 동료들과 작가가 이 말을 그냥 썼을 리가 없다. 무슨 의미를 숨겨 놓았을 것이다, 라며 작가를 만나게 되면 물어보아야지 했던 것들이 하나 둘이 아니었다.

작가가 생존해 있고 교감을 할 수 있으니 좋은 점이 많았다. 그거 별 의미 없는데? 라는 말로 약간의 실망을 주었다가도 사실은 이런 의도가 있기는 했다, 라는 말에 그럼 그렇지 했던 부분은 공연을 연출하는 데 긴요한 재료였다. 시장을 배경으로 하는 희곡은 사람 냄새가 많이 나겠구나, 라는 생각을 하면서 사람 냄새 나는 무대를 만들고 싶었다. 편하게 볼 수 있는 공연을 만들어야겠다, 라는 생각이었다.

다음은 프로그램에 썼던 연출의 글 일부이다.

"드물게 창작신작 공연을 올린다.

〈화평시장CCTV〉는 작년부터 공을 들였던 희곡이었다. 이런 저런 이유로 공연이 미뤄지다가 이번에 여러 선후배 배우들과 연이 닿아서 공연을 한다.

처음엔 정극 스타일의 미장센을 고민하다가 작가, 배우들과의 만남에서 다른 미장센을 시도하는 것에 대해 고민하게 되었다.

공연을 하는 데 있어서 무대와 객석의 경계, 조명, 음향 등 무대 제반 요소와 자유로워 보면 어떨까?

공연 중 객석 간 이동 금지, 핸드폰 통화 금지, 음식물 금지, 옆 사람과 대화 금지 등의 공연장 예절로부터 자유로워 보면 어떨까?

배우가 말하면 관객은 보고 웃고 느끼고, 그런 관객을 보고 다른 관객은 보고 웃고, 배우들도 관객을 보고 웃는 경계 없는 연극은 어떨까? 그런 자유로운 연극은 어떤 게 있을까? 어떻게 하면 될까? 해프닝 같은 연극은 어떨까? 관객과 배우가 간식을 먹으며 공연을 하는 것이다.

그리고 보기 드문 형식의 이런 연극도 재밌겠다 싶어서 시도해 본다.

그러니 그냥 고민하지 말고 즐기시기를 바랄 뿐이다."

공연을 준비하면 무대와 객석의 구분을 없애려 했고, 극장에 있는 금지 사항들—핸드폰 사용금지, 음식 섭취 금지 등—을 모두 없앴다. 조명도 끄지 않았고 음악도 극중인물이 사용하는 리어카에서 나오는 음악으로 대체했고, 시장판처럼 시끄럽고 북적대는 느낌을 만들려고 했다. 실제 음식을 만들고 먹게 하고 대화하다가 배우들의 소리에 귀기울이고 또 공연을 보는 다른 관객들과 자신들의 모습을 보며 공연 속 공연이거나 공연이 아니거나 라는 생각을 갖게 하려고 했다. 실제 관객들은 오뎅, 떡볶이, 순대에 소주도 먹었다.

참 이런 희곡도 있구나, 참 이런 공연도 있을 수 있구나 하는 즐거운 작업이었다. 물론 생소해서 거부감을 표현하는 소수 관객도 있었지만 대다수는 흥미로워 하면서 공연을 즐기는 모습을 보며 작가 자체가 장르가 되고 희곡 한 편이 장르가 될 수도 있구나라는 생각을 해 본다.

참, 작가가 재밌으니 그 작가의 희곡도 재밌다.

배우로 무대에 설 때가 휴가입니다*

김건표**_ 평론가

(사)한국극작가협회 이사장*** 선욱현 작가를 만났다. 작가, 배우, 연출을 하고 있는 그를 한마디로 수식하는 단어가 떠오르지 않았다. 강원도립극단 초대 예술감독을 거쳐 현재 (재)춘천인형극제 예술감독도 맡고 있다. 4개 직함으로 방대한 연극 분야의 중심에 서 있는 그가 9년 만에 연극 〈물고기남자〉에서 극중 인물 이영복으로 분해 배우로 돌아왔다. 〈물고기남자〉가 탄력적인 무대로 읽힐 수 있는 것은 이강백 작가의 언어를 손질하지 않고도 희곡에 박혀 있는 비극성을 저려 오는 웃음으로 담아냈기 때문이다. '물고기남자'가 헤엄치는 동시대 한국사회를 투박하면서도 현실감 있게 채

---

* 이 원고는 저자(김건표)와 출판사 연극과 인간의 허락을 구하여 『한국연극의 승부사들』(2023) 중에서 선욱현 작가의 인터뷰 기사(2022. 2. 1 국민일보)를 재수록합니다.

** 연극평론가(한국연극평론가협회 이사), 대경대학교 연극영화과 교수, 월간 한국연극, 한국연극평론, 월간 문학세계 편집위원 및 계간 한국희곡 편집주간, 연극, 희곡, 공연예술분야 심의위원(문화예술위원회), 한국경제, 국민일보, 매일신문 연극칼럼리스트. 저서: 『맹꽁이 아저씨와 훔쳐보는 연기 나라』, 『연극과 연기의 세계』, 『장면 텍스트』, 『동시대 연극 읽기』, 『한국연극의 승부사들』 등

*** 선욱현 작가는 2020년 1월부터 2023년 1월까지 이사장을 맡았다.

워내는 연출이 보였고, 배우들의 절묘한 앙상블이 오늘의 전경을 살려냈다. 전남 광주에서 출생해 전남대학교 신문방송학과를 졸업하고《문화일보》하계문예에 〈중독자들〉(1995)로 당선된 뒤로 전투적으로 대학로 무대를 떠나지 않았던 그의 말투는 고향을 그려냈고 표정은 토속 연극 〈품바〉를 연기하며 450여 회 공연을 한 배우의 내공을 보여주었다. 그는 이메일로 프로필을 보내왔고, 그의 연극무대 인생은 5페이지로 빼곡하게 정리되어 있었다. 그한테 괴물 같다고 말하자, "천생 글을 떠나 살 수 없는 것 같아요. 배우로 무대에 설 때가 휴가 기간입니다."라고 한다. 마주 앉은 테이블은 50센티미터 정도 되었고 대학로 거리는 오미크론 바이러스 유행으로 한산했다. 광주에서 대학까지 마친 선욱현은 5·18 광주 민주화 항쟁 당시 중학생이었고 대학 시절 연극반에서 살았다.

5·18 민주화 항쟁 당시 중학생이었죠?

중1 때 말로만 듣다가 대학교 1학년 때 5·18 광주 민주화 당시 상황을 또 다시 들으니 이게 느낌이 또 다르더라고요. 엄청난 분노를 느꼈던 것 같습니다. 당시 기억이 오죽 뚜렷했으면 서울에 올라오자마자 쓴 첫 작품이 〈피카소 돈년 두보〉(1995)였어요. 이 작품에 나오는 가상의 도시가 '모항'인데 그 도시가 광주예요. 작품에 역사와 예술, 사랑을 모두 담고 싶었어요. 내가 직접 보고 들었으니 사람들에게 예술로서 당시 5·18 상황을 알려야겠다는 생각을 했죠. 그래서 작품에 역사와 예술이 들어가게 됐고 사랑과 사람을 빼면 너무 삭막할 것 같아 이 작품에 다 담고 싶었던 것 같습니다. 지금까지도 역사, 예술, 사랑은 평생의 화두가 되었죠.

광주에서 태어나 활동은 대학로에서 했는데, 이제 강원도 춘천 사람이 되었군요.

춘천을 2014년 1월에 강원도립극단 첫 근무를 하면서 갔어요. 그 전에는 춘천이 고향이던 연극 연출하는 후배가 있어서 공연하러 갔었고 마임축제 때 '물싸움'이라는 야외공연으로 2004, 2005년경에도 갔었어요. 도시를 느낄 만한 여유는 없었는데 근무를 하면서 살게 되었는데 춘천이 참 좋은 도시예요. 가족은 다 서울에 거주하고 혼자 방을 얻어서 있게 되었는데 벌써 10년이 되었습니다. 제가 수많은 도시를 가 봤고 심지어 강원도 18개 시군을 도립극단 때 두 번 이상씩 다 순회를 했는데, 그냥 춘천이라는 조용한 땅이 기운이 너무 좋고, 춘천이라는 도시가 저와 기운이 맞아요. 지금은 별일 없는 한 계속 춘천에서 보내고 싶죠.

이사장으로도 (사)한국극작가협회를 이끌고 있습니다. 어떤가요?

죽을 맛이죠. (웃음) 춘천인형극제 일도 그렇고 개인적인 일도 그렇고 항상 바쁘게 살아왔어요. 그러다 보니 극작가협회 일까지는 많이 버겁습니다. 근데 제가 사랑하는 극작가들이 어떤 식으로도 오해받는 게 너무 싫어서 나서게 되었어요. 협회 회원들이 다 중임하라고 하는데 나한테 죽으란 겁니다. (웃음) 그 정도로 힘들긴 하지만 책임감을 가지고 하고 있어요.

9년 만에 남해바다 양식장을 사들여 적조현상으로 망해 버린 극중 인물 이영복으로 분해 〈물고기남자〉 배우로 돌아오셨는데, 페이스북을 보니 팬들이 많더군요.

　배우도 했던 제가 도립극단에 있었을 때는 늘 남이 하는 것만 객석에 앉아서 보는 예술감독의 입장에서 무대를 볼 때마다 올라가고 싶었어요. 김성진이라는 젊은 연출이 작년부터 작품을 같이 하고 싶다고 했는데, 축제 일정하고 겹쳤어요. 안 된다고 했더니 "저와 하지 않으면 이번 공연 의미가 없습니다."라고 해서 인형극제 비수기인 1월 정도가 좋다고 얘기를 하고 지난해 11월부터 연습 일정을 잡으면서 출연을 하게 되었죠. 대학로 연출들은 전혀 나를 부르지 않는데 이번 연출 제의를 뿌리치면 10년을 넘기겠구나 생각이 들더라고요. 사실은 제가 좀 움켜쥔 게 있었고 기회를 놓치지 말고 무대 위에 꼭 서야 되겠다고 욕심을 좀 부린 거죠.

　선욱현은 〈피카소 돈년 두보〉(1995)로 첫 희곡을 발표한 후 〈고추 말리기〉(2001), 〈의자는 잘못 없다〉(2002), 〈장화홍련실종사건〉(2002), 〈거주자 우선 주차구역〉(2006), 〈황야의 물고기〉(2008), 〈돌아온다〉(2015), 〈허난설헌〉(2014), 〈바나나〉(2020) 등 50여 편의 희곡을 발표했고, 〈몸〉, 〈오필리어의 들판〉 등 10여 편의 무용대본 창극, 라디오 극본까지 써 왔다. 그가 걸어가는 이야기 세계는 방대했고 4권의 선욱현 희곡집과 시집도 펴냈다. 『2001 한국대표희곡선』에는 대표작 〈고추말리기〉가 수록되었다. 2015년 〈돌아온다〉라는 작품으로 제36회 서울연극제 우수작품상(극단필통)을 수상했고 영화 원작이 되어 제41회 몬트리올 국제영화제 경쟁 부문에서 금상을 받았다. 때로는 그가 쓴 희곡을 연출하고 배우로도 출연한다. 〈미스터 셰프〉를 비롯해 25편 남짓을 연출했고 〈즉흥굿〉(1993)으로 시작된 그의 배우인생은 국내 대표적인 1인극 〈품바〉를 450여 회 공연했다. 극단 모시는 사람들 활동 시절에는 〈오아시스 세탁소 습격사건〉 등 다양한 작품에 배우로도 활동을 했는데 영화 〈너희가 재즈를 믿느냐〉를 비롯해 20여 편의 영화와 TV 드라마에 배우로도 활동하고 있다.

1993년 대학로에서 활동하던 무렵 극단 가가에 들어가 포스터를 붙이는 생활을 했고 막내 단원으로 배우를 하는 동안에도 희곡을 써내려 갔다. 그는 대학 연극반 시절에도 희곡 쓰기를 멈춘 적이 없었다. 이야기를 만들어내는 글쓰기가 좋았다. 신혼시절 신춘문예에 네 번 떨어지고 1995년도에 〈중독자들〉이《문화일보》하계단막희곡에 당선되면서 희곡작가로 데뷔하게 된다. 그 이전까지 선욱현은 작가를 꿈꿨던 적인 단 한 번도 없었고 배우나 감독이 되고 싶었다고 말했다.

프로필에는 작가, 연출, 배우 활동으로 동선이 방대하더군요. 연극의 전 분야를 다 섭렵한 것 같습니다. 모든 분야를 석권하려고 전투적으로 달려온 것 같은 느낌인데, 정체성에 대해 혼돈스럽지 않나요?

사실 대학로 배우들이 많이 물어봅니다. 선욱현은 정체성이 뭐냐고. 자신 있게 말할 수 있어요. 극작가가 내 몸에 편하고 잘 맞는 옷이라고. 두 번째가 연출인 줄 알고 있는데요, 저는 연출이라는 일이 3순위도 아니고 4순위입니다. 2순위는 배우죠. 그 정도로 배우를 사랑합니다. 지금은 저희 세대에 비해 장르가 섞이는 부담감은 훨씬 덜해진 것 같아요. 제가 아는 배우들도 극을 쓰고 연출을 하고 이제는 출연도 하면서 섞여 가고 있어요. 저를 돌아보면 배우로 출발했다가 작가로 간 경우라고 말할 수 있겠죠.

50여 편의 희곡을 쓴 작가의 꿈이 배우와 감독이었군요.

지금은 지원금 아니면 공연을 안 하지만 그때는 연극 제작자가 있던 시절이에요. 편당 300만 원을 주고 창작 희곡을 의뢰하는 거예요. 그것도 지원금을 넣겠다가 아니라 "300만 원을 줄 테니까 써주면 나는 이걸로 공연을 하겠다."였죠. 제가 그렇게 등단하자마자 첫 해에 원고료로 번 돈이 1,200만 원이에요 희곡으로만. 눈이 휙 돌았죠. 무명 배우만 하다가 "아니 희곡이 이렇게 돈이 된다고?" 그래서 다른 알바를 안 하고 희곡에만 매진해서 3, 4년을 한 거예요.

희곡을 쓰는 작가수업은 독학으로 체득했는데 배우의 감각보다는 희곡작가로 습득이 빨랐군요.

작가수업은 처음에는 혼자서 쓰기 시작했어요. 그러다가 한상철, 이재명, 김창환 선생님이 주도하셨던 한국극작워크숍에서 4년을 함께 공부했어요. 저는 그때가 제 대학원 시절이라고 추억하는데 연영과를 전공하지 않았고 국문과 문예창작을 전공하지 않았던 제가 그냥 연극반 생활하고, 늘 방학 때면 서울 교보문고, 종로서적에 와서 연극 책 사서 혼자 독학하고 이랬던 공부를 조금 체계화시킨 시기가 그 4년이었거든요. 사실 무명 배우일 때는 자존감이 상승을 안 하잖아요. 근데 작가를 하니까 갑자기 존중받고 뭔가 하는 것 같고 그러다 보니까 나도 모르게 거기에다가 너무 많이 매진하면서 작가로 달려온 거죠.

희곡 〈돌아온다〉는 영화의 원작이 됐고 넷플릭스에서도 볼 수 있더군요.

허철 감독님이 연극을 세 번을 보러 오시면서, 고민을 많이 하셨죠.

〈돌아온다〉는 지나치게 연극적이에요. 영화는 리얼인데 연극을 영화로 옮기다 보니 시나리오 각색이 붙었고 그러면서 호불호가 있어요. 작가로서 봤을 때 영화 만족도는 전반적으로 만족이긴 하지만 욕심이 있긴 하죠. 〈돌아온다〉가 넷플릭스에 올라왔다는 소식을 듣고 제작사 대표와 연이 있어서 전화를 했어요. "좋은 일 있으신 거 아니에요?" 이렇게 물어봤더니 웃더라고요. 넷플릭스에 올라갔다고 해서 제작사가 돈을 버는 구조가 아니더군요. 작가한테 득이 되는 건 없었어요. (웃음)

〈피카소 돈년 두보〉(1995)를 시작으로 연극 연출도 25편 이상 하셨던데…
작가로 입지가 굳어지게 되고 극단을 창단하다 보니까 연출도 안할 수가 없었어요. 신인 작가 시절에는 제 작품을 한번 만들어보고 싶다는 욕심으로 연출을 했었지만 해 보니 제 몫이 아니라는 걸 알았어요. 그래서 사실은 놨던 건데 2007년에 창단을 하면서 또 연출을 해야되잖아요. 창단까지 했으니까 몇 년간을 연출을 했죠. 근데 그때도 '역시나 연출은 내 몫이 아니다'는 생각을 늘 했어요. 물론 작년에 〈미스터 셰프〉(2021)를 재공연하면서 재밌게 했어요. 하지만 극작이나 배우를 할 때만큼 흥겹지는 않아요. 연출은 제가 4위로 밀렸다고 얘기하는 게 연출은 저한테는 그냥 '일'인 것 같아요.

어떤 장르를 하면 무대를 잘 살려낼 수 있나요.
연출은 다 잘 할 수 있는 건 아니고요, 코미디, 코믹호러 장르적인 것들이 맞는 것 같아요. 〈이발사를 살해한 한 남자에 대한 재판〉(2008)

같은 영화적인 작품은 글도 쓰고 연기도 하고 하다 보니까 저만의 작품 색깔이 있는 것 같아요. 연출하는 작품은 연극제 작품은 아니고 그냥 관객들과 함께 흐뭇하게 재밌게 볼 수 있는 작품을 만들어내는 것 같아요. 배우 할 때는 너무 편해요. 저는 그냥 한 인물만 책임 지면 되잖아요. 저는 배우 할 때 노는 거예요. 한 인물에 몰입하고 또 상대 배우들하고 만나서 아이(eye) 컨택하면서 새로운 세계를 놀다 오는 게 저한테는 놀이예요. 배우를 할 때에는 진짜 휴가 기간이에요. 〈물고기남자〉가 들어왔을 때 고민을 했어요. 캐릭터와 안 맞는다 생각했는데 잘 맞았어요. 연출이 제가 가지고 있는 이면들을 잘 살리고 잘 봤던 것 같아요.

(사)한국극작가협회 이사장과 예술감독. 배우를 하고 연출을 하면서 희곡을 쓸 시간이 있던가요?

이 와중에 최근 일주일 만에 탈고를 한 작품이 있어요. 1년을 못 쓰고 지난겨울을 넘기면 안 될 것 같아서 정말 괴물이 돼서 썼어요. 무당이 신 들어오듯 온 신경이 그쪽으로 쏠리는 걸 느낄 때 하얀 종이 위에 하고 싶은 얘기를 그리고 인물들을 이용해서 소설도 시도 아닌 극의 형태로 만들어내는 시간들이 너무 재밌는 것 같아요.

일주일 만에 희곡 한 편이 탈고될 정도면 선욱현만의 특별한 방법이 있겠죠?

저는 전형적인 구조주의자예요. 집을 세워놓지 않으면 글을 못 쓰는 사람입니다. 모티브만 설정하고 일단 출발시키는 작가들도 많은데 저는 기승전결을 따라 갑니다. 시작해서 이야기가 전개되다가 어떤 고비를 맞고 마지막에 결국은 이렇게 끝나지 않을까 하는 큰 틀이 정해지지 않으면 출발하지 않아요. 일단 집을 지어 놓고 시퀀스 별로 고민을 하고요. 트리트먼트를 최소 12~14페이지 정도 설계를 한 다음에 대사 지문을 쓰기 시작해요. 이제 그런 구조로 하다 보니까 트리트먼트 만들기가 어려운 거지 실은 희곡의 구조가 지어지기만 하면 10일 이내에 대부분 쓰죠.

희곡을 10일 만에 쓴다고요?

아니요. 그런 작품도 있다는 겁니다. 〈돌아온다〉(2005) 같은 경우는 7년 걸렸어요. 어떤 작품은 그렇게 7~8년 걸리기도 하고요. 이번에 쓴 작품 구상은 1년 동안 했지만 정작 쓴 거는 또 일주일 만에 그냥 쓰기도 하고 대중없는 것 같아요. 〈의자는 잘못 없다〉(2001)는 가장 초단 시간 3주 만에 썼죠. 그때가 삼십대 초반이거든요. 20대 때는 뭔가가 되고 싶은 기간이었다면 30대가 되고 나니까 뭔가 갖고 싶은 거예요. 집에 소파보다 더 좋은 소파가 눈에 보이고 집도 소유라는 화두로 몸 안에 들어와 생각을 한 거죠. 그래서 '소유라는 게 뭘까, 뭔가를 갖는 다는 게 뭘까' 계속 되풀이를 하다가 제가 항상 희곡을 구상하고 발상이 떠오르면 논의하는 게 제 아내거든요. 그래서 아내한테 생각을 들려주면서 물어봤어요.

작가의 영감을 어떻게 들려줍니까?

(그는 〈의자는 잘못 없다〉 구성 당시를 5분 모노로그 1인극처럼 재현했다)

"의자가 하나 있어. 그런데 이게 만든 사람이 있고 사려는 사람이 있고 팔려는 사람이 있고 그걸 사는 걸 반대하는 사람이 있어. 이렇게 해서 이야기를 좀 써보려고 하는데 어때요?" 그랬더니 아내가 재밌는 발상이라고 해보라고 해서 쓰기 시작한 게 정말 3주 만에 탈고를 뚝딱 했어요. 당시 문예진흥원에서 하는 창작 활성화 기금이라고 있었어요. 지금의 창작산실 같은 건데 당선되면 천만 원을 작가에게 주고 공연할 극단에게 2천만 원을 주는 제도였어요. 한마디로 희곡 하나가 3천만 원을 가져오는 공모였는데 그게 덜컥 된 거죠. 그래서 초연을 2002년에 하게 된 거죠. 〈의자는 잘못 없다〉는 저한테는 선물처럼 다가왔던 작품이었어요.

작품에는 배우들이 좋아할 만한 매력적인 극중 인물이 많더군요.

작가로 연극은 배우예술이라는 것에 동의합니다. 배우는 무대에 올라가면 무조건 즐겨야 한다 생각하고요. 작가로 배우가 극중 인물로 분해 어떻게 하면 놀 수 있는지 배우가 이야기를 연기로 잘 풀어갈 수 있는지 항상 고민해요. 제가 연출을 할 때에는 배우가 얼마나 즐겁게 노는지 봐요. 제 작품에는 그냥 배우들이 내 작품에서 반짝반짝 빛났으면 좋겠어요. 반대로 싫어하는 작품은 배우들을 꼭두각시로 쓰는 연극, 너무 연출의 그림이 앞선 작품들은 조금 부담스러워요.

연극무대에서 알려진 연출가이자 희곡작가이면서 제1회 서울연극인 대상 연기상 수상(〈카모마일과 비빔면〉)을 한 배우로 TV와 영화에서 활동하면 PD도 부담스러울 수 있을 텐데요.

꿈은 영화였어요. 1992년에 서울 처음 올라와서 감독이 되겠다고 한국영화아카데미 시험을 봤어요. 떨어지고 1993년에 대학로로 온 거예요. 그때 붙었으면 영화 일을 하고 있었겠죠. 우연히 배우가 된 건 아니에요. 사실 연극보다는 영화에 가서 배우로서 많이 쓰였던 것 같아요. 캐릭터가 있다고 감독들이 보면 한 번씩 이렇게 쓰니까 따로 오디션을 보지 않아도 그냥 연락이 와서 간 경우도 있었거든요.

극단 가가 활동을 접고 1995년부터 극단 모시는사람들 단원이 된 선욱현은 무대에서는 배우가 되었고 돌아오면 희곡을 썼다. 1999년도 배우이자 신인 작가 시절 그의 작품 〈악몽〉(2000)이 서울연극제 참가작으로 공식 선정되면서 이 작품의 작, 연출을 하게 된다. 〈악몽〉에 이어 극단 민예의 〈고추말리기〉(2001), 〈장화홍련실종사건〉(2002) 등 3년 연속 서울연극제에 공식 출품되면서 선욱현을 작가로 각인시켰다. 그의 대표 작품이 된 〈돌아온다〉(극단 필통, 2015)로 제36회 서울연극제 우수작품상을 받았다.

희곡을 쓸 때는 작가로 그만의 이야기 세계를 구축했고, 배우로 무대에 설 때는 역할에만 집중했다. 배우 활동은 단순히 생업을 위한 것이 아니었다. 선욱현은 배우의 감각으로 극중 인물의 캐릭터를 만들어냈다. 그는 극중 인물과 자신을 '접착제'로 표현했고 역할을 맡으면 제대로 살아보고 싶었다.

배우로 무대에서 가장 중요하게 생각하는 것은?

배우로서 중요하게 생각하는 건 그 역할이랑 딱 접착되는 것이죠. 그냥 논다는 표현이 맞을 것 같아요. 재미있었던 게 〈오아시스 세탁소 습격 사건〉(2003) 초연을 제가 했는데 염소팔이라는 배달부 역할을 했어요. 그때 처음으로 느낀 게 하나가 있어요. 보통 분장실에서 기다리면 뭐 이영복(〈물고기납자〉)도 그렇지만 사실은 긴장되거든요. 충분히 연습을 했다 해도 모자란데 이번에는 뭐 연습량도 부족한 것 같고 워낙 배우들이 바쁘니까 긴장되잖아요. 그런데 연습할 때 공연을 기다리고 있으면 무대가 더 편한 거예요. 기다리는 것보다 무대로 나가서 극중 인물의 삶을 사는 게 더 편해요. 역할을 맡았을 때 내가 아니니까 처음에는 부대끼죠. 연출과 상대 배우를 통해서 그 인물이 되어 가고 인물의 호흡으로 어떤 말투가 형성돼요. 상대 배역을 만나고 관객을 만날 때 배우가 인물이 되어 가는 것을 느끼고 저는 그 과정을 중요하게 생각합니다. 한번 그 인물이 되어 보고 그 인물로 제대로 살아 보는 게 제가 배우를 하는 이유이고 그게 좋은 거죠.

극단 모시는사람들에서 활동하고 극단 필통을 창단했는데…
극단 모시는사람들은 〈품바〉를 공연할 때 아는 형이 모시는사람들 극단이랑 친해서 뮤지컬을 보게 되었고 반해서 입단해서 배우 겸 조연출로 1995년에 입단하게 됐죠. 내가 스태프 일도 알기 때문에 병행했습니다. 필통은 2007년에 창단했어요. 내 작품을 하고는 싶은데 극단 모시는사람들에는 이미 김정숙이라는 큰 작가가 계셨고 대표님께 말씀을 드리고 내 작품을 한 번 원 없이 해보고 싶어서 만들게 되었습니다. 아들 이름 짓기보다 극단 이름 짓기가 힘들었어요. 창문 너머로 히딩크 당구장이 보이길래 히딩크 극단이 될 뻔했습니다. (웃음) 그러다 작가니까 필통 어때? 이렇게 의견이 나왔고 그냥 필통 하기엔 아쉬워서 의미를 붙여서 '필(feel)이 통하는 사람들끼리 모여서 세상과 통하려 한다'는 중의적인 의미로 이름을 지었습니다.

3종 경기 달인처럼 자신이 그려낸 〈황야의 물고기〉(2009), 〈카모마일과 비빔면〉(2012)에서는 작·배우로 무대에 섰고, 〈빙하기, 2042〉(2012)에서는 작·배우·연출·제작까지 하셨습니다. 활동이 특이한데, 작가가 자신의 작품을 연출하는 경우는 있어도 배우로 무대에 선다는 건 드문 일 아닌가요?

그렇게 좋아하진 않아요. 내 작품 망치고 싶지 않고 (웃음) 나를 훌륭한 배우라고 생각을 안 하기 때문에 좋아하진 않아요. 욕심이었겠죠. 작, 배우, 연출, 제작을 하게 된 〈빙하기, 2042〉는 제가 그때 마음이 욱 해서 만든 작품이었고, 완전 망했다가 빚도 어마어마하게 지고 춘천을 간 거예요. 꽤 만석으로 공연을 올렸지만 천 몇 백만 원 빚을 지고 상당히 어려웠어요. 그러던 중에 강원도립극단이 생겼고 서류를 접수했는데 되고 나니 후문에 강원도에서 당시 창단 공연을 직접 써 줄 수 있는 작가 능력이 있는 예술감독을 원했다고 들었습니다. 처음에 원서를 내보라고 추천하던 지인에게는 두 번 거부를 했어요. 첫 번째 황당한 이유를 댔죠. 내가 너무 젊다. 그때 마흔여섯이었는데 무슨 마흔여섯에 공공 극단 예술감독이냐 그리고 필통을 창단한 지 이제 7년밖에 안 되었고 극단을 챙겨야 된다고 버텼어요. 망해서 벼랑 끝에 있으면서도 정신을 못 차리고 있다가 그때 희한하게 절친한 연출이 한번 원서라도 넣어보라고 계속 강권해서 서류를 넣었고 면접까지 가게 되었죠. 그러다가 덜컥 된 거죠.

(재)강원도립극단 초대 예술감독(2014~2018)이 된 선욱현은 강릉이 고향인 조선 중기 여류시인 허난설헌을 희곡 〈허난설헌〉(2014)으로 옮겼고 강원도 탄광 지역을 배경으로 한 〈아버지 이가 하얗다〉(2017)를 집필했다. 연희극 〈메밀꽃 필 무렵〉을 기획하면서 강원도립극단이 지역 콘텐츠를 개발하고 공연할 수 있도록 도립극단의 방향을 잡았다. 그는 도립극단을 그만둔 후에도 춘천을 떠나지 않았다. 춘천인형극제 사무국에 근무하던 한 지인이 제안해 춘천인형극제 예술감독을 맡게 된다.

일들이 운명처럼 다가오는군요. (재)춘천인형극제 예술감독도 하시는데, 운을 받아들이는 타이밍과 감각이 절묘하게 느껴집니다.

돌아보면 제가 인형극에 인연이 있었어요. 대학 시절에 선배로부터 선교인형극을 이어받아 잠깐 했었습니다. 인형극제하고 인연은 2014년에 춘천을 갔는데 유명한 축제가 춘천 인형극제와 마임 축제가 있잖아요. 그때는 아는 사람 없는데도 그냥 가게 됐어요. 구경을 가서 사람도 만나고 그러다가 연극계 후배가 인형극제 기획팀장으로 들어간 거예요. 저보고 오라고 할 생각은 못 했는데 어느 날 제가 도립극단을 그만둬 버리고 서울로 안 올라가고 춘천에 있을 거다 하니 "형님 그럼 우리랑 일하면 어때요."라고 저를 초대를 해준 거죠. 그래서 가게 된 겁니다.

관객으로 바라보던 춘천인형극제에 예술감독으로 어떤 변화를 주고 있는지…

2019년에는 활성화를 넘어서 침체기 가까울 정도로 조금 다운돼 있었죠. 조직 붕괴도 됐고 극장도 뺏기고 예전처럼 시민들도 많이 안 온다는 느낌이었고요. 지금 이제 3년이 흘렀는데 3년 만에 급변화가 이루어지고 있죠. 제가 들어올 때 직원이 다섯 명이었던 게 지금은 30명 가까이 되고 예산도 늘어나고 완전히 활성화되면서 춘천인형극제는 옛날처럼 분위기가 형성되었죠. 춘천시장도 인형극제를 아끼시고 지역의 대표적인 축제로 육성시키시려고 하는 것 같아요. 감사하고, 고마운 일이죠.

국내 인형극 작품이 국제적인 작품들과 비교하면 어떤가요?

춘천인형극제에 근무하며 해외는 3번을 다녀왔어요. 우리나라 인형극 역사도 긴 편에 속하고 인형 제작 실력과 작품 수준도 높은 편입니다. 하지만 숙제는 있습니다. 솔직한 얘기를 드리면 해외 축제(몬트리올, 스페인 등)를 다니면서 작품을 한 60~70개를 봤는데 글로벌 스탠다드를 살짝 맛봤어요. 단순한 비교는 어렵지만 한국이랑 비교하면 한 20개 팀 정도만 글로벌 스탠다드와 조금 붙어도 될 만큼이고 많은 팀들이 아직은 소박한 규모이고 방문 공연을 목적으로 제작되는 공연이 많습니다. 춘천인형극제가 이러한 분위기를 바꾸려고 노력 중인데 신작 지원도 하고요. 레퍼토리 지원이나 제작 지원들을 통해서 눈높이가 오를 만큼 오른 어린이 관객들 그리고 성인 관객들이 봐도 감동을 줄 수 있는 공연예술축제로 발전시키려고 노력 중입니다.

첫째 아들이 선천성 염색체 질환 판정을 받았는데…

배우 아내와 결혼해 아들 둘을 낳았습니다. 첫째가 두 살 무렵이 되어도 걷고 말을 안 하기에 늦는구나 생각을 했죠. 아들을 데리고 병원에서 염색체 검사를 받았고 선천성 염색체 질환 판정을 받았습니다. 이게 다운증후군처럼 어느 정도 IQ가 있어서 사회생활이 가능한 정도가 아닙니다. 평생 케어를 해야 해요 그럼에도 불구하고 나는 그 아이가 신의 축복이라고 생각하고 선생님이라고 생각하고 살아요. 그 아이가 없었다면 난 살아가면서 고민하지 않았을 것 같아요. 처음엔 당황했지만 지금은 행복하게 잘살고 있어요. 아내는 나보다 한 등급 위예요. 철인이죠. 아이를 27년 케어하면서 연기 활동하고 춤을 좋아해서 춤 레슨도 다닙니다. 그리고 집안일까지 세심하게 다 해내니 정말 철인이고 슈퍼우먼이에요.

아내한테 할 말이 많겠군요. 아내는 중견배우 김곽경희 배우로 연극무대와 영화 활동을 하며 개성 있는 연기를 보여주는 배우신데…

결혼식 전날 프러포즈를 했는데 이렇게 얘기했어요. "보통 결혼이 꿈의 무덤이라고 하더라. 결혼을 하면 꿈을 포기 한다고 하는데 우리는 앞으로 서로의 꿈을 이야기하고 지켜주자." 약속했어요. 그랬더니 아내는 흰머리가 날 때까지 무대에 서 있고 싶다고 말하더군요. 지금도 그 약속을 지키고 있고 앞으로도 그 약속은 꼭 지켜주려고 합니다. 나는 우리 아내가 나이를 먹을수록 많이 사람들에게 인정받고 쓰임 당하는 모습이 자랑스러워요.

극단 모시는사람들 김정숙 선생이 인생의 멘토라고 하셨는데, 배우로는 누굴 닮고 싶나요?

나침반이라고도 표현합니다. 어디로 가야 할지 고민할 때 '대표님은 이럴 때 어떻게 가셨지?' 생각하며 갑니다. 대표님은 마음 그릇이 어마어마하신 분이에요. 작품 〈강아지 똥〉으로 일본 공연을 갔다 오시면 극단 배우들 선물을 사시는데 15명 선물을 다 따로 사옵니다. 사랑의 그릇이 정말 크신 분입니다. 배우로서는 최민식 배우, 김혜자 배우를 존경하죠. 확실히 완전 몰입형 배우들이 좋아요. 동물처럼 몰입이 센 배우들. 나도 그러고 싶죠. 영화 〈생일〉 촬영 갔을 때 전도연 배우를 처음 만났는데 촬영장에 3일 울다가 온 사람으로 오더라고요. 그 정도로 몰입하는 배우들이 좋아요. 작가로서는 이렇게 얘기합니다. 난 선생이 많다고. 내가 독학으로 글 쓰는 걸 공부했는데 여러 선생님들의 글을 읽으면서 그 소스들을 나한테 입히는 작업을 했어요. 영향을 많이 줬던 선생님은 이만희 선생님입니다. 선생님의 글은 깊고 편안하고 달디 달아요. 닮으려고 노력했던 거 같습니다.

술과 일을 좋아해서 선욱현의 작업은 '알코올홀릭', '워킹홀릭'이라던데…
올해 55세인데, 아직까지 남들 말로 당신만 하루가 32시간이라는 얘기를 들어요. 그 정도로 일만 하고 술도 좋아합니다. 그래서 워킹홀릭, 알코올홀릭이에요. (웃음) 앞으로 꿈은 내 일상을 단순화시켜 한 분야만 몰입할 수 있는 것이 꿈꾸는 인생입니다. 지금은 너무 가짓수가 많지만 줄이고 싶어요. 지금은 희곡한테 미안합니다. 희곡으로 도움을 많이 받았는데 내가 희곡에게 쏟는 시간이 너무 없어서 미안한 거죠. 남은 인생은 최대한 희곡을 공부하고 고민하고 희곡과 찐하게 연애하고 싶은 마음입니다.

밖은 어두워지고 있었다. 인터뷰 장소를 나와 〈물고기남자〉가 공연되고 있는 선돌극장으로 600미터쯤 걸었다. 관객은 만석이었고 배우로 돌아온 선욱현을 보려고 관객들은 자리를 차지하고 있었다. 무대는 잔잔한 물길도 삼킬 것 같은 양식장 내부가 보였다. 후면은 대형 바다그물로 폐사가 되어 가고 삶에 물기가 말라 버린 분위기를 희곡을 따라 투박하게 살려내고 있었다. 야전침대 두 개가 보이고 선욱현은 극중 인물 이영복으로 분해 전파가 잡히지 않는 고장난 라디오를 만지작거리고 있었다. 양식장을 공동으로 운영하고 있는 김진만은 "며칠째 죽은 물고기만 건져냈더니 씨발. 나도 이젠 죽겠어. (중략) 다 죽은 거야! 한 놈도 남김 없이. 수십만 마리가 한꺼번에 다 뒈져버렸어!" 파라다이스호를 타고 죽음의 적조현상을 구경나온 관광객들은 암초에 부딪쳐 적조의 죽음으로 빠져들고 생명을 구원할 수 있는 잠수부들은 죽은 자를 건져내 보상금에 목말라 있는 거대자본 승자독식주의 아수라를 보는 것 같다.

9년 만에 작가, 연출가에서 배우로 돌아와 이영복을 그려낸 선욱현은 자본에 함몰되지 않는 인간의 체온을 묵직하게 채워냈고 그의 연기는 무대의 텅 빈 수조를 내면으로 채울 정도로 깊어 있었다. 그의 말이 떠올랐다. "이게 20년 전 작품이지만 이 작품을 본 관객들이 요즘 작품인가 물어볼 정도로 여전히 유용한 작품이죠. 그것이 이 시대의 작가 이강백 선생님의 탁월함인 것 같아요." 공연이 끝난 뒤 슬리퍼를 신고 극장 입구로 나온 그를 20여 명이 기다렸고 그와 사진을 촬영했다. 그 틈으로 손을 내밀었다. 그 뒤 극장 앞 장면들은 그의 페이스북으로 생중계됐다.